grafit

Chemnitzer Str. 31, D-44139 Dortmund
Internet: http://www.grafit.de
E-Mail: Grafit-Verlag@t-online.de

Umschlagillustration: Peter Bucker
Druck und Bindearbeiten: Elsnerdruck GmbH, Berlin
ISBN 3-89425-232-4
3. 4. 5. / 2002 2001

Gabriella Wollenhaupt

Grappa und das große Rennen

Kriminalroman

grafit

Die Autorin

Gabriella Wollenhaupt, Jahrgang 1952, arbeitet als Fernsehredakteurin in Dortmund. Sie mag nette Katzen, virtuelle Hühner und schöne Männer.

Als Kriminalschriftstellerin debütierte sie im Frühjahr 1993 mit *Grappas Versuchung*. Es folgten *Grappas Treibjagd*, *Grappa macht Theater*, *Grappa dreht durch*, *Grappa fängt Feuer*, *Grappa und der Wolf*, *Killt Grappa!*, *Grappa und die Fantastischen Fünf*, *Grappa-Baby* und *Zu bunt für Grappa*.

Die Personen

(in alphabetischer Reihenfolge)

Dr. Cora Cosel	Oberstaatsanwältin mit Hobby
Big Mäc	Fotograf mit geschultem Auge
Gregor Gottwald	Alt-OB mit Herz und Härte
Maria Grappa	Journalistin ohne Hemmungen
Peter Jansen	Zeitungsmann mit Erfahrung
Willi Junghans	Kandidat ohne Zukunft
Friedel Knaup	Parteigröße mit Nebenjob
Dr. Arnim Lika	Psychologe mit Visionen
Paul Manthey	Parteichef ohne Fortune
Manuela	Frau mit Berufserfahrung
Sumpfhuhn	Flattermann mit null Chance
Jakob Nagel	Kandidat mit kühlem Kopf
Tom Piny	Journalist mit Durchblick
Nazmi Radic	Opfer mit klaren Zielen
Gerry Smart	Kandidatin mit besonderen Vorlieben

Jetzt mögen sie ganz, was ihnen beliebt, anstellen mit mir;
preis geb ich den Herrn mein Fleisch und Bein,
es zu prügeln, zu plagen mit Hunger und Durst,
es zu schinden, zu schmoren, zu stechen wie Wurst;
denn kann ich mich nur von den Schulden befrein,
so mag mich die Welt meinethalben verschrein ...

Aus der Komödie »Wolken« von Aristophanes
(425 – 388 v. Chr.)

Das also ist der Mord, ein bisschen veränderte Materie, eine Änderung in der Zusammensetzung einiger Moleküle, voneinander gerissen und zurückgesandt in den Schoß der Natur, woher sie in wenigen Tagen unter anderer Form wiederkehren werden. Wo ist da das Schlechte?

Donatien-Alphonse-François Marquis de Sade
(1740 – 1814)

Für all die, die sich einige Monate lang um Bierstadt wirklich gesorgt haben.

Prolog: Ein Bengel auf Abwegen

Der Schlamassel begann an der Brunnenstraße. Das war an einem jener beißend kalten Winterabende, gegen 23 Uhr. Der Kandidat hatte die letzten drei Stunden bei einer Jubilarehrung seiner Partei im Norden der Stadt verbracht, hatte verdienten Genossinnen und Genossen die Hände geschüttelt und das eine oder andere warme Wort gesprochen – über Parteisolidarität, politische Treue und andere sozialdemokratische Tugenden.

Der älteste Jubilar an diesem Abend hatte es immerhin sechzig Jahre in dieser Partei ausgehalten und mit ihr Stürme der deutschen Geschichte durchgestanden.

Den Kandidaten war Rührung überkommen. Sein Charakter hatte nämlich auch eine ausgesprochen sentimentale Seite. So hatten ihn die wässrigen Greisenaugen der Geehrten beeindruckt, die schlaffen Wangen der Schriftführerin des Ortsvereins gerührt, er war ergriffen worden vom dumpfen Gesang des Männerchores der Arbeiterwohlfahrt. Am Ende hatte sich sogar der Parteichef auf die Bühne begeben. Dessen heimliche Leidenschaft galt der Musik – er ließ es sich nicht nehmen, wichtigen parteipolitischen Ereignissen seinen eigenen, persönlichen Stempel aufzudrücken. Der Akkordeonspieler, der sich zuvor an urdeutschem Liedgut versucht hatte, präsentierte nun eine kessere Musik: »La paloma blanca« – die weiße Taube –, hingebungsvoll interpretiert von Paul Manthey, dem Vorsitzenden des SPD-Bezirks. Oft frönte er dem Karaoke-Gesang – und auch an diesem Abend hatte er seine eigene Stimme erschallen lassen: einen matten Bariton mit ziemlich vielen stumpfen Stellen.

Willi Junghans hatte nach Ende der Veranstaltung in der Kälte des Abends aufgeatmet. Als er den Schlüssel in die Tür seines BMW steckte, überfiel ihn ein plötzliches Kribbeln in der Lendengegend. Da ihm dieses Gefühl nicht ganz unbekannt war, wusste er auch, wie er seine dubiose Unrast in ein wohliges Gefühl der Entspannung würde verwandeln können.

Willi Junghans beschloss, einen Umweg über die Brunnenstraße zu machen. Und hier – wie gesagt – begann der Schlamassel.

Manuela war eine gut aussehende Frau von knapp dreißig. Na ja, der Drogenkonsum ließ sie ein wenig älter erscheinen, die Falten auf der Stirn hätten durch einen normaleren Alltag sicher abgemildert werden können, doch keiner ihrer Kunden achtete auf ein glattes Gesicht. Denen ging es um die schnelle Nummer. Meistens oral, seltener vaginal, denn das kostete. Vor allem Zeit.

Manuela registrierte, wie sich der dunkelblaue Wagen langsam näherte, fast schien er zu zögern, dann hielt er doch.

Sie schaute auf die Uhr. Eigentlich Feierabend. Aber der Tag war schlecht gewesen, das Geschäft lief in den letzten Wochen überhaupt nicht gut. Das lag an der Kälte.

Den einen noch, dachte sie. Sie schaute an sich herunter, öffnete den Wollmantel, so dass der Kunde sehen konnte, was er für seine Kröten bekommen würde. Sie trat zu der dunklen Limousine hin.

Der Kandidat sah Manuelas Beine, die schwarzen Strapse und die knappe schwarze Nappalederhose.

»Hallo, Süßer!«, schnurrte sie. »Lust auf ein kleines Stößchen oder willst du's französisch?« Ihre Stimme klang nicht begeistert, ließ jenen Unterton vermissen, den gute Verkäufer drauf haben, die jemandem etwas schmackhaft machen wollen, was der eigentlich gar nicht will.

Apropos schmackhaft. Manuela erinnerte sich an den Mann im Auto, der wollte es oral. Mit Stößchen war da nichts, der stand nicht auf Nummern, die die Fünf-Minuten-Schallgrenze überschritten. Zu viel Aufhebens. Ihr fiel wieder ein, dass der Mann mal schelmisch angemerkt hatte, dass er sehr bekannt in der Stadt sei, sozusagen ihr mächtigster Mann und so.

Solche Sprüche hatten für Manuela die gleiche Bedeutung, als wenn in China der berühmte Sack Reis platzt. Sie hatte ihm einen geblasen und das war's.

»Siebzig Eier«, sagte sie knapp.

»Fünfzig«, sagte er noch knapper.

»Na ja, weil du's bist.«

Sie stieg ein. Wenigstens war es warm in der Karre.

»Mach den Reißverschluss auf«, forderte sie und begann die Lippen zu schürzen. Verdammt, bei der Kälte fror aber wirklich alles ein.

»Nicht hier«, meinte er. Der Wagen fuhr an, bewegte sich leise auf die Fahrbahn, dann gab er Gas.

»Fass den Bengel doch schon mal an.« Die Stimme des Kandidaten war plötzlich heiser. Die Vorfreude hatte den Platz zwischen seinen Beinen erheblich verengt.

Manuela öffnete den Reißverschluss, dann tastete ihre Hand nach dem, was er neckisch als »Bengel« zu bezeichnen pflegte. »Mann, ist der aber groß!«

Manuela versuchte ihrer Stimme einen Hauch von Anerkennung und Verblüffung zu geben. Sie ließ die Kerle gern im Glauben, dass ihr Ding was ganz Besonderes sei – in puncto Größe. Das hob das Geschäft und machte manches Scheinchen extra locker.

Nur nicht in diesem Winter. Da war das meiste sowieso zusammengeschrumpft wie eine autistische Schnecke und sie musste sich doppelt anstrengen, bekam aber nicht die zweifache Kohle.

Der Kandidat bemerkte nicht, dass sich ein Auto an die Stoßstange seines Wagen heftete. Er hatte zwar einen flüchtigen Blick in den Rückspiegel geworfen, sich dann aber wieder dem Straßenverkehr vor ihm zugewandt. Er gehörte nicht zu den Menschen, die zugleich gucken, denken und Rückschlüsse ziehen konnten. Bei ihm ging alles immer schön der Reihe nach.

Manuela hatte sein Teil gerade in der Faust und massierte es lustlos, als Blaulicht gleißte. »Scheiße, die Bullen«, meinte sie trocken.

»Bullen?« Der Kandidat war erstaunt, dann dachte er nach. Doch noch vor dem Ende des Denkvorgangs hatte der Polizeiwagen seine Limousine überholt, knapp vor ihr gestoppt und Willi Junghans sah das rote Licht der Kelle.

»Pack ihn weg«, schnauzte der Kandidat. Dann stoppte er notgedrungen.

Manuela stopfte die Hand voll ins mako-gekämmte Unterkleid zurück und zerrte, etwas roh, den Reißverschluss nach oben.

»Aua!«, brüllte der Politiker, doch er hatte wenig Zeit, den Verlust eingeklemmter Schamhaare zu betrauern, denn ein Polizeibeamter stand bereits neben dem Fahrerfenster und strahlte mit einer starken Taschenlampe ins Wageninnere.

Willi Junghans drückte auf die Taste, die für das automatische Öffnen und Schließen der Fenster zuständig war.

»Schönen guten Abend, die Herrschaften!« Der Ton des jungen Kriminalbeamten in Zivil war erfrischend freundlich, doch wer genau hinhörte, spürte den stolzen Unterton eines erfolgreichen Beutemachers. »Mein Name ist Jochen Baumann, Kriminalobermeister.«

Baumann hielt dem Kandidaten den Dienstausweis vors Gesicht. Dann senkte der Kripomann den Kopf, erblickte die Frau auf dem Beifahrersitz. »Hallo, Manuela.«

Leises Unbehagen ergriff von Willi Junghans Besitz. Er hatte plötzlich das untrügliche Gefühl, dass dieser Abend seinem Leben eine unvorhergesehene Wendung geben könnte. Doch er wäre nicht der Kandidat seiner Partei geworden, wenn er sich so einer Herausforderung verweigert hätte.

»Ihre Papiere bitte!« Jochen Baumanns Ton war noch immer höflich. Er hatte mit dem Blick des geschulten Fahnders erkannt, dass der dicke Schlitten neu an die 150.000 Mark kosten musste.

Jochen Baumanns Kollege Wilhelm Müller war im Wagen geblieben, um für die Kollegen in der Leitstelle des Polizeipräsidiums erreichbar zu sein. Dort wurde nämlich gerade überprüft, ob der BMW als gestohlen gemeldet und wer der Halter war.

»Willi Junghans«, plärrte es aus dem Funkgerät.

»Junghans?«, sprach Wilhelm Müller vor sich hin. »Junghans?« Dann fiel es ihm ein. Er stieg aus, um seinem jungen Kollegen Jochen Baumann zur Seite zu stehen.

»Sie kennen mich nicht?«, hörte er die Stimme des Mannes. »Dann werden Sie mich kennen lernen. Ich bin mit dem Polizeipräsidenten per du. Jawohl!«

»Ach ja?«, dehnte Kriminalobermeister Jochen Baumann.

Das war ein Fehler, dachte Wilhelm Müller, Baumann reagierte allergisch auf solch ungeschickt verpackte Drohgebärden.

»Ich bin der Spitzenkandidat meiner Partei für die Oberbürgermeisterwahl«, erklärte der Politiker.

»Dass Sie spitz sind, will ich gern glauben,« meinte Baumann ungerührt. »Sonst säße Manuela ja nicht neben Ihnen, Herr Junghans.«

»Was bilden Sie sich ein?« Junghans war wild entschlossen, als Sieger aus der Nummer herauszugehen. »Ich habe die Dame an der Straße gesehen. Es war kalt. Sie fror. Da habe ich gefragt, ob ich sie ein Stückchen mitnehmen kann. Das war alles.«

»Und wie siehst du die Sache, Manuela?« Wilhelm Müller, Mitglied derselben Partei, deren Spitzenkandidat jetzt vor ihm stand, hatte fast Mitleid mit Junghans. Er hielt ihn eigentlich für einen netten Typen, hatte ihn noch vor zwei Tagen gesehen, als die Kaffeeküche der Polizeiwache in Scharnhorst eingeweiht worden war. Der Kandidat hatte sogar die Polizeikapelle dirigiert.

»Genauso war's«, sagte Manuela. »Ich wollte nach Hause trampen. Bad Rothenfelde.«

»Ach, Mädchen!« Wilhelm Müller gab seiner Stimme einen väterlichen Ton. »Die Drogen und der Suff, die fressen den Menschen uff. Und der Sex auch. Ja wirklich! So 'ne junge, nette Frau wie du. Könntest meine Tochter sein. Musst du dich nachts an der Brunnenstraße rumtreiben? Ausgerechnet im Sperrbezirk. Mensch, Mädchen! Mach 'ne Therapie und such dir 'n Job.«

»Mir ist kalt«, sagte Manuela.

»Dann steig mal zu uns um«, schlug Jochen Baumann vor. »Vorübergehende Festnahme. Du kannst über Nacht bleiben. Morgen früh sehen wir dann weiter.«

Manuela stieg aus. »Habt ihr mal 'ne Zigarette?«

Müller gab ihr eine, das Feuerzeug glimmte. Dann ging Manuela zum Polizeiwagen und setzte sich hinein.

»Sie werden von mir hören«, kündigte Willi Junghans an.

»Sie auch von uns«, meinte Baumann lakonisch.

»Ziehen Sie sich warm an. Ganz warm.«

»Hör mal, Genosse ...« Wilhelm Müllers Ton war vertraulich. Er wollte Junghans beiseite ziehen, ihm die Lage wenigstens erklären.

»Fassen Sie mich nicht an!«, brüllte der Kandidat. »Das ist Amtsmissbrauch. Körperverletzung. Und so weiter.«

»Wie Sie wollen!« Müller hob die Hände.

»Wir wünschen Ihnen noch einen schönen Abend«, sagte Baumann. »Kommen Sie gut ... nach Hause – meine ich.« Er konnte sich ein anzügliches Grinsen nicht verkneifen.

Die beiden Beamten sahen dem schweren BMW nach, wie er sich in den rollenden Verkehr einordnete.

»So – das war's«, stellte Müller fest. »Feierabend, Kollege?«

»Ja«, sagte Jochen Baumann. »Wir versorgen Manuela noch und dann ab ins Bett. Ich muss morgen früh raus. Zahnarzttermin.«

Neuer Start mit Gerry Smart

Manuela kam ungeschoren davon, Junghans weniger. Monate später hatte ihn jemand an ein schwarz-gelbes Wahlplakat genagelt und er war ziemlich tot. Auf dem Plakat stand: *Neuer Start mit Gerry Smart*.

Gerry – oder Gerlinde, wie sie richtig hieß – Smart war die Kandidatin der Christdemokraten. Die hatten eine einmalige Chance gewittert, das rote Rathaus in Bierstadt zu stürzen, nachdem Junghans' Blow-Job-Affäre bundesweit bekannt geworden war.

Und jetzt das! Junghans war im Morgengrauen von einem Zeitungsboten des *Bierstädter Tageblattes* leblos vor der Großplakatierung der Konservativen gefunden worden. Der Mann hatte zunächst die Polizei, dann Peter Jansen angerufen, der seit vielen Jahren Leiter der Bierstädter Lokalredaktion war. Jansen wiederum hatte mich in aller Herrgottsfrühe aus dem Bett geklingelt und zu einer Krisensitzung in die Redaktion beordert. Jetzt saßen wir hier – es war sechs Uhr morgens –, für Zeitungsjournalisten allertiefste Nacht.

»Du siehst so komisch aus, Grappa«, musterte Jansen mich. »Ist irgendwas? Bist du krank?«

»Ich bin ungeschminkt«, knurrte ich. »Außer meinen Katzen und dem Milchmann hat mich noch nie jemand in diesem Zustand gesehen.«

»Und ich dachte immer, deine Katzen seien eines natürlichen Todes gestorben«, wunderte er sich. »Und wie geht's dem Milchmann?«

»Er ist auf dem Weg der Besserung«, behauptete ich. »Erst Psychiatrie, jetzt Selbsthilfekassetten. Sonst noch Fragen?«

»Willst du Kaffee?«, lenkte er ein.

»Immer.«

Schweigend schlürften wir den schwarzen Saft.

»Scheißwahlkampf«, schimpfte Jansen dann. »Und jetzt noch dieser Mord! Wer sollte Junghans umbringen? Und – vor allem – warum? Kannst du dir einen Reim drauf machen?«

»Nicht direkt. Aber – ich find's prima. Bisher war der Kampf um die Pöstchen eher langweilig, immer dieselben Reden, dieselben Arschgesichter, dieselben Versprechungen und dasselbe Ergebnis. Sozialdemokratischer Mief bis zum Abwinken. Jetzt kommt wenigstens Stimmung in die Bude! Meinst du, die finden den Mörder schnell?«

»Ach, Grappa«, stöhnte Jansen, »das ist mir ziemlich schnurz. Für uns bedeutet das auf jeden Fall eine Menge Arbeit. Gerade jetzt, wo zwei Planstellen unbesetzt sind. Ich kann auch nicht mehr als achtundvierzig Stunden am Tag arbeiten.«

»Verlass dich ganz auf mich«, sagte ich eifrig. »Ich werde den Mörder von Junghans finden – und zur Strecke bringen.«

»Was du nicht sagst«, staunte mein Chef, »ich dachte, du konntest Junghans nicht leiden.«

»Das ist noch untertrieben«, gab ich zu. »Junghans war die Karikatur eines unmoralischen, machtgeilen und dummen Politikers. Wenn der Oberbürgermeister von Bierstadt geworden wäre – nicht auszudenken. Das hätte diese schöne Stadt nicht verdient gehabt. Ich will den Mörder finden, um ihm in tiefer Dankbarkeit die Hand zu drücken und ihn über die Grenze in ein Land zu bringen, das ihn nicht an die Bundesrepublik ausliefert. Deshalb will ich die Story haben.«

»Ich wusste doch, dass du edel, hilfreich und gut bist«, seufzte Jansen. »Und dass du ohne Ansehen der Person ermittelst. Und dass dir Rachegedanken völlig fremd sind.«

»Schön, dass du mich verstehst«, lachte ich ihn an.

»Ich hab mit der Polizeipressestelle telefoniert«, berichtete Jansen. »Die Staatsanwaltschaft gibt heute um zehn eine Pressekonferenz. Die haben eine Oberstaatsanwältin aus Karlsruhe nach Bierstadt abgeordnet. Von der Bundesanwaltschaft. Wegen der politischen Brisanz der Sache.«

Sumpfhuhn-Mobbing

Gerlinde ›Gerry‹ Smart, die Herausforderin der Sozialdemokraten, hatte mit ihrer Kandidatur etwas Positives bewirkt: Sie hatte diese verschlafene Provinz-Großstadt in Schwung gebracht. Über fünfzig Jahre war hier dieselbe Partei am Ruder gewesen – und nun zeichnete sich ein Machtwechsel ab.

Nicht, dass ich Gerry Smart den Sieg gegönnt hätte. Ihre politischen Ansichten spiegelten soziale Rücksichtslosigkeit wider, hatten mit demokratischem Gedankengut nichts zu tun und reduzierten das Wort Politik auf ›Selbstbedienung für die Starken‹: Wer wirtschaftlich leistungsfähig war, sollte das Sagen haben. Punktum.

Das war die falsche Politik in einer Stadt, in der um die sechzehn Prozent Arbeitslosenquote die traurige Regel war. Doch solch dumme Sätze wie »Wer will, der kann auch arbeiten« purzelten wie Kartoffeln aus dem rot geschminkten Mund der konservativen Herausforderin.

Gerry Smart war Mitte vierzig, allein stehend, schlank und sonnenbankgebräunt. Ein Typ Frau, der im Alter nicht mollig und weich wird, sondern sehnig und hager. Sie wirkte männlich, ihre Lippen waren in Wirklichkeit schmaler, als es auf den Wahlplakaten zu sehen war, und in ihrem Gesicht waren Spuren eines nicht immer biederen Lebenswandels zu erkennen.

Sie hatte als Software-Entwicklerin Millionen gemacht und nun die Politik als Hobby entdeckt. Ihr Sumpfhuhn-Internet-Spiel war in den letzten Monaten zum Schlager geworden – es gab kaum ein Büro in Deutschland, in dem nicht jeden Morgen zunächst harmlose Sumpfvögel gemeuchelt wurden, bevor es ans Kollegen-Mobbing ging.

So hatte Smart das ›Sumpfhuhn‹ auch zum Logo ihres Wahlkampfes erhoben. Es prangte auf allen Briefbögen, Plakaten, Sticker, T-Shirts und anderen Wahlgeschenken, mit denen die Kandidatin reichlich um sich warf.

Die armen Flattermänner konnten zudem im Internet-Café *Gerryklick.de* schwarmweise totgeballert werden – für Kinder und Jugendliche war das Café zu einer echten Attraktion geworden.

Ich hatte mal einen Artikel darüber verfasst – lange bevor jemand ahnen konnte, dass der Wahlkampf so blutig werden und das Leben von Junghans zu Füßen eines schottischen Sumpfhuhns enden würde.

Die CDU-Frau hatte das virtuelle Spiel für ihren Wahlkampf extra noch erweitert und die einzelnen Vögel mit Namensschildern versehen. So trug das langweiligste Huhn den Namen von Jakob Nagel, dem amtierenden Stadtdirektor, das dickste und kleinste den Namen von SPD-Parteichef Manthey und der gerupfteste Flattermann hieß Willi Junghans. Wurde der abgeschossen, fielen ihm beim Sturz in das Moor sogar noch Geldscheine aus den Federn.

Aber auch weniger prominente Bierstädter hatten die Ehre, von Kids im Namen von Gerlinde Smart abgeballert zu werden: Da gab es den Bierstädter Krimiverleger, der als furchtbar links galt, den Leiter des WDR-Landesstudios, der der SPD-Mitgliedschaft verdächtigt wurde, und die Chefin der örtlichen Stadtbibliothek, die dafür bekannt war, gerne in Tierkostümen zu posieren.

Nur ein Huhn war tabu: Es hieß ›Gerry‹. Wurde es zufällig oder absichtlich getroffen, stürzte der Rechner ab und der Monitor wurde pechschwarz.

Die Frau hatte Ideen und Erfolg. Im Moment bereitete sie den Börsengang ihrer Firma vor und sie hatte eine Aktion ins Leben gerufen, die jungen Ausländern ein Informatikstudium an der Bierstädter Uni ermöglichen sollte. Alles Dinge, die sich in den Medien gut verkaufen ließen.

Schwarzes Leder

»Die Frau ist ein Knaller!« In Tom Pinys flüsternder Stimme an meinem Ohr lag eine Mischung aus Verblüffung, Hochachtung und Bewunderung.

Obwohl ich lieber Frauen mag, die dicker sind, als solche, die besser aussehen als ich, musste ich ihm Recht geben: Dr. Cora Cosel, die neue Oberstaatsanwältin, hatte etwas Besonderes an sich. Sie war nicht im landläufigen Sinne schön, sondern strahlte eine androgyne Härte aus: scharf geschnittene Züge, große, schräg stehende Katzenaugen, eine etwas zu kurze Nase und ein Mund mit schmalen Lippen, die nicht geschminkt waren. Sie war unauffällig gekleidet: ein graues Schneiderkostüm mit hellblauer Bluse. Irgendwie brav, doch die Sachen waren genau die halbe Nummer zu klein, um aufregend und aufreizend zu wirken.

Ich blickte mich um. Die anderen Kollegen guckten ebenso kariert wie der alte Frauenkenner Piny. Er war zwar schwer verheiratet, das hielt ihn jedoch nicht davon ab, mit offenen Augen und geschärftem Blick durchs Leben zu ziehen.

»Warte erst mal ab, was die Maus auf der Pfanne hat«, raunte ich ihm zu. »Frauen in diesem Job sind meist zu Journalisten um Längen ekliger als Männer.«

Piny ließ die Augen nicht von der Staatsanwältin. Er schrieb fürs Konkurrenzblatt, und das noch nicht mal schlecht. Manche Story hatte er mir weggeschnappt, manchmal gaben wir uns gegenseitig Tipps und einige Male war ich vorne gewesen.

Wir nannten das bei unseren gelegentlichen Treffen »offenes Messen herausragender journalistischer Fähigkeiten«, denn für uns beide bestand überhaupt kein Zweifel, dass wir den Journalismus erfunden hatten. Ich glaubte es von mir und Piny natürlich von sich.

Der Leitende Oberstaatsanwalt hatte seine Kollegin vorgestellt und gab ihr nun das Wort. Blitzlichter flammten auf, Kassettenrekorder wurden gestartet, Kameras surrten.

»Herr Junghans ist heute früh von einem Zeitungsboten tot aufgefunden worden. Sein Körper war unbekleidet und an einem Großplakat der christdemokratischen Kandidatin Gerry Smart befestigt.« Cora Cosels Stimme war unterkühlt und geschäftsmäßig.

»Wunderbar!«, schwärmte Piny leise.

»Was?«, fragte ich. »Du freust dich über Junghans' Abgang?«

»Ach wo«, wehrte er ab. »Diese Frau ist ein Gesamtkunstwerk!«

»Nun mach mal halb lang«, grummelte ich.

Tom Piny, auch TOP genannt – dies war das Kürzel, mit dem er seine Artikel kenntlich machte –, fragte laut: »Können Sie etwas zur Todesart sagen?«

»Aber natürlich, Herr ...?« Die Oberstaatsanwältin richtete ihren strengen Blick auf TOP.

»Dies ist Herr Piny«, sagte der Leitende Oberstaatsanwalt rasch. »Von der *Bierstädter Allgemeinen*.«

»Herr Junghans wurde nach erstem Augenschein erschossen. Natürlich werden wir noch obduzieren.«

»Grappa vom *Bierstädter Tageblatt*«, stellte ich mich vor. »War's ein Schuss oder mehrere?«

»Ein Schuss. In die Schläfe.«

»Selbstmord?«, fragte ein Kollege.

»Nein. Wir gehen von einer Straftat aus. Und um es gleich vorwegzunehmen: Wir haben die Tatwaffe und die Kleider noch nicht gefunden und wir haben auch noch keine Spur von dem oder den Tätern. Es ist gerade mal ein paar Stunden her, dass die Leiche entdeckt worden ist. Die Ermittlungen laufen auf vollen Touren. Ich habe veranlasst, dass die Polizei eine Sonderkommission einsetzt.«

»Hat er sich gewehrt? Gibt es Spuren eines Kampfes?«, forschte ich nach.

»Auf den ersten Blick nicht.«

»Wie ist der Körper an dem Plakat befestigt worden? Und wieso gerade da? Vermuten Sie einen politischen Hintergrund?«, fragte TOP.

»Um beide Handgelenke der Leiche befanden sich zu Schlingen geknotete Seile. In die Plakatwand sind zwei Keile getrieben und der Körper ist mit Hilfe der Fesseln daran befestigt worden. Etwa so ...«

Cora Cosel erhob sich und breitete die Arme aus, als hinge sie an einem Kruzifix. Die Fotografen wurden munter, die Kameraleute hektisch.

Die Oberstaatsanwältin lächelte kurz und setzte sich wieder hin. »Jetzt zur Frage nach dem politischen Hintergrund. Die ehrliche Antwort ist – ich habe keine Ahnung. Es kann einen solchen Hintergrund geben, muss aber nicht. Die Leiche wies noch eine Besonderheit auf, die ich vielleicht erwähnen sollte. Oder?«

Das letzte Wort war an den Leitenden Oberstaatsanwalt gerichtet, der nicht besonders begeistert guckte. Doch jetzt gab es kein Zurück mehr.

»Der Tote trug eine Maske.«

Ein Raunen ging durch die Journalistenschar.

»Eine Maske, wie sie im Sadomaso-Bereich verwandt wird. Eng anliegend, aus schwarzem Leder mit Augen- und Mundschlitzen.«

»Das ist ein Hammer!« Tom Piny sprach uns allen aus dem Herzen.

»Was kann das bedeuten?«, warf ich in die Runde.

»Das kann bedeuten, Frau Grappa«, erklärte Cora Cosel, »dass Herr Junghans Kontakte zu einem gefährlichen Milieu hatte. Immerhin ist er ja schon einmal in ähnlicher Hinsicht auffällig geworden. Es ist aber auch möglich, dass der oder die Täter den politischen Hintergrund der Tat verschleiern wollten. Sie sehen also, dass in verschiedene Richtungen ermittelt werden muss.«

»Gab es sonst noch Ungewöhnliches? Verletzungen? Bekennerschreiben?«, fragte ich.

Cora Cosel warf dem Leitenden Oberstaatsanwalt einen Blick zu. Er nickte.

»An der Leiche war ein Zettel befestigt«, sagte die Oberstaatsanwältin.

»Da prangte bestimmt ein Sumpfhuhn drauf«, flüsterte ich Tom zu.

Er grinste sich eins.

»Können wir das Papier sehen?«, fragte er dann.

»Aber selbstverständlich!« Dr. Cora Cosel öffnete eine Mappe und hob ein Stück Papier hoch: »Auf dem Zettel steht folgender Satz: *Der Mensch scheint also von Natur aus böse zu sein, er ist es im Delirium seiner Leidenschaften ebenso wie in seiner Kaltblütigkeit*. Es handelt sich um ein Zitat aus einem Werk des Marquis de Sade. Und da ist noch etwas: Das Schreiben trägt auch eine Unterschrift: ›Erneuerer in der SPD‹.«

»Und? Was sind das für Leute?« Der Fragesteller war der Lokalchef der *Bierstädter Rundschau*, ein abgewrackter Typ mit Zuckerwattehaaren, der auf Pressekonferenzen meist nicht sehr viel mitbekam, weil es das Quantum Alkohol in seinem Blut nicht zuließ. Er war die Karikatur eines Schreiberlings: dreist, aufgeblasen, verbraucht und in einen permanenten Kampf mit der deutschen Grammatik verstrickt, den er meistens verlor.

»Die Gruppe hat sich bei mir noch nicht vorgestellt«, antwortete Dr. Cora Cosel mit mildem Lächeln.

»Könnte der Mord an Junghans der Beginn einer Mordserie sein?«, fragte TOP. »Wenn es die ›Erneuerer in der SPD‹ wirklich geben sollte, dann dürfte das ja wohl nur der Anfang gewesen sein – bei dem derzeitigen Zustand der Partei.«

»Die Frage wollte ich auch gerade stellen«, beeilte sich Zuckerwatte zu beteuern.

»Ich bin Staatsanwältin und ich halte mich an Fakten. Vermutungen sind mir verhasst. Und jetzt entschuldigen Sie mich. Ich habe viel zu tun!«

Nachhilfe

Junghans' unkonventionelles Ende lockte die internationale Medienszene nach Bierstadt.

Wenigstens die Hotels dürften ihren Schnitt machen, dachte ich, als ich Übertragungs- und Reportagewagen durch die Stadt fahren sah.

Junghans war von seiner Partei ja schon längst vom Kandidatenstuhl der Oberbürgermeisterwahl gestürzt worden, vor einer Woche war er dann endlich auch als Fraktionschef zurückgetreten. Nicht allein wegen der Rotlichtaffäre, der Gemeuchelte hatte noch mehr auf dem Kerbholz gehabt. Zehn Jahre lang hatte er keine Steuererklärung abgegeben, sich vom Finanzamt schätzen lassen, das natürlich nicht wusste, dass Junghans Bezüge aus zahlreichen Vorstands- und Aufsichtsratsposten erhielt, in die ihn seine Partei gehievt hatte. Erst als er mit Manuela in die Schlagzeilen geraten war, fiel dem Finanzamt die Sache auf. Junghans hatte seine Nebeneinkünfte nachversteuern und ein Bußgeld zahlen müssen.

Was mich an Junghans fasziniert hatte – außer seinem Abgang –, war der völlige Mangel an Unrechtsbewusstsein gewesen. Selbst als die Steuersache bekannt geworden war, hatte er nicht an einen Rücktritt gedacht, sondern musste durch seine Partei erst gezwungen werden.

Wieder in der Redaktion angelangt, berichtete ich Peter Jansen von der Pressekonferenz.

»Die Maske und das Sade-Zitat müssen etwas bedeuten – aber was?«, grübelte er. »Junghans war zwar bekannt dafür, dass er auf Schmuddelsex stand, aber Sadomaso? Glaub ich nicht.«

»Was heißt schon glauben?«, warf ich ein. »So etwas hängt niemand an die große Glocke. Noch nicht mal Junghans. Außerdem – ob er SM-Spielchen betrieben hat, finde ich nicht so interessant wie die Frage, ob es diese ›Erneuerer in der SPD‹ wirklich gibt.«

»Vielleicht haben sich die Jusos umbenannt?«, witzelte Jansen.

Ich lachte herzlich. »Junghans war ein mieser Typ. Und dämlich dazu, was die Sache verschlimmert. Seiner Partei hat er auf jeden Fall Schaden zugefügt. Welcher Politiker lädt sich schon eine drogensüchtige Nutte ins Auto? Die SPD setzt sich für die Rehabilitation Drogensüchtiger ein und unterstützt Projekte, die Prostituierte wieder eingliedern sollen, und ein herausragender Repräsentant dieser Partei benimmt sich dermaßen daneben. Es gibt also viele Gründe anzunehmen, dass es die *Erneuerer* wirklich gibt. Und wenn sie nur ein Phantom sein sollten, dann müssten sie erfunden werden.«

»Du kriegst ja richtig heiligen Zorn, Grappa«, wunderte sich Jansen.

»Ich mag diese Stadt eben, das ist alles«, gestand ich. »Wie viele Zeilen habe ich?«

»So viele du brauchst«, sagte Jansen gnädig. »Wie ist sie eigentlich?«

»Wer?«

»Die neue Staatsanwältin.«

»Wenn sie nur halb so taff ist, wie ich glaube, dann räumt sie richtig auf in dieser Stadt.«

»Prima!« Jansen rieb sich die Hände. »Uns stehen spannende Wochen bevor: die Kommunalwahl, der Mord und ... wer weiß, was noch passiert!«

Ich hackte hundertzwanzig Zeilen in den Computer. Bemühte mich, sachlich zu bleiben. Dann jagte ich den Fotografen zu dem Großplakat, an dem Junghans festgebunden worden war. Die Stellen, an denen der Mörder die Keile in die Plakatwand getrieben hatte, waren noch deutlich zu erkennen. Der Slogan *Neuer Start mit Gerry Smart* prangte oben im Bild.

Ich montierte ein Porträt von Junghans auf das Plakat und verfasste die Bildunterzeile: *Für ihn gab es keinen neuen Start, sondern ein gewaltsames Ende: Willi Junghans wurde ermordet. Sind die ›Erneuerer in der SPD‹ die Täter?*

Ein Buch mit Nummern

Manuela lebte noch nicht lange in der kleinen Wohnung. Die Mitternachtsmission hatte ihr die Bleibe besorgt; von dem Geld, das ihr Journalisten nach der Rotlichtaffäre mit Junghans für Interviews gegeben hatten, konnte sie eine Weile ganz gut leben. Vielleicht schaffte sie ja den Ausstieg aus der Szene.

»Ich habe im Radio gehört, dass er tot ist«, sagte Manuela.

Wir saßen in ihrem Wohnzimmer, das einfach eingerichtet war. Die Möbel waren gebraucht, die Tapeten nicht mehr die modernsten, aber irgendwie wirkte alles warm und anheimelnd.

»Er kam doch öfter zu Ihnen«, sagte ich. »Hatte er noch andere Vorlieben – außer Oralverkehr?«

»Nö. Bei ihm musste es immer schnell gehen. Er hatte wenig Zeit und versuchte jedes Mal, den Preis zu drücken. Scheißkerl.«

»Sie waren also nie mit ihm in einem ... Stundenhotel?«

»Nie. Ich habe ihm immer nur einen geblasen. Er hat mal gesagt, dass seine Freundin sich davor ekelt. Soll ich Kaffee machen?«

Ich nickte.

Manuela stand auf und ging in die Küche. Das Telefon stand in erreichbarer Nähe, daneben lag ein in Kunstleder gebundenes Adressbuch. Ich peilte um die Ecke und hörte sie in der Küche hantieren. Schnell hatte ich das Büchlein in meiner großen Handtasche verstaut.

Sie kam zurück, bemerkte nichts.

»Der Mörder hat Junghans eine Sadomaso-Maske übergezogen, als er tot war«, berichtete ich. »Hatte er Vorlieben in diese Richtung?«

»SM? Der? Nö. Ist mir nie aufgefallen«, sagte Manuela. Es klang ehrlich.

»Gibt's denn in Bierstadt überhaupt eine SM-Szene?«

»Die gibt's in jeder Stadt«, antwortete sie.

»Und – wo treffen die sich?«

»Der bekannteste Club ist das *Chez Justine*. Im Süden. Am Sauerländer Weg. Da gehen die Typen mit der dicken Kohle hin.«

»Sie mögen die SM-Leute wohl nicht?«

Manuela verzog das Gesicht. »Alles durchgeknallte Freaks«, meinte sie verächtlich. »Die haben 'ne Macke. Nee, SM – das ist nichts für mich. Keine reelle Sache. Milch?«

Ich nickte. Wir tranken Kaffee. Das geklaute Adressbuch brannte in meiner Handtasche.

Ich war froh, als ich wieder in meinem Auto saß.

Der tote Fisch

Der SPD-Parteitag fand in dem großen Saal einer Pleite gegangenen Konsumgenossenschaft statt. Irgendwie passte das zusammen. Eine durch unfähige Politiker heruntergewirtschaftete Mehrheitspartei und eine von unfähigen Vorständen zugrunde gerichtete Lebensmittelkette.

Die in den Ortsvereinen gewählten Delegierten – es waren etwa 300 – waren brav angetreten und saßen an den für sie vorgesehenen langen Tischen.

Ich trug mich am Eingang in die Presseliste ein und trabte zum Medientisch. Tom Piny war schon da, er hatte den Platz neben sich freigehalten. Galant rückte er den Stuhl zurück, damit ich mich setzen konnte.

»Hallo, TOP, wie ist die Stimmung hier nach Junghans' Abgang?«, fragte ich.

»Aufgeschreckt«, meinte er lakonisch. »Guck dir mal den Parteichef an. Er ist jetzt schon schweißgebadet.«

Er hatte Recht. Paul Manthey schlurfte gerade schwerfällig zu dem Vorstandstisch, der auf einer Empore aufgebaut worden war. Es lag nicht an seiner Vorliebe für schreiend bunte Wollpullover, dass der ganze Mann zu dampfen schien. Sein Gesicht war röter als sonst, der Speichelfluss noch üppiger und auf dem kahlen Schädel spiegelten sich die Saallichter wider.

»Hat wohl wieder 'ne lange Sitzungsnacht gehabt im Europaparlament«, mutmaßte ich.

»Eher im *Kiepenkerl*«, wusste TOP zu berichten. »Nach der Krisensitzung gestern Abend. Das Pils soll in Strömen geflossen sein. Sie haben wohl auf das Ableben von Junghans einen gehoben. Vielleicht hat Manthey den anderen auch wieder ein Lied vorsingen wollen ... und das ist ja nur zu ertragen, wenn man völlig zu ist.«

Manthey hatte die Bühne erklommen. Er prüfte, ob die Namensschildchen auf den Tischen richtig platziert waren.

Ich betrachtete ihn. Ein Komiker hatte mal in seiner Show gesagt, Manthey vereinige die Eigenschaften von Dick und Doof in einer Person. Gelungener Gag, wie ich fand.

Manthey vertrat Bierstadt bereits seit Jahren in Straßburg und Brüssel. Eigentlich hatte er Gesang studieren wollen, es aber dann mangels ausdrücklicher Begabung gelassen. Und da es in der Partei gerade kein anderes Pöstchen gegeben hatte, war er im Europaparlament geparkt worden – dort, wo sich nur die besten unserer Politikerköpfe ein Stelldichein gaben.

Aber in Europa kam Manthey anscheinend nicht so richtig vorwärts. Denn zurzeit kursierten Gerüchte, dass er scharf auf den Intendantenposten der Philharmonie in Bierstadt wäre. Die Sache hatte nur einen Haken: Das Konzerthaus musste erst noch gebaut werden, bevor Manthey hier segensreich wirken konnte. Humorbegabte Sozialdemokraten witzelten, dass Manthey bereits eine Reihe von Konzertabenden mit volkstümlicher Musik plante – mit sich selbst als Hauptakteur. Wenigstens setzte er sich bei solchen Anlässen eine stramm gewebte Perücke auf den Schädel.

Manthey war also erst mal Parteivorsitzender in Bierstadt geblieben, reiste nur manchmal überstürzt von Unterbezirksterminen wieder ab, um sich in die Anwesenheitsliste bei den Sitzungen der EU eintragen zu lassen. So ging das Sitzungsgeld nicht flöten. Um ja nicht zu spät zu kommen, hatte er – so wurde gemunkelt – einige Male die Flugbereitschaft der Landesbank benutzt. Rein dienstlich – versteht sich.

Mantheys häufige Anwesenheit in den Gaststuben im Grenzgebiet zu Frankreich und Belgien hatte Europa verändert: Die Absatzprobleme für Eisbein und Sauerkraut waren durch ihn auf statistisch nicht mehr messbare Bewegungen zusammengeschrumpft. Sein Wirken war so segensreich, dass die Europäische Union plante, die Subventionen für Schweinehälften innerhalb der nächsten drei Jahre ersatzlos zu streichen.

»Hat dir Manthey schon die Hand gedrückt?«, grinste TOP.

Er hatte es kaum ausgesprochen, als ich bemerkte, dass sich Manthey hinterrücks an Piny heranpirschte. Ich wollte mich aufstehen und verschwinden, da war es schon zu spät.

Mantheys Hand fühlte sich an wie ein toter Fisch kurz vor dem ultimativen Abgang in die Biotonne: weich, feucht und sich bereits in Zersetzung befindend.

TOP hatte nach mir das Vergnügen.

»Wer wird das Rennen um die Oberbürgermeisterkandidatur machen?«, fragte ich – nur um etwas zu sagen.

»Unser Genosse Nagel natürlich«, sagte Manthey.

»Er ist ja auch der einzige Kandidat«, stellte ich fest. »Tut mir echt Leid für ihn.«

»Was tut Ihnen Leid, Frau Grappa?«

»Die letzten Umfragen zeigen doch, dass Ihre Partei ziemlich schlecht dasteht. Wegen Junghans' Eskapaden. Und jetzt soll der arme Jakob Nagel alles rausreißen. Unmögliche Aufgabe, oder?«

»Wir sind nicht von Stimmungen abhängig, sondern von Stimmen«, tat Manthey kund. »Die Bierstädter wissen, was sie an unserer Partei haben.«

TOP verdrehte die Augen nach oben.

»Das Bekennerschreiben nach dem Junghans-Mord war mit ›Erneuerer in der SPD‹ unterschrieben. Haben Sie je von dieser Gruppe gehört?«, fragte ich.

»So eine Gruppe gibt es nicht«, meinte Manthey lapidar.

»Und wieso nicht?«

»Ich bin der Parteichef. Ich müsste es ja wohl wissen.«

»Also glauben Sie, dass diese Partei nicht erneuert werden muss?«

»Nein, warum? Wir machen seit über fünfzig Jahren gute Arbeit für diese Stadt.«

»Eben«, sagte ich. »Deshalb meine Frage nach der Erneuerung.«

Eine Entgegnung blieb Manthey erspart, denn eine Genossin näherte sich dem Parteivorsitzenden und schleppte ihn ab. Manthey walzte hinter ihr her.

»Ignoranter Fleischkloß«, brummte ich.

»Räuber Hotzenplotz«, sagte TOP, ihm nachschauend. »Die Kinder meiner Schwester haben vor Angst geheult, als sie sein Wahlplakat gesehen haben. Der Kinderpsychologe hatte danach ziemlich viel Mühe mit den kleinen Rackern.«

Ich prustete los. Mantheys Konterfei hatte bei der letzten Europawahl Aufsehen erregt. Es musste von einem Fotografen gefertigt worden sein, der im Dienste der Christdemokraten oder der PDS gestanden hatte. Mantheys runder Kopf mit Vollglatze und finsterem Blick – ein polizeiliches Fahndungsfoto von einem Triebtäter war dagegen ein freundlicher Geburtstagsschnappschuss.

Irgendwie ist diese Partei ziemlich am Ende, überlegte ich, zu lange war sie an der Macht – so was trägt nicht gerade zur Entwicklung einer lebendigen Demokratie bei. Eher zu Filz und Vetternwirtschaft. Ich kann verstehen, wenn jemand diese Partei erneuern will, dachte ich.

Ich blickte zur Bühne. Der Parteivorsitzende unterhielt sich inzwischen mit Friedel Knaup.

Auch so eine Marke. Er hatte sich vor Jahren das richtige Parteibuch zugelegt und dann – trotz schmaler Intelligenz – ein Pöstchen beim Ordnungsamt der Stadt ergattert. Natürlich war er weiter in der Partei aktiv – zurzeit als Chefkassierer. Nebenher leitete er den Arbeitskreis »Schöne City«. Eigentlich war Knaup ein harmloser Mensch, den man journalistisch hätte vernachlässigen können – wenn er die Redaktionen nicht ständig mit nichts sagenden Pressemeldungen zu seinen Stadtverschönerungsattacken gequält hätte.

Zurzeit befand sich Friedel Knaup mit Hilfe seiner Partei im Landeanflug auf einen neuen Posten: Er wollte Geschäftsführer der Balkan-Kommission werden, die beim Land eingerichtet werden sollte. Natürlich auf Empfehlung von Parteichef Manthey.

Knaup unterhielt sich noch immer mit seinem Gönner. ›Glatze‹ Manthey hatte ihn am Arm gepackt und redete auf ihn ein. Knaup machte ein betroffenes Gesicht, nickte ab und zu beflissen. Die Gesichtsfarbe des Parteivorsitzenden hatte sich zum satten Rot hin entwickelt.

Schließlich gab Manthey Ruhe. Seine Pfeife war während des Disputs wohl ausgegangen, denn Friedel Knaup reichte ihm Feuer. Etwas glitt zu Boden und fiel von der Empore auf den Boden des Saals.

Ich erhob mich und schlenderte unauffällig zur Bühne. Das fiel nicht weiter auf, denn die Show hatte noch nicht begonnen. Manthey und Knaup bemerkten mein Kommen und gingen auseinander. Knaup schaffte es noch, mir ein heiseres »Tach, Frau Grappa« zuzurufen.

Ich ließ meinen Block fallen und bückte mich. Das Ding, das von der Bühne gepurzelt war, war ein Streichholzbriefchen. Als ich wieder an meinem Platz saß, schaute ich es mir genauer an. Schwarzes glänzendes Papier, auf dem eine stilisierte nackte Frau abgebildet war, deren Handgelenke nach oben gezerrt und mit Fesseln versehen waren. Um den Hals trug sie ein Band, an dem eine Kette befestigt war.

Ich öffnete die Klappe. *Chez Justine* – war dort zu lesen. *Privatclub für Kenner*. Auch die Adresse stimmte mit Manuelas Angaben überein: Sauerländer Weg.

Das konnte kein Zufall sein. Ob Knaup in diesem SM-Club verkehrte?, dachte ich. Sollte ich Knaup fragen, woher er die Streichhölzer hatte? Lieber nicht. Eine Minute lang überlegte ich, ob Knaup wohl Prügel einsteckte oder austeilte.

»Ist was?«, fragte Tom Piny.

»Ich hatte gerade mit einer schwierigen Frage zu kämpfen«, behauptete ich.

»Willst du mit mir darüber reden?« TOP war neugierig geworden.

»Frauenprobleme«, log ich.

»Da bin ich doch der mit Abstand beste Gesprächspartner«, grinste er. »Hast du dich in Friedel Knaup verliebt oder dein Herz für Manthey entdeckt?«

»Wieso?«

»So wie du die beiden gerade angestarrt hast.«

»Ich hab nur darüber nachgedacht, ob man die hübschen Wollpullover, die Manthey trägt, öffentlich kaufen kann oder ob sie nur unterm Ladentisch vertickt werden. Und bei Knaup interessiert mich, ob die Schleimspur, die er hinter sich herzieht, noch immer so dickflüssig ist.«

»Deshalb bist du aufgestanden und hast den Boden vor der Bühne kontrolliert?«, wollte Tom Piny wissen.

Der sieht aber auch alles, dachte ich. Piny hatte Augen wie eine Eule, die Tag und Nacht auf der Jagd ist.

»Genau, mein Süßer!«, grinste ich ihn an.

»Und was hast du vom Boden aufgehoben?«

»Meinen Block.«

Meine Unschuldsmiene überzeugte TOP nicht. Er lächelte in sich hinein.

»Es geht los«, stellte er fest.

Manthey hatte sich hinter das Rednerpult gestellt und begann. Fünf Minuten später kam bei den Delegierten eine der ältesten sozialdemokratischen Tugenden zur vollen Entfaltung: Schlafenkönnen mit offenen Augen.

Nach einer Dreiviertelstunde Eigenlob und Durchhaltesprüchen brauste der übliche Höflichkeitsapplaus auf.

Ein Aussprache gab es nicht. Warum auch? Manthey sagte sowieso auf jedem Parteitag das Gleiche. Selbst auf Junghans' Tod ging er nicht ein, und die ›Erneuerer in der SPD‹ waren für ihn auch kein Thema, denn das hätte ja bedeutet, dass Manthey die eigenen Führungsqualitäten hätte hinterfragen müssen.

Interessanter war der Tagesordnungspunkt nach der Raucherpause. Jakob Nagel, der neue Kandidat für das Amt des Oberbürgermeisters, würde seine Vorstellungsrede halten.

Nagel war ein unauffälliger Mann Mitte fünfzig. Er arbeitete seit Jahren bei der Bierstädter Stadtverwaltung und hatte sich während dieser Zeit zum Stadtdirektor hochgearbeitet. Er gehörte zwar der SPD an – doch es fehlte ihm der so genannte ›Stallgeruch‹: Nagel hatte studiert, promoviert und war zudem noch kulturell interessiert, ziemlich intelligent und gebildet. Also das genaue Gegenteil dessen, was die Partei, der dicke Manthey und der tote Junghans verkörperten.

Nagel trat ans Pult. Er trug einen mittelbraunen Anzug, einen mittelbraunen Schlips, ein mittelgelbes Hemd, seine Stimme hatte eine mittlere Tonlage, sein Haar war mittelbraun und er war mittelgroß.

Nachdem er fünf Minuten geredet hatte, beschlich mich eine unsagbare Müdigkeit, gegen die ich nicht ankämpfen konnte. Irgendwann stieß mir Piny den Ellenbogen in die Rippen: »Aufwachen, Grappa, es ist gleich zu Ende.«

Ich schreckte hoch. »Hab ich was verpasst?«, stammelte ich.

»Nö. Ich hab dir, während du geschlummert hast, ein Exemplar seiner Rede besorgt. Da liegt sie!« TOP deutete auf einen Haufen Blätter.

»Danke dir«, sagte ich gerührt. Es geht doch nichts über Kollegen, die mitdenken, dachte ich.

Nagel lag in den letzten Zügen. Er beteuerte, ganz wirklich Oberbürgermeister werden zu wollen: »Wir sollten die Bürgerinnen und Bürger ernst nehmen, die sich fragen: Sind dreiundfünfzig Jahre SPD genug? Wir sollten denen zuhören, die uns Vetternwirtschaft und Filz vorwerfen, und ihre vielleicht berechtigten Vorwürfe prüfen. Wir haben uns zu lange in Sicherheit gewiegt, wir sind arrogant und faul geworden. Haben wir unser Ohr noch am Mund der Bürgerinnen und Bürger? Liebe Genossinnen und Genossen – wir sollten all das, was wir tun und entscheiden, darauf überprüfen, ob unsere ursprünglichen Vorstellungen von Demokratie, Toleranz und sozialer Gerechtigkeit noch erfüllt werden.«

»Erneuerer in der SPD«, schallte es durch den Saal.

Eine plötzliche Unruhe kam auf. Ich versuchte, den einsamen Rufer auszumachen – zusammen mit zweihundert anderen Delegierten. Unsere Blicke fielen auf einen: Gregor Gottwald, Mitte siebzig, seit fast siebenundzwanzig Jahren Oberbürgermeister von Bierstadt. Er saß ganz vorn – auf einem reservierten Platz – und schaute kampflustig zu Manthey hin.

Schließlich stand das Noch-Stadtoberhaupt auf und sagte laut und deutlich: »Wir müssen umdenken, sonst geht die Wahl den Bach runter.«

»Es gibt keine Erneuerer! Unterbrechen Sie die Rede des Genossen Nagel nicht«, dröhnte Manthey durchs Mikrofon – mitten hinein in einen verhaltenen Applaus, der sofort wieder verstummte. »Die Aussprache folgt nach der Rede, Genosse Gottwald!«

»Ich lasse mir nicht den Mund verbieten, Genosse Parteichef«, bollerte Gottwald los.

Manthey wollte dem alten Mann noch mal einen überbraten, doch Jakob Nagel kam ihm zuvor: »Ich bin dem Genossen Gottwald dankbar für seine Wortmeldung. Ich habe seinen Rat und seine Arbeit immer geschätzt. Und ich freue mich, dass auch er erkannt hat, dass sich in dieser Stadt etwas ändern muss. Auch ich arbeite seit vielen Jahren für diese Stadt. Ich mag diese Stadt. Ich liebe die Menschen, die hier leben und arbeiten. Ich schlage jeden Tag Schneisen in den Dschungel von Zwängen und Zahlen – und ich tue das für die Bürgerinnen und Bürger. Die Partei ist wichtig für mich, doch die Menschen dieser Stadt stehen für mich im Vordergrund. Ihr seid auch Bürgerinnen und Bürger – und nicht nur Delegierte der Partei. Deshalb sollt ihr mich wählen. Ich rechne mit euch! Der Beste muss ran! Und ich bin der Beste.«

Nach zwei oder drei Schrecksekunden war schüchterner Beifall zu hören. Ich tat, was ich sonst nie tat, wenn ich dienstlich unterwegs war: Ich applaudierte. TOP warf mir einen strafenden Blick zu, ich streckte ihm die Zunge heraus.

Nach und nach wurde der Beifall etwas üppiger.

Zwei Stunden später wurde Jakob Nagel von seiner Partei offiziell als Kandidat aufgestellt.

»Na, siehst du«, sagte ich zu Piny.

»Na ja, sie hatten ja keinen anderen«, sagte er. »Doch diese Rede werden ihm die Genossen niemals vergessen.«

»Er hat ihnen den Spiegel vor die machtgierige Fratze gehalten«, sagte ich. »Und das war dringend nötig.«

»Du siehst das zu emotional, Grappa«, stellte Piny fest. »Ob SPD, CDU oder Grüne – egal, wer am Drücker ist, sie alle bedienen sich irgendwann.«

»Gottwald hat ihm geholfen«, erinnerte ich.

»Die Partei ist froh, wenn Gottwald aus dem Rathaus verschwindet«, sagte TOP fest. »Der alte Mann ist vielen ein Dorn im Auge – weil er noch so fit ist und überall mitmischt.«

»Aber Gottwald ist beliebt bei den Bierstädtern. Wenn er sich für Nagel verwendet, könnte das eine Menge Stimmen bringen.«

»Das wird Nagel nicht viel nützen. Diese Rede war ein Fehler. Jetzt hat er sich die Partei zum Feind gemacht, und dass Nagel von den Bürgern wirklich gewählt wird, kann ich mir nicht vorstellen. Guck ihn dir an. Wenn der auf der Straße mit einfachen Leuten reden soll, kriegt der doch keinen Ton raus.«

»Er ist intelligent und wird es lernen«, widersprach ich.

»Wird er nicht«, sagte TOP. »Gerry Smart wird ihn schlagen. Ade, absolute Mehrheit, ade, Oberbürgermeisterposten.«

»Er wird es schaffen. Er muss nur ein bisschen lockerer werden, auf die Menschen zugehen, sein Outfit ändern und seine Intelligenz verbergen. Dann könnte es was werden mit ihm. Ich werde ihm auf jeden Fall helfen!«

»Du spinnst, Grappa!«, grinste Piny. »Du kannst aus einem Maulesel keinen Galopper machen.«

»Wetten, dass doch?«

Geheimnummer

Es war Montag früh. Ich hatte am Sonntag einen Bericht vom Parteitag verfasst, in dem ich Nagel für seine Rede gelobt und die Rolle von Gregor Gottwald herausgestellt hatte. Mein Chef Peter Jansen war ziemlich überrascht – so zahm kannte er mich gar nicht.

»Nagel wird's schon schwer genug haben«, sagte ich auf der Redaktionskonferenz. »Da muss ich ihn nicht auch noch in die Pfanne hauen. Das wird seine eigene Partei schon tun.«

»Auch wieder wahr«, nickte Jansen. »Die hassen alles, was intelligent ist und mehr als ein Buch gelesen hat. Und dass er ihnen auch noch den roten Filz vorgeworfen hat ... Ganz schön mutig. Das werden die Genossen ihm nicht so schnell vergessen. Und die Smart wird ihr Süppchen genau auf diesem Feuer kochen.«

Die anderen Kollegen – falls vorhanden, denn es war Urlaubszeit – stimmten zu. Der Fotograf wurde beauftragt, wegen eines Fototermins bei Nagel vorzusprechen. Der Volontär sollte eine so genannte *Home-Story* schreiben und Nagel als Menschen wie du und ich vorstellen. Niemand wusste nämlich, ob Nagel verheiratet war und mit wem, ob er Kinder hatte und wie viele. Der Mann hatte bisher völlig unauffällig gelebt.

Ich hatte also heute ein bisschen Zeit und beschloss, mich um den Mord an Junghans zu kümmern. Die Ledermaske ging mir nicht mehr aus dem Kopf.

Ich schloss meine Schreibtischschublade auf und holte das Adressbuch heraus, das ich bei Manuela hatte mitgehen lassen. Auf den ersten Blick fiel mir nichts Besonderes auf. Doch beim zweiten Durchblättern stutzte ich schon beim Buchstaben A. *Dr. A. L.* stand dort, daneben waren zwei Telefonnummern vermerkt, die erste war aus Bierstadt, die Vorwahl der anderen sagte mir nichts. Unter den Initialen hatte Manuela noch eine dritte Ziffer vermerkt, die mir bekannt vorkam. Ich holte die Streichhölzer. Tatsächlich! Es war der Anschluss des Privatclubs *Chez Justine.*

Die weiteren im Buch verzeichneten Herren schienen harmlos zu sein und zumindest für den Mordfall keine Bedeutung zu haben: Sie hießen Alfred, Lothar, Dieter, Bernie, Jochen und Günther und waren vielleicht Stammkunden von Manuela, denn sie hatte hinter den Namen Daten eingetragen, wahrscheinlich die Termine, an denen sie gekommen waren. Bei A. L. lag die Sache wohl anders.

Ich tippte die Nummern von Dr. A. L. ein. Die Rufe gingen raus, doch niemand meldete sich – auch kein Anrufbeantworter.

Mein Bekannter hieß Gero und arbeitete bei der Telekom. Die Bierstädter Nummer und damit die Initialen gehörten zu einem Dr. Arnim Lika, der in einer besseren Gegend im Süden der Stadt gemeldet war.

Ich erledigte meine Routinearbeiten und fuhr am späten Nachmittag zu der Adresse. Am Haus prangte ein Schild: *Dr. Arnim Lika, Psychologische Praxis, Termine nur nach Vereinbarung.* Wenn er tatsächlich kein Freier war, wie kam dann seine Nummer in Manuelas Adressbuch? Sie konnte sich bestimmt keinen Psychologen leisten, denn die waren nicht gerade preiswert.

Ich näherte mich dem Eingang und drückte wild entschlossen auf den Klingelknopf. Keine Reaktion.

Es gab allerdings noch eine zweite Klingel. Lika war nicht alleiniger Bewohner des Hauses. Ich betätigte die Schelle.

»Wer ist da?«, fragte eine Männerstimme durch die Sprechanlage.

»Ich will zu Dr. Lika«, sagte ich. »Ist er nicht da?«

»Wenn er sich nicht meldet, wird er wohl nicht da sein«, blaffte der Mann. »Sonst noch was?«

»Wann kommt er denn wieder?«

»Bin ich die Auskunft?«, bekam ich zu hören. Dann wurde eingehängt.

Nette Gegend, dachte ich, hilfsbereite Menschen. Ich nahm mir vor, in regelmäßigen Abständen bei Dr. Lika anzurufen, irgendwann würde ich ihn erreichen.

Ich fuhr noch mal in die Redaktion zurück, kopierte die Seite von Manuelas Adressbuch, auf der Likas Anschlüsse verzeichnet waren.

Als es schon dunkel war, machte ich einen Umweg bei Manuelas Wohnung vorbei und warf das Adressbuch in ihren Briefkasten. Zwischen zwei Seiten hatte ich einen Fünfzig-Mark-Schein gelegt.

In den nächsten Tagen gelang es mir, etwas über den Psychologen herauszubekommen. Dr. Arnim Lika war nicht irgendein Vorortdoktor, sondern eine richtige Kapazität. Er arbeitete nur mit Privatpatienten, weil er keine Kassenzulassung hatte.

Ich startete im Internet eine Recherche und wurde fündig. Lika hatte Bücher geschrieben. Er beschäftigte sich populärwissenschaftlich mit Formen sexueller Gewalt, unter anderem mit Sadomasochismus und seinen verschiedensten Ausdrucksformen. Er hatte ein Buch mit Protokollen seiner Patienten veröffentlicht und sich auch als Betreuer vergewaltigter Frauen einen Namen gemacht. Eine echte Lichtgestalt also, die es nicht mehr nötig hatte, sich auf Sitzungen mit ihren Patienten herumzuquälen. Seine Bücher hatten hohe Auflagen, er war häufig Gast in Schmuddel-Talkshows – als Experte für alles, was mit Perversionen und sexuellen Verirrungen zu tun hatte.

Nein, es geht nicht nur um Politik, dachte ich. Die Ledermasken, das Streichholzbriefchen vom Club *Chez Justine* und jetzt dieser Therapeut – es schien zwischen allem eine Verbindung zu geben.

Es dauerte eine Weile, bis ich die Oberstaatsanwältin erreichte. Ich wollte antesten, ob sie auch schon auf den Trichter gekommen war. »Sie scheinen mit der Sache nicht weiterzukommen, Frau Dr. Cosel«, begann ich das Gespräch. »Oder gibt es etwa Fortschritte?«

Ich merkte, dass sie am anderen Ende der Telefonleitung in die Muschel schnaubte. »Stellen Sie Ihre Fragen!«

»In welche Richtung ermitteln Sie?«

»Wir gehen inzwischen davon aus, dass es keine politischen Motive gibt.«

»Also ein privater Racheakt?«

»Ich ermittle zurzeit in den Kreisen, in denen Junghans privat verkehrt hat.«

»Das hört sich nach sexuellen Hintergründen an.«

»Könnte sein«, meinte die Oberstaatsanwältin. »War's das, Frau Grappa?«

»Wissen Sie, woher die Maske stammt?«

»Aus einem der üblichen Läden. Das Ding ist sozusagen ein Einsteigermodell für die Männer, die sich in der Szene *Herr* oder *Lord* nennen. Um ihre Sklavinnen und Sklaven damit zu erschrecken und natürlich um anonym zu bleiben.«

»Gibt es eine heiße Spur?«

»Das kann ich aus ermittlungstechnischen Gründen nicht sagen.«

Mehr war aus Dr. Cora Cosel nicht herauszubekommen, doch für eine kleine Story reichte es allemal.

Ich setzte mich an meinen PC und schrieb:

Der Mord an dem ehemaligen SPD-Fraktionsvorsitzenden und OB-Kandidaten Willi Junghans hat vermutlich keine politischen Hintergründe. Die Staatsanwaltschaft geht davon aus, dass der Täter aus dem privaten Umfeld des Politikers stammt. Oberstaatsanwältin Dr. Cora Cosel bestätigte gegenüber unserer Zeitung, dass zurzeit im Sadomaso-Milieu ermittelt wird. Die Ledermaske, die über den Kopf der Leiche gezogen war, hatte einen Hinweis auf merkwürdige sexuelle Vorlieben des toten Politikers gegeben. Nach Angaben der Oberstaatsanwältin werden solche Masken in Sexshops verkauft.

Die Sadomaso-Szene in Bierstadt und Umgebung ist aufgeschreckt. Treibt sich in den Kreisen, in denen sonst nur Herren, Lords, Sklaven und Sklavinnen miteinander verkehren, jetzt auch ein Mörder herum?

Tot und nackt

»Big Mäc hat angerufen«, teilte mir ein atemloser Peter Jansen am nächsten Morgen mit. »Er hat den Polizeifunk abgehört. Manthey scheint es erwischt zu haben.«

»Tot?«

»Sieht so aus.«

»Mord?«

»Möglich.«

»Auch das noch«, stöhnte ich. Eigentlich hatte ich mich auf einen ruhigen Tag eingestellt. »Wer soll denn jetzt auf den Parteiveranstaltungen für die musikalischen Einlagen sorgen? Nie mehr *Paloma blanca,* nie mehr *Wir lagen vor Madagaskar* und nie mehr *Wadde hadde dudde da.*«

»Vielleicht hat der Mörder das absolute Gehör und hat Manthey deshalb gekillt«, mutmaßte Jansen. »Big Mäc fährt hin und hält die Stellung, bis du da bist. Also, Grappa! Schwing die Hufe, und zwar pronto!«

Der Fundort der Leiche war problemlos zu entdecken, denn es handelte sich um die Blumenrabatte vor dem Bierstädter Rathaus.

Auf dem Platz nebenan, er wurde originellerweise *Rathausplatz* genannt, hatte am Abend zuvor der Wahlkampfauftakt der SPD stattgefunden – Manthey hatte eine seiner nichts sagenden Reden gehalten, für die es sich nicht lohnte, den Kugelschreiber nur anzufassen, geschweige denn, den PC hochzufahren.

Big Mäc erwartete mich schon.

»Wo ist die Leiche?«, fragte ich, nachdem ich mich umgesehen hatte.

Big Mäc war ein unglaublich mageres Kerlchen, das die Zigaretten nicht rauchte, sondern fraß. Sein Gesicht war deshalb das reinste Faltennest. Der Name Big Mäc war alles andere als passend für den Kleinen, doch seine Vorliebe für Fastfood, alles Amerikanische und die große, respektlose Klappe hatten zu der liebevollen Bezeichnung geführt.

»Der Sack wurde in den Beeten entdeckt – direkt hinter dem Parkhauseingang«, erklärte Big Mäc roh. »Hab mal kurz draufgehalten, doch die Bullen standen im Weg. Große Scheiße, das!«

»Und? Mord?«

»Na klar.«

»Mensch, Big Mäc!«, sagte ich ungeduldig. »Spuck die Fakten aus!«

»Wie er's gemacht hat, weiß ich nicht.« Big Mäc fingerte erneut einen Brennstab aus der Schachtel. »Manthey war nackt und trug so 'ne schwarze Ledermaske überm Schädel. So SM-mäßig. Wie Junghans. Schöne Sache, das!« Zufrieden paffte mir Big Mäc den Qualm ins Gesicht. Angeekelt wedelte ich die Emission weg.

»Manthey nackt zu sehen ist ja noch schlimmer, als ihn tot angucken zu müssen«, resümierte ich. »Woher weißt du das eigentlich alles?«

»So was heißt Recherche.«

»Was du nicht sagst. Und? Kann ich das schreiben, was du mir erzählst? Oder muss ich alles noch mal nachprüfen?«

»Klar. Hat mir alles ein Bulle erzählt – bevor die Stelle dichtgemacht wurde.«

»Wie hat er den Löffel abgegeben?«

»Soll 'ne Kugel gewesen sein. Ins Hirn. Saubere Sache, das!«

»Wundert mich, dass ausgerechnet eine Kugel ins Hirn ihn umbringen konnte«, sagte ich.

»Wieso?«

Irgendwie kapierte in letzter Zeit niemand meine Witze. »Eine Kugel im luftleeren Raum kann ja wohl keinen Schaden anrichten.«

»Ach so.« Big Mäc hatte nun verstanden, lachte aber trotzdem nicht. Ich gab es auf, zur Aufheiterung der Situation beitragen zu wollen.

»Mach die üblichen Bilder«, forderte ich ihn auf. »Die Staatsanwaltschaft taucht bestimmt bald auf. Den Leichenwagen hätte ich auch ganz gern im Bild. Also das gleiche Programm wie immer.«

»Hallo, Grappa«, hörte ich eine bekannte Stimme hinter mir. Es war Tom Piny. Sein Bürstenhaarschnitt glänzte in der Sonne des frischen Morgens, das graue Hemd war verrutscht und der Bauch hing über dem Gürtel.

»Hallo, TOP«, begrüßte ich ihn.

»Diesmal also Manthey«, stellte er fest.

»Das große Rennen um die Macht fordert Blutopfer«, bestätigte ich. »Es ist eine Schande. Die besten Köpfe dieser Stadt müssen dran glauben. Erst Junghans, dann Manthey.«

»Hört sich an wie eine Liste deiner Lieblingsfeinde«, grinste Piny.

»Hab ich noch gar nicht bemerkt!«

»Wenn es jetzt noch Friedel Knaup und Gerry Smart erwischt, kann Bierstadt den Wettbewerb *Unser Dorf soll schöner werden* gewinnen. Und du bekommst einen Verdienstorden an den Busen gesteckt. Einen ganz, ganz großen!« TOP formte seine Hände in Körbchengröße D und kam auf mich zu.

»Um diese Stadt zu retten, würde ich sogar morden«, gab ich zu.

»Bist du nicht auch Mitglied dieser Partei, Grappa? Vielleicht bist du der Kopf dieser ›Erneuerer‹?«

»Wäre mir zu anstrengend«, winkte ich ab. »Meine Waffe ist der Kugelschreiber.«

»Und deine Klappe. Aber – Spaß beiseite – Manthey wäre ohnehin auf dem nächsten Parteitag abgewählt worden«, sinnierte Piny. »Also ich sehe in allem keinen wirklichen Sinn. Warum bringt ihn jemand um? Politisch wäre er sowieso bald tot gewesen.«

»Manthey trägt eine Maske – die gleiche wie Junghans. Was sollen diese Hinweise auf die Sadomaso-Szene? Irgendetwas muss es zu bedeuten haben. Hast du eine Idee?«

TOP guckte mich prüfend an. Dann sagte er: »Es gibt in Bierstadt einen Club, in dem diese SMler verkehren. Er heißt *Chez Justine*.«

»Ich weiß.«

»Ich weiß, dass du's weißt. Ich war nach dir bei Manuela.«

»Das hätte ich mir denken können, du Schlitzohr«, grinste

ich. »Dann wissen wir ja, wo wir am Wochenende hingehen.«

»Ich kenne den Schuppen. War mal mit einem Bekannten da. Die Cocktails sind genial.«

»Kann ich mir denken«, sagte ich. »Da wird die *Bloody Mary* nicht gerührt, sondern geschlagen, was?«

Hirtentäschel

Der Wagen hatte mich an der nächsten Ampel eingeholt. Ich musste halten, denn sie zeigte Rot. Schon auf der vierspurigen Straße, die in die südlichen Bierstädter Stadtteile führte, war mir der Mann in dem roten Kleinwagen aufgefallen. Er fuhr ziemlich dicht auf und betätigte die Lichthupe.

Ich war nervös, hatte geprüft, ob mit meinem Cabrio alles in Ordnung war, aber nichts Ungewöhnliches feststellen können.

An der Ampel schließlich fuhr der Mann neben mich. Vorsichtig schaute ich nach links. Er war etwa Ende dreißig, hatte halb lange, braune, leicht gelockte Haare und dunkle Augen. Sein Lachen war umwerfend.

Die Ampel sprang auf Gelb, dann auf Grün. Ich gab Gas.

Er ordnete sich wieder hinter mir ein. Ich behielt ihn im Rückspiegel im Auge. Er fuhr dicht auf, aber nicht mehr so, dass ich mich bedrängt fühlen musste. Legte ich an Geschwindigkeit zu, zog er nach.

Du willst es wissen, dachte ich, das kannst du haben. Ich mochte solche Spielchen.

Ich blinkte, lenkte den Wagen nach rechts und hielt an. Er blinkte ebenfalls und stoppte sein Gefährt dreißig Meter vor mir. Ich verriegelte die Türen von innen.

Die Fahrertür des roten Wagens öffnete sich, ich sah lange Beine in Jeans und Sportschuhen. Dann war der komplette Mann draußen.

Er kam im Laufschritt auf mein Auto zu, stoppte plötzlich, sprang zur Seite zu einem ungemähten Seitenstreifen, auf dem sich allerhand Unkraut tummelte. Er riss ein paar

Pflanzen aus und band sie zu einem chaotischen Blumenstrauß zusammen.

Ich öffnete das Fenster, war gespannt, wie er es anstellen würde.

»Guten Tag«, sagte er lächelnd. »Ich wollte Ihnen ein paar Blumen schenken. Gefallen Sie Ihnen?«

Ich musterte das Gestrüpp. Beifuß, ein paar Disteln, jede Menge blühendes Gras und Hirtentäschel.

»Es ist der schönste Strauß, den ich je bekommen habe. Vielen Dank.«

»Sie sehen aus, als würden Sie Blumen mögen.«

»Wie sieht jemand aus, der Blumen mag?«

»Ich kannte eine Frau, die Ihnen ähnlich war. Sie mochte auch Blumen.«

»Und? Wer war diese Frau?« Hoffentlich kommt jetzt nicht seine alte Frau Mutter ins Spiel, dachte ich.

»Das ist schon lange her«, sagte er leise und wischte sich mit der Hand über traurige Augen, als wollte er eine schmerzliche Erinnerung verscheuchen.

Die Melancholie stand ihm gut. Ob er häufig mit diesem Trick arbeitete? Bei mir jedenfalls kam er gut an.

»Wie heißen Sie?«, fragte ich.

»Nazmi.«

»Woher kommt dieser Name?«

Er ging nicht auf meine Frage ein. »Darf ich Sie zu einem Wein einladen?«

»Warum?«

»Weil Sie ihr so ähnlich sehen ...«

»Sie meinen diese Frau?«

»Ja.«

»Ich komme mit«, lächelte ich. »Aber nur, wenn Sie mir die ganze Geschichte erzählen.«

»Vielleicht«, sagte Nazmi. »Folgen Sie mir. Ich kenne einen Biergarten in der Nähe.«

Ich legte den Blumenstrauß auf den Beifahrersitz und sah ihm nach, wie er zu seinem Auto ging. Plötzliche Wärme stieg in mir auf; ich wusste nicht, woher sie kam.

Nazmi. Türke? Iraner? Er war Ausländer, doch sein

Deutsch war fast perfekt – es hatte lediglich einen kleinen Akzent. War er mir zufällig gefolgt oder hatte er es darauf angelegt? Für den Mädchenhandel bist du zu alt, Grappa, vielleicht findet er dich ja wirklich nur nett und wünscht sich einen schönen Abend. Und auch ich hatte den Wunsch, etwas Neues, Schönes und Intensives zu erleben.

Noch im Auto rief ich meine Freundin über Handy an und gab ihr das Autokennzeichen meiner neuen Bekanntschaft durch. Man konnte nie wissen. Falls ich ermordet irgendwo aufgefunden würde – womöglich noch mit einer Ledermaske über dem Kopf –, wäre es für die Polizei einfacher, meinen Mörder zu finden.

Doch Nazmi entpuppte sich erst mal als harmlos. Leider auf allen Gebieten. Kein Flirt, keine Anmache, keine Körpersignale, die ein erotisches Erlebnis versprachen. Er schien wie ausgewechselt, als wir eine Weile im Biergarten gesessen hatten.

Er saß dicht neben mir über Eck, fixierte einen unsichtbaren Punkt im Grün der Platane über uns, guckte dann wieder auf mich – und zwar so überrascht, als könne er nicht glauben, dass er sich mit mir an diesem Tisch befände.

»Was ist mit Ihnen?«, fragte ich nach einer Weile. »Geht es Ihnen nicht gut?«

Er guckte mich stumm an. Sein Blick war verschleiert und er schien ganz weit weg zu sein.

»Nazmi!« Ich fasste seinen Arm. »Sie wollten mit mir in dieses Lokal gehen – es war Ihre Idee.«

Er schwieg.

»Sie wollten mir eine Geschichte erzählen«, erinnerte ich ihn. »Von der Frau, der ich ähnlich sehen soll.«

»Sie sind nicht wie sie«, brach es aus ihm heraus. »Niemand ist wie sie. Ich habe mich geirrt.«

»Und was jetzt?«

»Sie war allein. Ich habe sie allein gelassen. Es ist meine Schuld.«

»Wen meinen Sie?«

Er schaute mich an und sein Blick war der eines Menschen in seelischer Not.

»Ich kann nicht«, murmelte er. Dann schwieg er wieder.

Als die Kellnerin nach unseren Wünschen fragte, kam keine Reaktion.

»Danke, wir haben es uns anders überlegt«, sagte ich. »Wir gehen wieder.« Ich erhob mich, strich meine Hose glatt und fragte: »Finden Sie allein nach Hause?«

Er antwortete nicht.

»Schönen Abend noch«, wünschte ich und ging durchs Tor auf die Straße.

In meinem Auto sitzend, gab ich meiner Freundin Entwarnung: »Alles okay. Es war nur ein Verrückter. Irgendwie schwer depressiv.«

»Vielleicht lag's an dir?«, fragte sie. »Du weißt, wie du manchmal auf Männer wirkst.«

»Natürlich lag's an mir. Das ist die Reizüberflutung, die von mir ausgeht. Manche Männer brauchen Jahre, um sich davon zu erholen.«

Sesselfurzer

Am Nachmittag hatte ich meine hundert Zeilen fertig gehackt: *Maskenmörder schlägt wieder zu – SPD-Parteichef folgt Genossen in den Tod* – so die Überschrift.

Paul Manthey, Chef des SPD-Unterbezirks und Europaabgeordneter, lebt nicht mehr. Sein massiger Körper wurde unbekleidet im Morgengrauen des gestrigen Tages von Frührentner Anton B. in den Blumenbeeten vor dem Bierstädter Rathaus gefunden. Ermordet durch eine Kugel in den Kopf. Im Gespräch mit unserer Zeitung sagte der schockierte Rentner und SPD-Stammwähler: »Eigentlich wollte ich nur pinkeln – und dann das!«

Dass es sich um seinen Parteivorsitzenden handelte, konnte Anton B. nicht wissen, denn der Kopf des Toten war mit einer schwarzen Ledermaske überzogen. Die gleiche Maske, die auch Willi Junghans vor dem Gesicht trug, als er ermordet wurde. Könnte hier ein Serientäter am Werk sein, der diese

Stadt und ihre Mehrheitspartei um die politische Prominenz berauben will?
Die Kleider des Toten wurden nicht gefunden, er trug zuletzt eine beige Breitkordhose und einen kurzärmeligen orange-blau-gelb-grün-pink gemusterten Pullover.
Die Staatsanwaltschaft scheint völlig ratlos, glaubt aber nach wie vor nicht an politische Hintergründe, sondern an private Racheakte.
Nach den Recherchen unserer Zeitung verlief der Abend, an dem Manthey sterben musste, folgendermaßen: Der Parteivorsitzende war am Abend seines Todes mit dem OB-Kandidaten Jakob Nagel zu einem Gespräch über dessen Wahlkampf verabredet. Bei dem Treffen soll es zu einem heftigen Streit zwischen Nagel und Manthey gekommen sein. Der Grund: Manthey weigerte sich, Nagels persönlichen OB-Wahlkampf mit Parteigeldern zu unterstützen. Nach einem einstündigen Gespräch verließ Manthey, nach Aussage des Pförtners, das Rathaus. Dabei soll der Parteichef erbost gerufen haben: »Bezahl deinen Scheißwahlkampf doch selber, du intellektueller Sesselfurzer!«
Wenig später muss Manthey dann seinem Mörder begegnet sein.

Lasterhafte Welt

In der Nacht, bevor der Artikel die Leserschaft des *Bierstädter Tageblattes* erreichte, warf ein Unbekannter einen Bekennerbrief in den Redaktionsbriefkasten.

Die Redaktionssekretärin, deren Dienst eine Stunde vor den Redakteuren begann, läutete Peter Jansen an, der mich informierte. Ich beschränkte mich auf eine Katzenwäsche und ein Minifrühstück und düste in die Redaktion.

»Hier!« Er reichte mir den Zettel. »Es scheint wieder ein Zitat zu sein. Vielleicht von diesem de Sade. Hört sich auf jeden Fall altertümlich an.«

Das Zitat war wieder mit ›Erneuerer in der SPD‹ unterzeichnet. Ich las:

Stürzen wir uns also in diese lasterhafte Welt, in der die größten Betrüger am weitesten vorwärts kommen. Da die Gesellschaft nur aus Schwindlern und deren Opfern besteht, so müssen wir selbstverständlich die Rollen der Ersteren wählen. Die Eigenliebe kommt dabei besser weg.

»Find ich überhaupt nicht altertümlich«, sagte ich. »Könnte gestern geschrieben worden sein. Dieser Marquis de Sade hatte einiges auf dem Kasten. Schade, dass man ihn für seine Wahrheiten jahrelang in der Bastille eingesperrt hat. Heutzutage wäre er der Guru einer erfolgreichen Sekte, würde in Talkshows auftreten, hätte eine eigene Fernsehshow mit dem Titel ›Schlagen – aber wie?‹ und würde Bestseller schreiben. Er ist zweihundert Jahre zu früh geboren – Pech für ihn.«

»Man kann sich sein Jahrhundert leider nicht aussuchen«, seufzte Jansen. »Wenn du zweihundert Jahre früher geboren worden wärest, Grappa, hätte dein Leben auf dem Scheiterhaufen ein jähes Ende gefunden.«

»Diesen Gag habe ich ja noch nie gehört«, gähnte ich.

»Sorry, Grappa«, entschuldigte er sich. »Du hättest auch das Zeug für die Jungfrau von Orléans gehabt. Ja, wirklich.«

»Was soll ich für dich tun?«

»Wir sollten die Staatsanwaltschaft informieren«, schlug Jansen vor. »Ruf Frau Cosel an.«

Ich tat es. Die Staatsanwältin überraschte mich mit der Mitteilung, dass ihr der Inhalt des Zettels bekannt sei. Man habe einen gleichen bei Mantheys Leiche gefunden. Es handele sich wieder um ein Zitat des Marquis de Sade. Diesmal aus seinem Werk *Juliette*.

»Und warum wurde das vor der Öffentlichkeit geheim gehalten?«, wollte ich wissen.

»Wir wollen keine Unruhe in der Bevölkerung«, gab sie an. »Die Täter scheinen unberechenbar zu sein. Die Angst vor verrückten Serientätern ist immer größer als die Angst vor Mördern mit einem nachvollziehbaren Motiv.«

»Der oder die Täter wollen aber, dass die Bekennerschreiben veröffentlicht werden ...«

»Das weiß ich jetzt auch, Frau Grappa. Es hat wohl keinen Sinn, wenn ich Sie bitte, den Wortlaut des Briefes nicht zu publizieren?«

»Hat es nicht.«

Kein kleines Schwarzes

»Du musst was Besonderes anziehen«, sagte Tom Piny.

»Ich hab ein kleines Schwarzes für festliche Anlässe«, tat ich kund. »Dachtest du an so was?«

Er druckste. »Nicht direkt.«

Ich kapierte mal wieder nicht. TOP und ich saßen bei mir zu Hause zusammen, um unseren gemeinsamen Ausflug ins Reich der perversen Lüste zu besprechen.

»Das ist kein Schuppen, in den man einfach so reinspazieren kann«, meinte Piny. »Ins *Chez Justine* kommst du nur, wenn du eine Empfehlung hast oder wenn du von einem Mitglied eingeführt wirst.«

»Woher weißt du das alles?«, staunte ich. »Man könnte fast glauben, dass du dort verkehrst.«

»Nicht regelmäßig«, widersprach TOP schnell. »Ich habe einen Freund und den habe ich rumgekriegt, dass er mich empfiehlt. Niemand darf natürlich wissen, dass ich Journalist bin.«

»Und? Wie stellen wir es an?«

»Also, ich hab mir Folgendes ausgedacht ...« Er nahm einen Schluck Wein. »Du darfst aber nicht sauer sein ...«

»Warum bist du so komisch?«, fragte ich. »Erzähl endlich!«

»Es gibt dort eine Art Verein mit dem Namen ›Hart und zart‹. Ich habe mich dort zu einem ... na ja ... Schnupperkurs angemeldet.«

»Du bist echt clever«, staunte ich.

»Die Sache hat nur einen Haken ...«, brummte TOP.

»Ich bin ganz Ohr«, behauptete ich.

»Ich habe denen erzählt, dass ich eine Sklavin mitbringe und den anderen Gästen auf Wunsch zur Verfügung stelle.«

»Was?« Mir schwante Schreckliches.

»Natürlich hauen wir ab, bevor es dazu kommt«, versprach er. »Außerdem ist die Sache anonym. Alle Besucher und auch die Sklaven und Sklavinnen tragen Masken vor dem Gesicht.«

»Stopp!«, rief ich. »Habe ich das richtig verstanden, dass ich diese Sklavin sein soll?«

»Es gibt keine andere Möglichkeit für dich, in den Club zu kommen.«

»Nein, danke«, sagte ich. »Dann geh allein hin. Ich als Sklavin! Vergiss es!«

»Mein Gott, Grappa«, stöhnte er. »Stell dich nicht so an. Du hast schon Krankenschwester, Satanistin und 'ne Bekloppte gespielt, nur um an Informationen zu kommen. Jetzt mimst du halt mal eine Sklavin. Ich kann ja verstehen, dass so was deinem Naturell widerstrebt ...«

»Genau. Spiel du den Sklaven und ich die Herrin. Ich hab 'ne Freundin, die mir bestimmt das Hundehalsband von ihrem Harro leiht. Ich leine dich an, du läufst auf allen vieren und ich nehme auch 'ne Dose Chappi mit in den Club.«

»Das geht nicht! Ich habe alles schon abgesprochen. Außerdem habe ich dir schon ein Kostüm besorgt.«

»Du hast was?« Ich traute meinen Ohren nicht.

»Hier!« Er reichte mir eine Plastiktüte. »Es wird dir bestimmt passen. Oben herum vielleicht etwas knapp. Sie hatten nichts in Körbchengröße C. Aber sieht bestimmt geil aus, wenn's schön prall ist ...«

Ich griff in die Tüte und zog einen schwarzen, glänzenden Body mit tiefem Dekolleté heraus. Außerdem lange schwarze Handschuhe, hochhackige, eng anliegende Stiefel und eine schwarze Maske, die die obere Hälfte des Gesichtes verdeckte. Ich sah näher hin und bemerkte, dass der Body an bestimmten Stellen Öffnungen hatte, die aufgeknöpft werden konnten.

»Wo hast du denn diese Brocken her?«, wunderte ich mich.

»Geliehen. Aber nach jedem Gebrauch werden die Sachen chemisch gereinigt. Damit man sich nichts holt.«

»Na, da hab ich ja Glück gehabt«, meinte ich trocken. »Und jetzt probier ich die Sachen mal an.«

»Dann bist du also einverstanden?«

»Nur weil du dir so viel Mühe gegeben hast.«

»Ich habe gewusst, dass du mitspielst«, jubelte TOP. »In jeder dominanten Frau steckt der geheime Wunsch zur Unterwerfung.«

Mutter Beimer

Ich stand vor dem Spiegel und strich mit beiden Händen über meinen Körper. Das glänzende, tiefschwarze Material schmiegte sich fest an die Haut, die Taille wirkte schmaler durch Verschnürungen, die ich stramm gezogen hatte. Dadurch traten der Busen und die Backen stark hervor.

TOP hatte Recht, Körbchengröße C wäre passender gewesen, doch die gnadenlose Enge hatte auch ihr Erregendes. Ich sah mich, doch ich war nicht ich, sondern mein Blick war der eines Mannes. Und ich begriff, wie Männer funktionieren, die sich durch verknappte Körbchengrößen, fest geschnürte Mitten und pralle Schenkel zu sonst was hinreißen lassen: Sie reagieren auf Reize, die ihr Stammhirn in sexuelle Erregung umsetzt, die nur nach einem giert: nach Befriedigung.

Ich streifte die Handschuhe über, schlüpfte in die Stiefel und band die Maske hinter meinem Kopf fest, zerwühlte die roten Haare, bis sie wie Flammen in mein Gesicht hingen.

Wieder ein Blick in den Spiegel. Niemand würde mich so erkennen können. Ich fand mich unglaublich erotisch und unheimlich fremd.

»Ich komme!«, rief ich ins Wohnzimmer. »Mach dich auf was gefasst! Ich hoffe, du überstehst den Anblick.«

Zunächst zögernd, dann energischer trat ich ins Zimmer. Ich drehte mich, lief ein paar Schritte hinternwackelnd durchs Zimmer, blieb dann mit durchgedrücktem Kreuz und breitbeinig vor Tom Piny stehen. »Nun, was sagst du?«

»Der helle Wahnsinn«, krächzte er. »Gegen dich ist die O

die Zwillingsschwester von Mutter Beimer aus der Lindenstraße!«

»Schön, dass du mit mir zufrieden bist«, sagte ich. Ich ließ mich aufs Sofa fallen, ohne dass etwas aus dem Body fiel, was in den strammen Klamotten einiges an Geschicklichkeit erforderte. »Und jetzt will ich wissen, welcher Freund dich in den Club eingeführt hat.«

Ich hatte nämlich den Verdacht, dass es diesen geheimnisvollen Freund mit dem Zugang zu SM-Privatclubs überhaupt nicht gab und dass mein alter Freund Piny ein heimlicher SM-Freak war.

»Mein Freund ist Psychologe«, antwortete TOP. »Er verkehrt dort – aus beruflichen Gründen, versteht sich.«

»Muss ich das Wort ›verkehren‹ wörtlich nehmen?«

»Arnim beschäftigt sich mit allen Spielarten sexueller Gewalt«, erklärte Tom Piny. »Dazu gehört Sadomaso genauso wie die psychologische Betreuung von Vergewaltigungsopfern und die Behandlung von Fetischismus. Es gibt da ja die merkwürdigsten Dinge auf der Welt.«

»Dr. Arnim Lika«, sagte ich, ohne es sofort richtig fassen zu können.

»Du kennst ihn?«, fragte TOP überrascht.

»Nicht persönlich. Aber seinen Namen habe ich schon gehört.«

»Ach, ja?«

Ich überlegte, ob ich TOP erzählen sollte, dass Dr. Likas Telefonnummern in Manuelas Adressbuch standen.

»Nun sag schon«, forderte Tom Piny.

»Lass mich erst aus meinem Sklavinnen-Kostüm schlüpfen«, bat ich, »es wird mir langsam ein bisschen zugig um den Körper. Ich friere so leicht.«

»Okay. Pass auf, dass du beim Ausziehen nichts zerreißt. Ich muss für das Teil zahlen. Du hast manchmal eine etwas ungestüme Art, Grappa!«

»Ich weiß, dass ich noch viel lernen muss, um eine wirklich gute Sklavin zu sein«, räumte ich ein. »Ich weiß gar nicht, wie es die Mädels in solchem Outfit schaffen, Baumwolle zu pflücken.«

»Baumwolle?«

»Lass gut sein«, winkte ich ab. »Ich habe nur versucht, einen Ausflug in die Historie der Sklaverei zu machen. Es ist schon ziemlich skurril, dass sich in unseren Zeiten Menschen freiwillig zu Sklaven und Sklavinnen machen, sich auspeitschen und unterdrücken lassen, während in der Vergangenheit die Sklaven durch einen blutigen Bürgerkrieg befreit werden mussten.«

»Dass du immer alles so verdammt kritisch sehen musst!«, rief er mir nach, als ich das Schlafzimmer ansteuerte. Dort schaffte ich es schließlich, mich aus den Sachen zu schälen.

Ich atmete auf, als ich wieder Jeans und T-Shirt trug und meine Haare hinter die Ohren kämmte. Ich war wieder Grappa, das Mädel für fast alle Gelegenheiten.

Zurück im Wohnzimmer erzählte ich Tom Piny, dass sich Dr. Lika und die Prostituierte Manuela kannten und woher ich das wusste.

»Arnim hat viele Patienten.« TOP war überhaupt nicht verblüfft.

»Vielleicht steckt mehr dahinter, als wir ahnen«, gab ich zu bedenken. »Denk an die Bekennerschreiben. Wer kennt die Werke des Marquis de Sade?«

»Du kennst de Sade zum Beispiel verdammt gut«, stellte TOP fest. »Wundert mich ein bisschen, Grappa. Frauen in deinem Alter lesen eigentlich Rosamunde Pilcher.«

»Die hab ich davor gelesen«, schwindelte ich. »Danach war der Weg zu den *120 Tagen von Sodom* sozusagen zwangsläufig vorgezeichnet.«

Mir fiel der Therapeut wieder ein. »Wie hast du Lika eigentlich kennen gelernt? Bist du sein Patient?«

»Bisher nicht. Aber das kann sich ja ändern. Ich weiß ja nicht, was du heute Abend noch mit mir vorhast«, grinste Piny.

»Es geschieht nichts, was du nicht willst, Kleiner!«

»Er ist ein Schulfreund«, erklärte TOP. »Ich kenne ihn vom Gymnasium. Ich habe die Mädels flachgelegt und er hat mich anschließend gefragt, was ich dabei gefühlt habe.«

»Also ein Voyeur?«

»Quatsch! Er ist Wissenschaftler und betrachtet Menschen nun mal gern unter dem Brennglas.«

»Gehörten Junghans und Manthey zu seinen Patienten?«

»Keine Ahnung.«

»Dann frag ihn doch mal!«

»Das würde er mir nie sagen. Schon mal was von ärztlicher Schweigepflicht gehört, Grappa?«

Der Büro-Fifi

Noch war das Wochenende nicht da, das mich in den Club *Chez Justine* führen sollte. Ich hatte Routinearbeiten zu erledigen, denn Journalisten leben nicht nur von den spektakulären Geschichten. Wider Erwarten interessierten sich nicht alle unsere Leser für hinterhältigen Mord, sexuelle Perversitäten und heiße Wahlkampfschlachten.

Gegen Mittag hatte ich einen Termin bei Jakob Nagel, dem Oberbürgermeisterkandidaten der Sozialdemokraten. Er hatte den gemeuchelten Manthey als Letzter gesehen, konnte mir vielleicht sagen, was Manthey an diesem Abend noch vorgehabt hatte.

Nagel hatte im Rathaus ein Büro, er schmiss die Geschäfte des Oberstadtdirektors, der seit Monaten krank war.

Ich klopfte an Nagels Vorzimmertür, wartete das »Herein« nicht ab und trat ein.

»Mein Name ist Grappa«, sagte ich, »Herr Nagel erwartet mich.«

Nagels Büro-Fifi kam auf mich zu. Sein Name war mir mal wieder entfallen, dafür schien er mich genau zu kennen, ohne jemals mit mir etwas zu tun gehabt zu haben. Ich wettete mit mir, dass er mich ätzend fand. Ich gewann.

»Sie müssen warten«, blaffte der Mann, »Herr Nagel hat noch Besuch.«

»Kein Problem«, lächelte ich gnädig, »fünf Minuten habe ich noch Luft. Danach bin ich wieder weg.«

Mein Satz machte Fifi zum Bello. »Sie müssen vielleicht noch länger warten«, kläffte er. »Das kann dauern.«

Er deutete auf einen Stuhl, ich setzte mich betont langsam. Er musterte mich, ich musterte zurück. Er machte sich davon.

Hinter der Tür – dort, wo Nagels Sekretärin saß – hörte ich ihn sagen: »Die lassen wir erst mal da sitzen.«

Doch dazu kam es nicht. Die Zwischentür zu Nagels Büro wurde geöffnet. Heraus traten zwei junge Männer in schwarzen Anzügen, hinter ihnen der OB-Kandidat.

»Frau Grappa«, begrüßte er mich, »nett, dass Sie da sind.« Und zu seinen Begleitern gewandt: »Das ist Frau Grappa vom *Bierstädter Tageblatt*.«

Die beiden Männer guckten mich abschätzig an.

»Darf ich Ihnen meine Wahlkampfberater vorstellen?«

Sie gaben mir die Hand, murmelten ihre Namen.

»Wahlkampfberatung?«, sinnierte ich. »Und? Was haben Sie ihm geraten?«

»Das gehört nicht in die Öffentlichkeit«, brummte einer. »Ich habe keine Lust, unsere genialen Ideen morgen in einer ... Lokalzeitung nachzulesen.« Er sprach das Wort *Lokalzeitung* aus, als habe er eine giftige Kröte im Mund.

Ich wollte ihm einen drübergeben, doch Nagel kam mir zuvor: »Aber – ich habe doch keine Geheimnisse vor Frau Grappa. Wir haben den Bau einer Vier-Phasen-Rakete besprochen. Lage peilen, Strategie entwickeln, Waffen schärfen, Kampf gewinnen.«

»Hört sich gut an. Haben Sie die ›Erneuerer in der SPD‹ auch in Ihr Konzept eingeplant?«

»Wie meinen Sie das?«

»Diese Gruppe scheint eine ziemlich ultimative Strategie zu verfolgen. Erneuern heißt für die ermorden.«

»Ich glaube nicht an die Existenz dieser Leute.«

»Sie sind ziemlich gelassen«, erwiderte ich.

»Ich werde mein Wahlkampfkonzept demnächst auf einer Pressekonferenz vorstellen«, beeilte sich Nagel zu sagen. »Und jetzt kommen Sie bitte!«

Der Kandidat verabschiedete seine Berater und schob mich in sein Büro.

»Arrogante Typen«, schimpfte ich.

»Das Konzept, das meine Berater mir vorgeschlagen haben, ist intelligent und kreativ«, behauptete Nagel. »Es könnte fast von Ihnen sein, Frau Grappa.«

»Zu viel der Ehre, Herr Nagel«, widersprach ich.

»Nehmen Sie die beiden jedenfalls nicht so ernst. Und jetzt zu Ihren Fragen.«

Nagels Wunsch

»Hat Manthey gesagt, ob er danach noch einen Termin hatte?«, fragte ich.

Nagel überlegte. »Gesagt hat er nichts. Aber ich hatte das Gefühl, dass er noch irgendwohin wollte. Er hat zwischendurch einige Male auf die Uhr geguckt.«

»Ich wusste gar nicht, dass der die Uhr lesen konnte«, murmelte ich.

Nagel überhörte den Angriff auf die Intelligenz seines Parteigenossen, griff zu seiner Pfeife und versuchte sie anzustecken. Ich sah ein Streichholzbriefchen in seiner Hand und es kam mir bekannt vor.

»Privatclub *Chez Justine*«, las ich, nachdem ich es mir geschnappt hatte. »Gehören die Streichhölzer Ihnen?«

Nagel wirkte überrascht. »Nicht, dass ich wüsste«, meinte er dann. »Das ist doch dieser Sadomaso-Club am Sauerländer Weg, oder?«

Jetzt war ich überrascht. »Sie kennen den Laden?«

»Ich wäre ein schlechter Stadtdirektor, wenn ich die einschlägigen Etablissements in Bierstadt nicht kennen würde«, erklärte Nagel. »Der Club liegt außerhalb des Sperrbezirks, ist privat und die Besucher sind diskret. Da kann man nichts machen ... solange nicht gegen Gesetze verstoßen wird.«

»Und wie kommen die Streichhölzer auf Ihren Tisch?«

»An diesem Tisch haben in den letzten Monaten viele Leute Platz genommen. Ich halte alle meine Besprechungen hier ab. Manche Besucher rauchen, andere nicht. Manche haben Feuerzeuge, andere bevorzugen Streichhölzer. Irgendjemand wird sie liegen gelassen haben.«

»Vielleicht Manthey? Wissen Sie, ob er in diesem Privatclub verkehrt hat?«

Nagel zuckte die Schultern. »Keine Ahnung, das interessiert mich auch nicht. Mir sind die sexuellen Vorlieben meiner Genossen egal. Jeder so, wie er's mag – natürlich nur, wenn die Strafgesetze nicht verletzt werden.«

»Sie haben also nie von so etwas gehört?«

Er schüttelte den Kopf.

Ich seufzte. »Besonders hilfreich sind Sie nicht.«

»Glauben Sie mir, ich würde Ihnen gern helfen, wenn ich könnte. Die Sache mit Junghans und Manthey ist mehr als schädlich für mich und meinen Wahlkampf. Und die Partei leidet auch darunter. Ich wünschte, die beiden würden noch leben.«

Jakob Nagel sagte es so, dass ich versucht war, ihm zu glauben. Aber ein Rest Misstrauen blieb zurück, vermutlich, weil er ein Politiker war.

»Junghans und Manthey haben Sie bekämpft, wann immer sie Gelegenheit dazu hatten«, erinnerte ich den OB-Kanndidaten. »Manthey hat sich geweigert, Ihren Wahlkampf mit Parteigeldern zu unterstützen, obwohl Sie der Kandidat seiner Partei sind. Warum fühlte er solche Aggressionen gegen Sie?«

Nagel lächelte. »In Scheidungsverfahren würde man so was ›Unvereinbarkeit der Charaktere‹ nennen. Es war von Anfang an so: Wir sahen uns und wir konnten uns nicht ausstehen. Dabei ist es geblieben.«

»Und jetzt ist er tot«, stellte ich fest. »Das hat er nun davon. Vielleicht sind Sie ja der Mörder?«

»Ach, du lieber Himmel! Die CDU macht mich in ihrer Wahlkampfkampagne schon für alles Böse in dieser Stadt verantwortlich. Aber auf so einen Gedanken würden noch nicht mal die Christdemokraten kommen. Sie haben wirklich eine rege Fantasie, Frau Grappa.«

»Ich weiß ja, dass Sie es nicht gewesen sein können«, räumte ich ein. »Der Mann an der Pforte hat mir bestätigt, dass Sie nach Mantheys Weggang die ganze Zeit in Ihrem Büro waren.«

»Sind Sie sicher? Vielleicht lügt der Rathauspförtner ja«, gab Nagel zu bedenken. »Immerhin bin ich sein Chef. Es kann ja sein, dass ich diese Aussage von ihm verlangt habe.«

»Wäre möglich. Ich kann mir aber nicht vorstellen, dass Sie sich die Mühe machen würden, den Mann nackt auszuziehen.«

»Warum nicht? Um Spuren zu verwischen oder falsche Motive zu installieren. Denken Sie an die Maske.«

»Ich glaube nicht, dass Sie etwas tun würden, das keinen wirklichen Sinn ergibt«, sagte ich. »Wenn Sie alle Ihre politischen Feinde in Bierstadt umbringen wollen, dann schaffen Sie das bis zum Wahltag sowieso nicht mehr.«

»Sie haben mich überzeugt, dass ich nicht der Täter sein kann«, sagte der Kandidat trocken.

»Vielleicht sind Sie aber der Nächste auf der Liste des Mörders.«

»Wir beide werden es irgendwann wissen«, meinte Nagel.

»Dann sind Sie aber tot!«

»Das liegt in der Natur der Sache.«

»Denken Sie nicht, dass so was passieren könnte?«

»Wissen Sie, Frau Grappa«, sagte er nun ernst, »gedacht habe ich daran schon. Aber ich habe einfach zu viel zu tun, mich mit ungelegten Eiern zu befassen. Wenn der Mörder vor mir steht, kann ich mich immer noch mit dem Thema beschäftigen.«

»Ich glaube einfach nicht, dass Sie so supercool sind«, meinte ich. »Statt dieser blasierten Wahlkampfberater sollten Sie sich lieber ein paar Bodyguards anschaffen.«

»Die beiden passen schon auf mich auf«, grinste der Kandidat. »Im eigenen Interesse übrigens. Die kriegen ihr Honorar erst, wenn ich Oberbürgermeister bin. Also müssen sie sich verdammt anstrengen.«

»Sie haben wirklich an alles gedacht«, nickte ich anerkennend.

»Eben. Ich bin der Beste – und deshalb will ich an die Spitze dieser Stadt.«

»Um jeden Preis?«

»Um fast jeden.« Nagels Stimme war entschlossen. »Aber Mord hat in meiner Strategie keinen Platz.«

»Lesen Sie eigentlich die Werke des Marquis de Sade?«

»Wenn mir mein Job Zeit dazu lässt. Marquis de Sade war ein ausgesprochen kluger Kopf – er wurde nur in die falsche Zeit hineingeboren.«

Anregungen

Der Tag unseres Besuches im Privatclub *Chez Justine* rückte näher. Ich wollte die Sache locker auf mich zukommen lassen, erhoffte mir aber keinen neuen Stoff für die Zeitung. Selbst wenn Junghans und Manthey Stammgäste des Clubs gewesen waren – eine Story war das nicht mehr. Beide waren schließlich tot – und wen würde jetzt noch interessieren, wo die beiden Politiker ihre Abende verbracht hatten?

Na ja, immerhin könnte ich eine Reportage schreiben. *Auf den Spuren der Bierstädter Politprominenz – ›Tageblatt-Reporterin taucht ab in die Niederungen sexueller Perversion‹* – ich hatte die Überschrift schon im Kopf.

Ich erzählte Peter Jansen von meinem Plan, verschwieg aber, in welchem Outfit ich meine Ermittlungen durchführen wollte und dass ich in Begleitung eines Kollegen von der Konkurrenz sein würde.

»Gute Idee, Grappa«, sagte mein Chef. »Sex und Tiere kommen immer gut. Was veranstalten die da eigentlich?«

»Keine Ahnung«, antwortete ich. »Sehen und gesehen werden. Vermutlich wird ein bisschen rumgevögelt. Aber das kriegst du ja heute schon in fast jeder Disko geboten. Anonymes Rudelbumsen ist in. Denk nur an die Swinger-Clubs. Da gehen sogar Ehepaare hin und suchen sich den Fick fürs Wochenende. Oder die Anzeigen in unserer Spalte ›Bekanntschaften‹: Die toleranten Ehepaare mit viel Tagesfreizeit, die ein gleich gesinntes Paar suchen.«

»Sadomaso ist aber noch was anderes«, stellte Peter Jansen fest, »da geht es ja wohl um Gewalt. Schlagen und geschlagen werden ...«

»Ich weiß. Da gibt es Sklaven und Herren, und ab und zu schwingt mal einer die Peitsche, die Sklaven rutschen auf den Knien herum und lassen sich schlecht behandeln. Die typische Freizeitbeschäftigung für eine sinnentleerte Gesellschaft, die den ultimativen Kick auf wirklich allen Gebieten sucht und ihn trotzdem nicht bekommt.«

»Wenn es den Beteiligten gefällt, ist da wohl nichts gegen einzuwenden«, gab Jansen zu bedenken. »Jeder soll das tun, was er will, um glücklich zu werden. Natürlich nur, wenn niemand dadurch geschädigt wird.«

»Du bist aber tolerant«, wunderte ich mich. »Hätte ich dir gar nicht zugetraut.«

Ich dachte plötzlich an das prickelnde Gefühl, das mich überfallen hatte, als ich mich in der Lederkleidung betrachtet hatte. Ich bin auch noch nicht am Ende meines Weges angelangt, dachte ich, die Vorstellung, sexy und verrucht zu sein, hatte mir gut gefallen.

»Auf jeden Fall muss ich rauskriegen, ob Junghans und Manthey wirklich Stammgäste im *Chez Justine* waren«, versachlichte ich das Thema. »Und ich muss wissen, welche Bierstädter Nasen da noch verkehren. Friedel Knaup hatte Streichhölzer des Clubs in seiner Jacke und auf Nagels Konferenztisch flogen auch welche herum. So viele Zufälle auf einmal gibt es nicht.«

»Dass Knaup der Sklave von Nagel ist, weiß ganz Bierstadt«, warf Jansen ein. »So, wie der immer vor ihm kriecht.«

»Sadomaso wäre es aber nur, wenn Nagel auch seinen Spaß dabei hätte – und wenn beide dabei sexuell erregt wären«, erklärte ich. »Und das bezweifle ich – zumindest was Nagel angeht.«

»Dann wünsche ich dir viel Freude in dem Club«, sagte Jansen. »Hol dir aber bloß keine neuen Anregungen für den Redaktionsalltag. Du schwingst die Peitsche schon genug.«

Kalter Abend

Der Sommer in diesem Jahr des Wahlkampfes strotzte eigentlich nur so von schönen, lauen Abenden, die dazu einluden, in Biergärten zu sitzen oder mit dem geöffneten Cabrio durch die Landschaft zu brettern. Dass ausgerechnet der Abend, an dem ich in knapper, zugiger Lederkleidung als Sexsklavin vorgeführt werden sollte, kalt, regnerisch und ungemütlich war, hätte mich von meinem Plan abbringen sollen.

Ich hatte Piny zu Hause abgeholt, saß in voller Montur am Steuer meines Autos. Die Maske hatte ich in der Handtasche gelassen, sie störte beim Gucken. Außerdem hätten wir in eine Polizeikontrolle geraten können und ich hatte keine Lust, als Bankräuberin festgenommen zu werden.

Mich fröstelte – ob vor Anspannung oder wegen der Außentemperaturen – ich wusste es nicht. Ich stellte die Autoheizung auf die Höchststufe und schaltete das Gebläse an.

»Wenn ich mir eine Blasenentzündung und 'ne Bronchitis hole, darfst du mich pflegen«, murrte ich. »Was machen die Sadomaso-Typen eigentlich im Winter? Die frieren sich doch den Arsch weg.«

»Richtige Sklaven sind abgehärtet«, glaubte Piny zu wissen. »Außerdem gibt's in dem Club beheizte Umkleidekabinen.«

»Du weißt wirklich erstaunlich gut Bescheid«, wunderte ich mich wieder.

»Mein Freund Lika ...«

»Hör mir auf mit dem Psychofritzen«, wehrte ich ab. »Ich wette, dass dieser Lika sexuell schräg drauf ist und seine Psychologie nur ein Deckmäntelchen, hinter dem sich Abgründe auftun. Stellst du mir den Mann eigentlich mal vor?«

»Klar«, grinste Piny. »Ich weiß doch, dass du auf Männer stehst, bei denen du Abgründe vermutest.«

»Quatsch«, widersprach ich. »Ich habe mir immer einen unkomplizierten Mann gewünscht, der handwerklich begabt ist, gut aussieht, wenig spricht und keine Widerworte gibt.«

»Mehr nicht?«

»Na ja«, räumte ich ein. »Er sollte schon mit dem Körperteil üppig ausgestattet sein, das Frauen im Allgemeinen viel Freude macht.«

»Dann wird dir Lika gefallen«, sagte er voraus. »Der lässt nichts anbrennen. Er kennt jeden Trick und hat mir manchen Tipp gegeben. Er ist ein Meister der Sexualmagie.«

»Ich dachte, du hast die Mädels früher flachgelegt und er hat nur analysiert«, erinnerte ich mich.

»Irgendwann kehrte sich das um. Ich heiratete und war aus dem Rennen. Also musste er allein weitermachen: flachlegen und danach analysieren. Manchmal auch in umgekehrter Reihenfolge. Hat ihm aber gut gefallen. Vermutlich bis heute Abend.«

»Wieso?«

»Weil er dich heute Abend kennen lernen wird. Das wird seinem Leben eine völlig neue Wendung geben.«

»Er wird da sein?«

»Sicher.«

Ich trat aufs Gas, heftiger, als ich wollte, und blieb mit dem hohen Absatz des Stiefels zwischen Pedal und Boden hängen. Der Wagen schoss die Straße hinunter.

»Grappa, pass doch auf!«, schrie Piny. »Wir landen gleich im Graben.«

»Keine Panik.« Ich hatte den Wagen wieder unter Kontrolle. »Was hast du ihm über mich erzählt?«

»Nichts Besonderes«, wich TOP aus.

Ich fuhr rechts ran, stoppte den Wagen. »Also?«

»Mein Gott, Grappa!« Meine Frage war ihm sichtlich unangenehm.

»Ich höre!«

»Er weiß nicht, dass du Journalistin bist. Er denkt, dass du ... Na ja.«

»Was?«

»Dass du eine Frau bist, die einen neuen Lord sucht.«

»Einen Lord?«

»Heute Abend ist Sklavenmarkt. Die Lords bringen ihre Sklavinnen mit und versteigern sie.«

»Versteigern?«

»Oder tauschen.«

»Tauschen?«

»Versteh doch, Grappa!« In Tom Pinys Stimme war ein leises Flehen. »So ein Abend wie heute findet nur einmal im Jahr statt. Deshalb werden heute Abend alle Freaks beisammen sein. Das ist eine Supergelegenheit zur Recherche.«

»Habe ich das richtig begriffen? Du willst mich heute Abend versteigern oder tauschen?«

»So ist das nun mal mit Sklaven«, belehrte er mich. »Die können sich keinen Herren aussuchen, die Sache läuft umgekehrt.«

»Du willst mich verarschen!«

»Ist doch alles nur ein Zeitvertreib für Erwachsene«, spielte er die Sache hinunter. »Die Mädels stehen auf der Bühne, präsentieren sich und die Typen geilen sich auf.«

»Ich werde bestimmt nicht auf eine Bühne gehen!«

»Musst du ja auch nicht. Es gibt ein paar Durchgänge«, beschwichtigte er. »Bis du drankommst, sind wir längst weg. Du wirst sehen, das wird 'ne schöne Sache. Es wird dir gefallen.«

»Ich hätte nicht übel Lust, die Polizei anzurufen. So was ist doch bestimmt verboten.«

»Ist es nicht. Alles findet auf freiwilliger Basis statt. Es handelt sich um eine höchst private Veranstaltung. Auch, wenn die Sklavinnen ausprobiert werden. Alles nur mit Zustimmung aller Beteiligten. Wir leben schließlich in einem freien Land, in dem ...«

»Sklavenmärkte abgehalten und Frauen vergewaltigt werden«, vervollständigte ich den Satz.

»Du hast einen verdammten Hang zur Dramatik! Das sind keine Vergewaltigungen«, wehrte Piny ab. »Die Sklavin braucht ihren Herrn und der Herr seine Sklavin. Nur so können sie Befriedigung finden. Beide sind also völlig voneinander abhängig. Es handelt sich um ein gegenseitiges Geben und Nehmen.«

»Diesen Psycho-Mist hast du bestimmt von deinem Freund Lika.« Ich ließ den Motor wieder an, fuhr weiter. »Ist dir eigentlich aufgefallen, dass mal wieder alles auf Kosten der Frauen geht?«

»Da liegst du völlig falsch«, widersprach er. »Die Sklavinnen haben auch ihren Spaß. Sie wollen sich unterwerfen. So ist das!«

»Spinner«, sagte ich grob. »Das ist finsterstes Macho-Gelaber. Wahrscheinlich glaubst du auch, dass Frauen, die nein sagen, in Wirklichkeit ja meinen.«

»Manchmal.«

»Es ist nicht zu fassen! Ich habe mit vielen Frauen gesprochen, die vergewaltigt oder sexuell misshandelt worden sind. Glaubst du wirklich, dass die das insgeheim gewollt haben?«

»Natürlich nicht! Du willst mich nicht verstehen, Grappa! Es geht in diesem Fall nicht um Verstöße gegen das Strafgesetzbuch, sondern um sexuelle Neigungen, die legal ausgelebt werden.«

»Na, dann ist ja alles im grünen Bereich«, murmelte ich grimmig. »Ich kann's kaum erwarten, den Laden aufzumischen.«

Herrenabend

An dem weißen Haus am Sauerländer Weg war ich schon einige Male vorbeigefahren. Es handelte sich um ein ziemlich großes, stabiles Gebäude mit verhangenen Fenstern, das aber ansonsten optisch aus dem bürgerlichen Rahmen nicht herausfiel.

Es gab genug Parkplätze vor dem Club. Als wir ausstiegen, schlug ich meinen Mantel eng um mich, denn es wehte ein kalter, feuchter Wind.

»Warte, Grappa«, sagte TOP. »Ich muss dich ... nun ja, festmachen.«

»Was?«

Ich bemerkte, dass er plötzlich eine Art breites Halsband in der Hand hatte, an dem ein Karabinerhaken und eine Messingkette befestigt waren.

»Jetzt reicht's mir langsam«, platzte mir der Kragen, »bleib mir mit dem Ding vom Leib, sonst erwürge ich dich mit der Kette.«

»Ich muss doch dokumentieren, dass du zu mir gehörst«, sagte Piny.

»Dann machst du heute halt mal eine Ausnahme«, bestimmte ich. »Schließlich warst du noch nicht so oft da. Können wir jetzt endlich rein? Ich hol mir den Tod und meine Haare fallen gleich auch zusammen.«

»Die Maske!«

»Die habe ich völlig vergessen!« Ich kramte das Ding aus der Handtasche und setzte sie auf. Wenigstens konnte mich so niemand erkennen.

Wir bewegten uns Richtung Eingang. Ich musste aufpassen, dass ich mit den gottverdammten Stiefeln nicht lang hinschlug. An Pinys Arm stöckelte ich voran.

Geschlossene Gesellschaft stand auf dem Schild, das an der Tür hing. Und: *Heute Herrenabend.*

»Gibt's solche Auktionen eigentlich auch mit männlichen Sklaven?«, raunte ich TOP zu. »Ich brauche dringend jemand, der mir die Hausarbeit macht.«

»Alles ist drin«, antwortete Piny. »Wenn du ihn nicht nur putzen lässt, sondern ihn auch sonst ein bisschen quälst.«

Ich wollte mir noch einen flotten Spruch herausschrauben, als sich die Tür öffnete.

»Guten Abend«, sagte eine Männerstimme.

»Lord Tom und Sklavin Grap... Mary.« Piny hatte gerade noch die Kurve gekriegt.

»Ihre Einladung, Lord Tom!«, forderte der Mann und öffnete die Tür ein wenig. Der Türwächter hatte ein Lederwams an, das die Brustwarzen frei ließ, und eine enge schwarze Hose, in der zwischen den Lenden die berühmte Hasenpfote eingearbeitet war.

Piny reichte ihm eine Karte, die eingehend geprüft wurde.

»Treten Sie ein, Lord Tom!«

Als die Tür offen war, wollte ich forsch vorangehen, doch TOP gab mir einen Schubs.

»Drei Schritte hinter mir, du elende Sklavin!«, brüllte er.

Ich glaubte, meinen Ohren nicht zu trauen. »Tickst du nicht sauber?«, brüllte ich zurück.

Der Türsteher guckte kariert.

»Sie muss erst noch Lektionen erhalten«, sagte Piny zu ihm. »Sie braucht einen besonders strengen Herrn.«

Der Typ lächelte verständnisvoll. Piny schob mich an ihm vorbei und ich sah, dass der Mann kleine Metallklammern an den Brustwarzen hatte, die mit einer Kette verbunden waren. Mir wurde leicht schummrig. Das kann ja heiter werden, dachte ich.

Wir gingen einen Flur entlang, an dessen Ende warmes Licht schimmerte. Es waren schwülstige Musik und Menschenstimmen zu hören.

Vor dem Zimmer stand eine junge Frau in Zimmermädchentracht. Jedenfalls fast. Sie trug ein neckisches Häubchen im blonden Haar, ein Blüschen aus Baumwolle und eine winzige weiße Schürze. Den Rock hatte man ihr weggenommen, dafür hatte sie einen Federbusch in der Hand, der wohl zum Abstauben gedacht war.

»Ist das hier ein Kostümfest, oder was?«, fragte ich leise.

Die Maus nahm uns die Mäntel ab. TOP trug einen normalen dunklen Anzug und ich stand da in meiner scharfen Kluft. Fast wäre ich in hemmungsloses Lachen ausgebrochen, als ich mich im Spiegel sah. Allein zu Hause hatte ich mich ja noch einigermaßen erotisch gefunden, doch in diesem Umfeld, das von schlechtem Geschmack geprägt war, war ich der absolute Höhepunkt.

»Kommt echt gut«, tröstete Piny mich. »Die Jungs werden auf dich ... stehen. Ich werde einen guten Preis für dich kriegen, Grappa.«

Wir traten ein. Der Raum war riesig, im hinteren Teil war eine Bühne aufgebaut worden, die Rückwand war mit rotem Samt bezogen. Auf der Bühne standen allerhand Gerätschaften herum, die ich aus Schulzeiten vom Turnunterricht in Erinnerung hatte. Eine Art Barren, ein so genanntes Pferd, dicke Lederkissen. Der Rest des Equipments kam dagegen nicht aus der Trimmecke: Ketten, Handschellen, Dildos in zahlreichen Farben und Größen, Vibratoren, Rasiergeräte, merkwürdige Ringe, Gewichte und Metallklammern. Vor der Bühne waren runde Tische aufgestellt worden, auf denen Kerzen brannten. Daneben lagen die Streichholzbriefchen, die ich ja schon zur Genüge kannte.

Es waren noch nicht viele Leute da. Auf den ersten Blick erkannte ich niemanden, die Frauen trugen Masken und von den Männern hatte ich zuvor noch keinen gesehen.

»Ist dein Freund Lika schon da?«, fragte ich TOP.

»Ich sehe ihn nicht«, antwortete er. »Arnim ist immer ein wenig unpünktlich. Schon in der Schule hat er ...«

»Verschone mich mit deinen Kindheitserinnerungen«, meinte ich unfreundlich. »Die Atmosphäre geht mir schon jetzt auf den Geist. Ich hasse Räume mit wenig Licht, schwülstiger Musik und mangelhafter Belüftung.«

»Mach mich nicht so an, Grappa! Wer ist hier eigentlich der Sklave?«, brummte Piny und schob mich zur Bar. »Trink erst mal einen, damit du ein bisschen lockerer wirst.«

Der Barkeeper näherte sich uns. Er trug eine eng anliegende Maske, sie sah denen ähnlich, die die beiden Toten über ihren Köpfen gehabt hatten. Als der Mann Piny sah, schien er zu stutzen.

»Die Getränkekarte, bitte!«, sagte TOP herrisch. Er schien viel Spaß beim Austeilen von Befehlen zu haben.

Der Keeper reichte sie ihm, wollte wohl gehen, blieb dann aber doch stehen.

»Ist noch was?«, blaffte Piny ihn an.

Der Mann verbeugte sich und trollte sich in die von uns am weitesten entfernte Ecke der lang gezogenen Bar.

»Der scheint dich zu kennen«, sagte ich.

»Und wenn schon.« TOP blieb cool. »Ich bin schließlich beruflich hier. Undercover – sozusagen.«

»Mir kommt er auch irgendwie bekannt vor«, grübelte ich.

»Reiß ihm bloß nicht die Maske runter«, warnte mich mein Kollege, »dann fliegt unsere Tarnung auf und der Abend ist geschmissen.«

»Keine Angst, ich bin schließlich Profi«, beruhigte ich ihn. »Sonst vierteilen die mich womöglich noch.«

»Braves Mädchen! Und jetzt sucht sich meine Sklavin Mary mal einen netten Drink aus. Die Cocktails in diesem Schuppen sind sagenhaft.«

Ich warf einen Blick in die Karte. Die Titel der Getränke waren ausgesprochen originell: *Sweet Bondage, The 120 days of Sodom, Bloody Lips, Dream of O, Sade's Paradise, Sticky Fingers, Wet Dream, Bitter Nightmare* und *Angels Tit* – um nur einige zu nennen.

»Du nimmst bestimmt *Angels Tit*«, grinste ich. »Den feinherben Longdrink in Körbchengröße D.«

»Der ist wirklich gut«, bestätigte Tom. »Meine Frau hat den zu Hause mal nachgemixt. Ist ganz einfach und hat eine tolle Wirkung. Du nimmst Tequila, Limettensaft, Limonade, gießt alles über Eis und garnierst es mit einer Zitronen- und einer Limettenscheibe. Beim richtigen Quantum siehst du nur noch barbusige Engel mit Riesenohren ...«

Die maskierte Bedienung näherte sich uns wieder. »Haben Sie sich entschieden?«, flüsterte der Mann.

»Ich nehme *Bitter Nightmare*. Der Name gefällt mir so gut. Können Sie mir sagen, was da drin ist?«

»Moment. Ich hole den Mixer. Ich bediene hier nur.«

»Mein Gott, machen Sie das kompliziert!«, staunte ich.

»Da ist Arnim!«, stellte Piny plötzlich fest. Er winkte einem Mann zu, der gerade in den Raum gekommen war und sich zu orientieren versuchte.

»Hierher!«, rief mein Begleiter.

Der Mann war sehr groß und schlank, sein dunkles Haar war gelichtet, er trug es deshalb ziemlich kurz geschoren, was die Kanten in seinem Gesicht sehr hart erscheinen ließ.

Er war nicht allein. Eine kleine, zierliche Frau folgte ihm, sie trug ein ähnliches Kostüm wie ich, doch an ihr wirkte es wesentlich geschmeidiger als an mir. Sie bewegte sich darin, als wäre sie in schwarzem Leder geboren worden.

Dr. Arnim Lika gab mir die Hand. Er blickte mir in die Augen, was wegen der Maske ziemlich schwierig war, doch er schaffte es. Mich traf eine Art mittelblauer Laserstrahl.

»Hallo, Mary«, sagte er mit belegter Stimme. »Schön, Sie kennen zu lernen. Tom hat mir viel über Ihre Qualitäten erzählt.«

Überrascht sah ich zu Piny. Über welche meiner Vorzüge hatte er sich wohl ausgelassen? Er machte ein unschuldiges Gesicht.

Während der Begrüßung hatte sich die Frau im Hintergrund gehalten. »Stellen Sie mir Ihre Begleiterin nicht vor?«, fragte ich.

Likas Miene verfinsterte sich. »Es ist völlig ohne Belang, wer sie ist«, sagte er. »Sie hat keine Bedeutung. Nicht die geringste.«

»Sie sind ein echter Charmeur!«, sagte ich ironisch. Ich trat zu der Frau und hielt ihr die Hand hin. »Guten Abend!«

Sie machte keine Anstalten, meinen Gruß zu erwidern.

Ich sah sie mir genauer an. Die Maske verbarg das Gesicht, ich konnte die Augen, die durch die Schlitze blickten, nicht einordnen. Ich bemerkte, dass Likas Sklavin ein Tattoo trug: die Initialen *A. L.*, eingefräst zwischen den beiden Brüsten.

»*Bitter Nightmare* besteht aus Wodka, Gin, braunem Rum, Lycheelikör, Kaktusfeigenlikör, Ananassaft, Zitronensaft, Grenadine«, teilte der Barmann mit, der inzwischen zurückgekehrt war.

»Nimm den bloß nicht«, warnte mich Piny, »das ist kein Alptraum, sondern ein Hirnhammer. Zwei von solchen Dingern und du tanzt nackt auf dem Tisch.«

»Ich dachte, das wolltest du«, gab ich zurück und orderte den bitteren Alptraum.

Der Keeper nickte beflissen. Dr. Lika entschied sich für den Drink *The killer inside me* und in einem jähen Anflug von Großzügigkeit bestellte er für seine Begleiterin eine Cola light. Der Barmann notierte alles und trabte weg.

»Wann geht die Show denn los?«, wollte ich wissen.

»Das kriegen wir schon mit«, meinte TOP.

»Sie sind gar keine Sklavin«, sagte Lika. Er hatte sich dicht neben mich gestellt, sein Arm streifte meinen Handschuh. »Warum hast du mich belogen, Tom?«

»Tut mir Leid, Arnim.«

»Wer ist diese Frau?«

»Mary ist Maria Grappa vom *Bierstädter Tageblatt*«, stammelte Piny. »Wir sind beruflich hier. Es geht um die Morde – aber das kannst du dir ja sicher denken.«

»Und den Mörder vermuten Sie hier?«, fragte mich Lika.

»Warum nicht? Auf jeden Fall trugen die beiden Opfer Sadomaso-Masken und die Repräsentanten dieser Stadt scheinen mit Streichhölzern aus dem Club hier nur so um sich zu werfen. Diese Fakten waren mir einen Besuch wert – und dieses überaus alberne Kostüm.«

Lika lachte. »Das, was heute Abend hier passiert, hat mit Sadomasochismus absolut nichts zu tun. Das sind Spielchen. SM ist nicht nur körperliche, sondern in erster Linie seelische Unterwerfung. Ich habe ein Buch darüber geschrieben, in dem ich das alles ganz genau erklärt habe ...«

»*Sehnsucht nach Unterwerfung*«, zitierte ich. »Ich hab es quergelesen. Interessant ist Ihre Interpretation der *Geschichte der O*. Dass die O in Wirklichkeit die Herrin ist, obwohl sie ständig vergewaltigt und geprügelt wird. So kraus im Kopf können auch nur Männer sein.«

»Sie haben keine Ahnung, Frau Grappa«, sagte Lika ärgerlich. »Empfindet die O totale Lust oder nicht? Kann sie sich sexuell völlig hingeben oder nicht? Hat sie ihre Höhepunkte oder nicht? Ist sie glücklich oder nicht? Der Sadist unterwirft sich den Wünschen seiner Partner – er dient ihnen – er ist der wirkliche Gefangene.«

»So ein Blödsinn!«, erregte ich mich. »Sadisten sind wie Kinder, die einen Käfer auseinander reißen, um an das Geheimnis seines Ichs zu kommen. Doch das gelingt nicht. Der Käfer wird lediglich zerstört und nicht entdeckt, geschweige denn verstanden.«

»Hör auf, Grappa«, nörgelte Piny. »Wir sind hier nicht im literarischen Zirkel einer frustrierten Frauengruppe. Ich will einen netten Abend haben und was erleben. So wie die meisten hier!«

Der Barmann stellte die Drinks hin. Lika winkte seine Begleiterin heran. Sie näherte sich zögernd, er drückte ihr das Glas Cola in die Hand. Dann hielt er inne, winkte den Keeper heran und flüsterte ihm etwas ins Ohr. Die Frau blieb in ergebener Haltung stehen.

»Jetzt zeige ich Ihnen mal, wie sich eine wirkliche Sklavin verhält«, kündigte Lika an.

Sekunden später reichte ihm der Barmann einen Hundenapf. Lika nahm seiner Begleiterin das Glas weg, goss die Cola light hinein und setzte das Gefäß auf den Boden.

Die Frau ging in die Knie, beugte sich nach vorn und schlabberte das Getränk wie ein Tier in sich hinein.

Ich nahm die Szene wahr, ohne sie wirklich zu begreifen. Auch Piny schien fasziniert von der Nummer zu sein, denn er beobachtete mit offenen Mund, was sich da unter ihm auf dem Boden abspielte.

»Tolles Schauspiel«, höhnte ich. »Sie sind echt klasse! Ein richtiger Mann!«

»Ich will mich frisch machen«, sagte Lika. Seine Augen hatten sich verengt und seine Stimme war hart. Er verschwand, gab aber vorher seiner Sklavin ein Zeichen. Sie nahm wieder eine aufrechte Haltung ein.

»Du hast ihn aus der Fassung gebracht«, klagte Piny, als er ihm nachsah. »Er ist sonst überaus charmant. Die Frauen fliegen auf ihn. Zumindest manche. Er macht sie glücklich.«

»Glücklich? Guck dir die arme Maus da an.« Ich deutete auf Likas Begleiterin. »Die muss ja total glücklich sein – hinter so einem Wichtigtuer rumwieseln zu dürfen. So was nenne ich Selbstverwirklichung der Frau!«

Piny kam nicht mehr dazu, das Loblied auf seinen Schulfreund zu Ende zu bringen, denn die Show schien zu beginnen. Eine süßliche Lautsprecherstimme forderte die Gäste auf, an den Tischen Platz zu nehmen.

Ich nahm das Glas mit dem Alptraum und stöckelte hinter Piny her. Verstohlen sah ich mich um. Noch immer keine bekannten Gesichter – oder doch?

Da ganz hinten, direkt an der Wand, saß ein Mann, der mir irgendwie bekannt vorkam. Ich aktivierte meine Hirnströme – und dann hatte ich's.

»Ich habe jemanden entdeckt«, raunte ich Piny zu.

»Wen?« Er war ganz Ohr.

»Schau nach rechts, dann dreh dich etwas nach hinten und du siehst sie.«

Er tat es relativ unauffällig, wandte sich mir zu und sagte: »Wen meinst du? Den Mann da?«

»Das ist kein Mann«, flüsterte ich. »Das ist unsere Gerlinde Smart – in Männerkleidern.«

»Hätte ich nicht gedacht, dass sie so einen Fehler mitten im Wahlkampf macht«, meinte TOP viel sagend.

»Du bist gar nicht überrascht?«

»Nicht wirklich«, antwortete Tom. »Sie tritt gern als Domina auf. Eine weibliche Herrin.«

»Also gibt es doch weibliche Lords!«, rief ich aus. »Und warum sitze ich hier in diesem dämlichen Outfit? So ein Anzug würde mir viel besser stehen!«

»Reg dich ab, Grappa«, schnauzte er. »Wenn du weiter so ein Gezeter machst, schmeißen die uns raus. Smart ist hier Stammgast.«

»Und was macht sie hier?«

»Sie greift sich hier die Bubis ab«, erklärte er.

»Ach so«, begriff ich. »Ihre Aktion ›Junge Inder für Bierstadt‹ ist also nicht ganz uneigennützig.«

»Schön, dass du's begriffen hast.«

Grappa, du bist naiv, dachte ich. Warum nur war ich nicht auf den Trichter gekommen? Gerry Smart umgab sich seit Beginn ihres Wahlkampfes mit sehr jungen, kräftigen Männern, blond und gesund, frech und dreist. Sie waren als Saalordner und Bodyguards genauso präsent wie als Claqueure und Häppchenservierer. Sie trugen Designer-Anzügen, doch in Leder, Latex und auf dem Bettvorleger der Kandidatin konnte ich sie mir ebenso gut vorstellen – frei nach dem Motto: Knie dich hin und gib dir Mühe!

»Ist denn in diesem verdammten Bierstadt kein Politiker mehr normal?«, fragte ich.

»Was ist heutzutage schon normal?«, entgegnete TOP. »Einer ihrer derzeitigen Lover ist Küchenjunge im Restaurant des Clubs.«

»Küchenjunge?«

»Na ja. Er bringt die Zwiebelschalen in die Tonne und darf ab und zu mal eine Zitrone auspressen. Der Kleine ist so um die sechzehn.«

»Und du hast das alles gewusst?« Ich lachte hysterisch auf.

»Sicher«, gab Piny zu. »Bisher hatte ich nur keinen Anlass darüber zu schreiben. Das könnte sich vielleicht heute Abend ändern.«

Inzwischen saßen wir zu viert an einem der Tische vor der Bühne, auf der in wenigen Minuten die Sklavinnen-Auktion beginnen sollte. Dr. Lika und seine Begleiterin hatten sich zu uns gesellt. Mein Auftritt hatte sie nicht entscheidend abgeschreckt. Piny hatte für mich einen zweiten *Bitter Nightmare* geordert, das Zeug schmeckte grauenhaft und passte somit hundertprozentig zu dem Abend.

Der Barkeeper hatte seinen Platz hinter dem Tresen verlassen, denn er schleppte meinen Cocktail zu unserem Tisch. »Einmal *Bitter Nightmare,* Frau Grappa«, sagte er.

Ich stutzte. »Woher kennen Sie meinen Namen?«

Der Mann wollte weg, doch ich hielt ihn am Arm fest. Jetzt ist Schluss mit lustig, dachte ich grimmig und sagte scharf: »Mir war gleich so, als ob ich Sie kennen würde. Sagen Sie mir, wer Sie sind!«

Er wollte weg, da hob ich meinen Arm und streifte ihm die Maske vom Gesicht. Die Überraschung war perfekt: Vor mir sah ich den gequälten Gesichtsausdruck von Friedel Knaup, dem Chefkassierer des SPD-Bezirks und Mitarbeiter des Ordnungsamtes.

»Das kann doch nicht wahr sein!«, hörte ich Piny stöhnen.

»Verraten Sie mich bitte nicht«, jammerte Knaup.

Ich starrte ihn noch immer an, als hätte ich eine außerirdische Erscheinung vor mir. Dann sagte ich: »Warum, zum Teufel, servieren Sie Drinks in diesem Club?«

»Sie wissen doch, wie schlecht die Gehälter bei der Stadtverwaltung sind«, meinte Knaup weinerlich, »mir bleibt nichts anderes übrig, als mir noch was dazuzuverdienen.«

»In diesem Club?«, meinte ich streng. »Warum nehmen Sie keine Putzstelle an oder fahren Pizzas aus?«

Knaup wusste keine Antwort. Ich ließ ihn los. Eine unbändige Lust zu lachen ergriff mich und ich gab ihr nach. Dieser Abend hat es wirklich in sich, dachte ich. Knaup sah mich verstört an.

»Verraten Sie mich nicht«, wiederholte er. »Ich habe keinen Nebentätigkeitsantrag bei der Stadt gestellt. Das kann mich meinen Job kosten.«

»O ja, bei so was kennt Nagel keinen Spaß«, kicherte ich.

Knaup blieb noch ein paar Sekunden unschlüssig stehen, dann trollte er sich.

Entspannt lehnte ich mich in meinem Stuhl zurück. Heute Abend würde mich nichts mehr überraschen können.

Düstere Musik füllte den Raum, die Bühne war in rotes Licht gehüllt. Die erste ›Ladung‹ Sklavinnen – etwa zehn – begab sich auf die Bühne. Es war für jeden Geschmack etwas dabei: große und kleine, zierliche und üppige, blonde, braune und schwarzhaarige.

Die Frauen hatten ihre Gesichter maskiert, alle trugen ein Halsband und enge, knappe Kostüme, die mehr frei ließen als verbargen. Auf den Hinterteilen der Kostüme waren große Nummern angebracht. Die Sklavinnen bewegten sich zu der Musik oder versuchten es zumindest, denn bei einigen wirkte es sehr ungelenk.

Die Männer im Publikum starrten wie gebannt auf das, was sich vor ihnen abspielte. Die Mädels drehten einige Runden, blieben danach im Kreis stehen. Ein Spot leuchtete auf, ein Mann im Smoking kam hinter der Dekoration hervor. Er war nicht maskiert, sah sehr elegant aus und hatte ein drahtloses Mikrofon in der Hand.

»Meine Damen und Herren, liebe Clubmitglieder, verehrte Lords und Herren – der Club *Chez Justine* begrüßt Sie zu einer Auktion der ganz besonderen Art. Diese Frauen hier ...«, er deutete mit weit ausholender Geste auf die wartenden Frauen, »... suchen einen neuen Herrn. Ihre Besitzer wollen sie veräußern. Ich habe heute Abend die Ehre, die Vorzüge der einzelnen Sklavinnen vorzustellen. Kommen wir zu Nummer eins ...«

Eine dralle Blonde trat zu dem Conférencier hin. Sie hatte den Kopf demütig gesenkt.

»Das ist Teresa. Sie ist eine perfekte Sklavin – so sagt ihr Herr. Und sie ist schön. Schauen Sie sich diese Brüste an ...«

Mit einem Ruck riss er der Frau das geknöpfte Lederoberteil auf und entblößte sie. Ein Raunen ging durch den Raum.

»Ekelhaft!«, flüsterte ich TOP zu. »Glaub bloß nicht, dass ich da raufgehe.«

Er reagierte nicht, denn er hatte sich in Teresas Oberweite vertieft. »80 D«, murmelte er ergriffen. »Wahnsinn!«

»Nummer eins ist gut eingeritten und durch alle Öffnungen zugänglich. Ihr neuer Herr wird viel Freude an ihr haben. Sie hat auch nichts dagegen, ausgeliehen zu werden. Außerdem ist sie perfekt in Haushaltsführung und sie mag die Gartenarbeit. Der Lord, der Nummer eins erwirbt, kann viel Geld sparen.«

Applaus brauste auf.

»Mir wird schlecht«, kündigte ich an. Ich erhob mich.

»Wo willst du hin?«, fragte TOP sichtlich nervös. Er zog mich wieder auf den Stuhl zurück, klemmte meinen Arm.

»Erst kotzen, dann telefonieren«, antwortete ich.

»Mit wem?«

»Ich kenne die Vorsitzende der Frauengruppe ›Rote Zora‹«, sagte ich wild entschlossen, »die Mädels sind zwar schon etwas angegraut und müde, doch die Show hier wird sie wieder munter machen. Wetten, dass?«

»Du willst die lila Weiber hierher locken?« Piny geriet in Panik.

»Genau. Wenn schon Stimmung in der Bude, dann wenigstens die richtige. Und jetzt lass meinen Arm los!«

Doch bevor ich mich erheben konnte, passierte es. Etwas flog in den Raum, plötzlich war alles voller Rauch, helles Feuer loderte auf. Ich hörte Schreie, sah, wie der Conférencier von der Bühne rannte, gefolgt von Sklavin Teresa und ihren Kolleginnen.

»Wir müssen hier raus!«, schrie ich angsterfüllt, denn ich hatte plötzlich die Einrichtung des Clubs vor meinem Auge: voluminöse Vorhänge, Holzvertäfelungen, Federboas, Kerzen und all diesen leicht brennbaren Mist.

Plötzlich bewegte sich alles, was lebte, zur Tür hin, eine Panik stand kurz bevor.

Ich befand mich schon auf halber Strecke zum rettenden Ausgang, bemerkte noch, dass Piny, Lika und seine Begleiterin hinter mir waren, da flog auch schon die zweite Brandbombe in den Raum – fast hätte sie mich getroffen. Ich schrie erneut, sprang nach vorn und zur Seite und fiel gegen den Mann, der sie geworfen hatte. Er hielt mich fest und verhinderte so, dass ich auf den Boden schlug.

»Sind Sie wahnsinnig?«, brüllte ich ihn an.

Er war vermummt, trug einen dunklen Schal vor dem halben Gesicht und eine Sonnenbrille.

Diesmal war das Wurfgeschoss hinter der Bar gelandet, dort, wo Friedel Knaup seine Drinks bewacht hatte. Doch der Platz hinter der Bar war inzwischen verwaist – nur Feuer war zu sehen.

Frauen und Männer liefen an mir vorbei ins Freie. Der Qualm wurde unerträglich, ich begann zu husten, bekam kaum noch Luft. Langsam schienen mir die Sinne zu schwinden, denn ich wurde plötzlich kraftlos, meine Beine wurden schwer, doch ich wusste, dass ich unbedingt ins Freie gelangen musste.

Ein weiterer Hustenanfall warf mich fast um. Gebückt und röchelnd schleppte ich mich Richtung Tür. Ich merkte, dass ich unsanft gepackt und aus dem Raum gezogen wurde.

Im Freien atmete ich tief durch. Mein Atem raste noch immer. Als ich wieder denken konnte, bemerkte ich, dass ich an einen Mann gelehnt stand. Ich sah hoch und erkannte, dass es der Attentäter war.

»Sie waren das! Was fällt Ihnen ein?«, keuchte ich. »Warum tun Sie das?«

Der Angesprochene schaute mir ins Gesicht. Ich griff nach oben und riss ihm den Schal weg.

»Nazmi!« Ich war fassungslos.

Im Gegenzug zog er mir die Maske herunter.

»Sie sind das?«, brach es aus ihm heraus. »Sie gehören auch zu denen?«

»Nein, ich bin nur versehentlich hier. Das ist eine lange Geschichte. Lassen Sie uns verschwinden.«

Er rührte sich nicht.

»Nazmi!« Ich schüttelte ihn. »Wir müssen weg! Oder wollen Sie auf die Bullen warten?«

»Kommen Sie!«, befahl er, griff meinen Arm und stützte mich beim Gehen. Ich hatte Mühe, schnell zu laufen, denn ich war durch die hochhackigen Stiefel behindert.

Während er mich durch die Dunkelheit schob, drehte ich mich um. Das Untergeschoss des Hauses stand in hellen Flammen.

Regen schlug in mein Gesicht. Alles war so unwirklich. Der Wind war stark und presste mir das Wasser unter meine Lederkluft. Ich begann zu frieren.

Nazmi hielt plötzlich inne. Wir waren bei seinem roten Wagen angelangt. Er schubste mich unsanft auf den Beifahrersitz, lief ums Gefährt herum und startete.

Schön und scheu

Einige Minuten lang sprach niemand von uns. Auf der Straße kamen uns die ersten Feuerwehrautos mit gleißendem Blaulicht entgegen. Ich betrachtete Nazmi. Sein dunkles Haar hing feucht und wirr in seine Stirn. Ich fand ihn erneut ungemein attraktiv, geheimnisvoll und auf eine rührende Art scheu.

»Warum haben Sie das getan?«, fragte ich.

Nazmi antwortete nicht.

Ich schaute an mir hinunter. Geistesgegenwärtig hatte ich meine Tasche gepackt, doch mein Mantel war im *Chez Justine* geblieben. Das Lederkostüm war etwas verrutscht, ich bemerkte, dass ich eine blutige Schramme am Oberschenkel hatte, und erinnerte mich, an irgendetwas hängen geblieben zu sein während der schnellen Flucht. Doch sonst war ich okay.

»Also – noch mal«, wiederholte ich. »Warum haben Sie das getan?«

»Ich hasse diese Leute«, erklärte Nazmi mit unterdrückter Wut in der Stimme. »Und ich hasse Sie – weil Sie dazugehören.«

»Ich bin keine von denen. Wenn Sie mir nicht glauben – warum haben Sie mich dann gerettet?«

»Ein Reflex.«

»Wo fahren wir hin?«

Er schwieg.

Ich schaute aus dem Fenster und versuchte herauszufinden, wo wir uns befanden. Die Straße führte in die Bierstädter Innenstadt.

»Lassen Sie mich in der City aussteigen!«, forderte ich.

»In dieser Kleidung?«, fragte er und schaute an mir hinunter.

»Sie haben Recht«, sagte ich. »So kann ich mich nicht blicken lassen. Können Sie mich zu meiner Wohnung fahren?«

»Ich glaube nicht, dass ich das tue. Sie haben mich erkannt und werden die Polizei informieren«, stellte er fest.

»Ich würde wohl kaum mit Ihnen in diesem Auto sitzen, wenn ich das vorhätte.«

»Wir fahren zu meiner Wohnung. Ich brauche Zeit, um zu überlegen.«

»Wie Sie wollen.«

Ich war ruhig, rechnete nicht damit, dass er mich umbringen würde, zumindest noch nicht. Er war kein Verbrecher, zumindest keiner der gewöhnlichen Art. Etwas Geheimnisvolles umgab ihn, ein Rätsel, das darauf wartete, gelöst zu werden. Natürlich von mir.

»Okay«, sagte ich. »Wir stehen das durch.«

»Dann kommen Sie also freiwillig mit?«

»Habe ich eine Wahl?«

Den Rest des Weges zu seiner Wohnung schwiegen wir. Ich schaute auf die Uhr, es war gegen zwei. Es regnete immer noch.

Er stoppte den Wagen, stieg aus, kam zur Beifahrertür und öffnete sie.

»Damit Sie nicht nass werden«, sagte er und legte mir seine Jacke um die Schultern. Ich stöckelte in den lächerlichen Stiefeln hinter ihm her, hoffte, dass mich niemand in dem Aufzug sehen würde. Mein Wunsch wurde erfüllt, denn im Treppenhaus war alles still.

Nazmi Radic stand an der Tür. Er schloss auf, schob mich sanft in den Flur, dann in ein Zimmer.

»Wollen Sie etwas trinken?«, fragte er.

»Ein Kaffee wäre nicht schlecht«, antwortete ich. »Aber zuerst mal brauche ich ein Handtuch.«

»Geht in Ordnung.«

Er ging, kam mit einem Handtuch zurück.

»Haben Sie etwas anzuziehen für mich? Ich will unbedingt aus diesen Klamotten raus.«

»Ich habe nur Männersachen.«

»Das macht nichts. Eine Jogginghose, ein T-Shirt ... oder so was Ähnliches. Mir ist so schrecklich kalt.«

Nazmi nickte. »Moment. Ich hole Ihnen etwas.«

Als er draußen war, blickte ich mich um. Ich war in einer typischen Junggesellenbude, die zweckmäßig und nicht besonders gemütlich eingerichtet war.

»Nehmen Sie!« Nazmi war inzwischen zurückgekehrt, hielt mir eine Jogginghose und ein T-Shirt hin. »Das müsste Ihnen passen. Das Bad ist dort drüben. Wenn Sie wollen, können Sie auch heiß duschen.«

»Danke.«

Im Bad schälte ich mich aus den Ledersachen, atmete durch und setzte mich auf den Badewannenrand. Meine Gedanken torkelten durcheinander.

Ich wusch mich, rieb mir die grelle Schminke vom Gesicht, sah nach ein paar Minuten wieder fast normal aus. Mit einer Bürste entfernte ich den Haarlack aus meinem roten Schopf, hielt den Kopf unter den Wasserhahn und frottierte das Haar. Meine Lippen waren fast lila, so kalt war mir noch immer. Schnell schlüpfte ich in die Sachen. Sie waren mir ein bisschen zu weit, doch nach der Enge des Leders war das eine echte Wohltat.

Nazmi hatte inzwischen Kaffee gekocht, er dampfte auf dem Tisch in zwei hohen Bechern. »So sehen Sie besser aus. Schwarzes Leder steht Ihnen nicht«, meinte er.

»Ich weiß«, sagte ich. »Ich hatte noch nie Talent zur Verworfenheit. Andere Frauen sehen in Leder hocherotisch aus, ich nur saukomisch.«

»Jetzt sehen Sie erotisch aus«, behauptete der Brandbombenwerfer.

»Danke für die Blumen. Haben Sie Milch?«

»Leider nicht. Ich habe nie viel im Haus, weil ich kaum hier bin.«

»Und wo basteln Sie die Brandbomben?«

»Ich habe eine Werkstatt.«

»Wie praktisch.« Ich griff zum Kaffeebecher und trank.

»Nazmi ...«, sagte ich dann. »Woher kommt dieser Name?«

»Ich bin Bosnier.«

»Moslem?«

»Ja.«

»Warum dieser Anschlag?«

»Das habe ich doch schon gesagt – weil ich diese Leute hasse.«

»Woher kannten Sie den Club? Ich lebe seit zwanzig Jahren in dieser Stadt und hatte noch nie von ihm gehört ...«

»Ich kenne ihn über einen Freund. Er ist Bosnier – wie ich. Allerdings bosnischer Serbe. Soll ich Ihnen eine Wolldecke bringen?«

»Ist nicht nötig. Ich bin schon wieder einigermaßen aufgewärmt.«

Er betrachtete mich, ich schaute ihn an. Die Zeit blieb eine Weile stehen.

»Wirst du mich verraten?«

»Ich glaube nicht.«

»Warum?«

»Ich mag deine Augen«, hörte ich mich sagen, »weil sie so traurig sind. Und so unendlich tief.« Ich rückte näher an ihn heran. »Willst du mir nicht sagen, was dich bedrückt?«

»Du erinnerst mich an meine Vergangenheit.«

»Erzähl es mir!«, forderte ich.

»Du siehst aus wie sie. Du lachst wie sie. Sie hat den Kopf auch so nach hinten geworfen. Und sich durchs Haar gestrichen, wenn sie aufgeregt war ... so wie du.«

»Haben wir uns neulich eigentlich zufällig kennen gelernt?«

»Nein«, gestand Nazmi. »Ich habe dich damals gesehen. Und mich erkundigt, wer du bist.«

»Wo hast du mich gesehen?«

»Auf dem Rathausplatz. Zusammen mit einem Fotografen.«

»Als Mantheys Leiche gefunden wurde? Ich habe dich nicht bemerkt, obwohl ich ein geschultes Auge für attraktive Männer habe. Was hast du dort gemacht?«

»Ich war zufällig dort«, behauptete Nazmi.

»Zufällig? Ein merkwürdiger Zufall.«

»Es war wirklich so. Ich hatte im Rathaus etwas zu erledigen. Es ging um meine Aufenthaltsgenehmigung.«

Das klang plausibel.

»Mir ist sofort die Ähnlichkeit aufgefallen. Da musste ich dich kennen lernen.«

Ich fragte nicht, wem ich so ähnlich war, denn ich ahnte, dass dies eine lange, schmerzliche Geschichte sein würde, die er vielleicht noch nicht erzählen wollte.

»Der serbische Freund, der dir von dem Club erzählt hat – wie heißt er?«, wechselte ich das Thema.

»Arnim Lika. Er ist mein Arzt.«

»Das kann doch nicht wahr sein«, rief ich. »Lika war mit einer Sklavin im *Chez Justine*, als du die Bomben geworfen hast. Er ist ein unangenehmer, widerlicher Frauenquäler! Ich dachte, du hasst diese Leute!«

»Er besucht den Club nur, um Material für seine Bücher zu sammeln. Genau wie du es getan hast – um Stoff für eine Geschichte zu bekommen.«

»Lika hatte eine Sklavin dabei. Sie musste ihre Cola aus einem Hundenapf trinken!«

Nazmi schien wenig beeindruckt. »Arnim therapiert masochistische Frauen. Er spult mit ihnen ein Programm ab, das in mehreren Phasen abläuft. Das war bestimmt eine Patientin.«

»Da lachen ja die Hühner«, entgegnete ich. »Hat Lika von dem Brandanschlag gewusst?«

»Nein. Ich will ihn nicht in Schwierigkeiten bringen. Das war ganz allein meine Idee. Außerdem wusste ich nicht, dass er heute Abend da sein würde.«

Nazmi war aufgestanden und ging unruhig durchs Zimmer. Ich hatte ja schon im Biergarten geahnt, dass irgendetwas mit ihm nicht in Ordnung war. Doch jetzt wollte ich es genau wissen.

»Warum bist du Likas Patient? Welche Krankheit hast du?«

»Depressionen, Melancholie, Neurose, Schuldgefühle ... so was in der Richtung.«

»Lika ist Serbe. Wie kannst du mit einem Serben befreundet sein, nach dem, was die Serben deinen Leuten im Bürgerkrieg angetan haben?«

»Wir kennen uns seit fast dreißig Jahren, sind zusammen aufgewachsen. Unsere Familien stammen aus demselben Dorf und haben Jahrzehnte friedlich zusammengelebt. Arnim und ich sind als Kinder nach Deutschland gekommen – sollen wir uns jetzt bekämpfen?«

Stahlwolle und reines Weiß

Nachdem er mir seine Geschichte erzählt hatte, fielen wir im Morgengrauen erschöpft in sein Bett. Als ich aufwachte, lag ich an seinen nackten Rücken geschmiegt, wusste zuerst nicht, was passiert war, erinnerte mich dann an die Nacht, in der ich aus einem Feuer geflüchtet war, eine Geschichte von Trauer, Gewalt und Tod gehört hatte und mit einem seelisch gestörten Attentäter eine Affäre begonnen hatte, die weiß der Himmel wo enden würde.

»Guten Morgen«, sagte Nazmi. Er hatte sich zu mir umgedreht, sein Ich schien noch verstrickt zu sein in einen ausklingenden Traum, denn er war wehrlos und weit weg.

Ich strich mit dem Finger über seine Wange, die nass war vor Tränen, und malte eine unsichtbare Wellenlinie auf seine Haut, die ihn wärmen, aufheitern und aus der Trauer hinausführen sollte.

»Wie viel Uhr ist es?« Er war wieder im Jetzt.

»Gleich elf. Ich muss los.«

»Warum?«, fragte Nazmi erstaunt. »Heute ist doch Sonntag. Ich dachte, wir frühstücken zusammen.«

Ich sprang aus dem Bett. »Ich muss in die Redaktion.«

»Du arbeitest heute?«

»Eigentlich nicht. Aber ich will wissen, wie die Sache gestern Abend ausgegangen ist. Vielleicht hast du es ja geschafft und den Schuppen abgefackelt. Ich hoffe nicht, dass aus der Sklavinnenauktion eine Art Hexenverbrennung geworden ist. Sonst haben wir die Polizei der Republik auf dem Hals.«

»Schön, dass du ›wir‹ gesagt hast.«

Ich sah zu ihm herab. Er hatte sich nur knapp bedeckt. Sein Körper war kräftig und schön, seine Haut strahlte noch die Wärme der letzten Nacht aus, in der wir – entzückt voneinander – Körperflüssigkeiten ausgetauscht hatten. Es fiel mir schwer, ihn gerade jetzt allein zu lassen.

Ich setzte mich wieder aufs Bett, schob die dunklen Haare aus seiner Stirn und sah ihn an. »Ich bin auf deiner Seite und werde dich nicht verraten«, versprach ich. »Nicht, nachdem ich deine Geschichte kenne. Und jetzt muss ich los.«

Ich ging ins Bad, um zu duschen. Wohlig streckte ich meinen Leib dem warmen Wasserstrahl entgegen, blieb sekundenlang bewegungslos stehen und versuchte, die einzelnen Wassertropfen zu orten, vergebens. In meinen Gliedern bemerkte ich anfänglichen Muskelkater durch die ungewohnten heftigen Bewegungen der vergangenen Nacht. Ich stellte das Wasser ab.

Plötzliche Heiterkeit stieg in mir auf, ich erblickte mein Spiegelbild, sah eine Frau mittleren Alters, die offensichtlich bester Laune war, die einige Falten im Gesicht und auf dem Hals hatte und deren Busen und Hintern zu üppig waren. Dafür war das Weiß in den Augen weißer als sonst und das Blaugrün der Pupillen wirkte wie frisch geputzt, die Lippen waren nicht mehr lila und schlecht durchblutet, sondern knallrot und ein bisschen geschwollen von der ungewohnten Intensität ihres Gebrauches. Die Haut der Wangen war wie mit Stahlwolle bearbeitet, durch Nazmis aufkeimenden Bart wund gescheuert.

Ich trocknete mich ab, streifte die geliehenen Sachen über und ging ins Schlafzimmer.

Er lag noch immer im Bett, beobachtete mich. »Geht es dir gut?«

»Bestens, Baby.«

»Wann sehen wir uns wieder?«

»Heute Abend? Gegen acht? Dann bringe ich dir deine Sachen vorbei.«

Er nickte. Ich trat ans Bett, deckte ihn zu, küsste ihn auf die Nasenspitze. »Schlaf noch eine Runde. Bis heute Abend.«

»Du kommst bestimmt wieder?«

»Ich verspreche es.«

Dann rief ich die Taxizentrale an, ich musste mein Auto am Club *Chez Justine* abholen. Ich nannte einen falschen Namen und bestellte den Wagen zu einer Gaststätte, die ein paar Straßen von Nazmis Wohnung entfernt lag. Niemand sollte zurückverfolgen können, wo ich die Nacht gewesen war.

Verschnupft

Mein Cabrio stand unberührt auf dem Parkplatz vor dem Club. Das Untergeschoss des Hauses schien völlig ausgebrannt zu sein. Meinen zurückgelassenen Mantel konnte ich wohl vergessen. Feuerwehr und Polizei hatten das Gelände mit einem rot-weißen Band gesichert. Ich wollte kein unnötiges Aufsehen erregen. Also schnell rein ins Auto und weg.

Zu Hause zog ich mir neue Sachen an. Mir war nach einem kräftigen Frühstück. Ich schlug ein paar Eier in die Pfanne, zerschnitt ein bisschen Parmaschinken und warf ihn dazu. Salz und Pfeffer – fertig! Viel schwarzen Kaffee, Körnerbrot und Kräuterquark.

Ich schaute auf die Uhr. Gleich würden Nachrichten gesendet werden. Die Frequenz des Lokalradios war einprogrammiert. Ein paar Werbespots, dann die Meldungen des Tages. Ich hörte:

Durch ein Feuer in einem Privatclub am Sauerländer Weg entstand gestern Abend ein Sachschaden von etwa einer

Dreiviertelmillion Mark, Menschen kamen zum Glück nicht zu Schaden. Nach Zeugenaussagen hatte ein vermummter Mann die Privatfeier eines Kulturvereins gestört. Der Täter warf zwei so genannte Molotowcocktails zwischen die feiernden Personen. In der daraufhin ausbrechenden Panik gelang ihm die Flucht. Kriminalpolizei und Staatsanwaltschaft haben die Ermittlungen aufgenommen. In einer ersten Stellungnahme gegenüber Radio Bierstadt geht Staatsanwältin Cosel von einem privaten Racheakt aus. Von dem Täter fehlt bisher jede Spur, auch das Motiv für die Tat ist noch völlig unklar.

Prima, dachte ich, es konnte nicht besser laufen. Gut, dass niemand verletzt worden war, sonst hätte Nazmi noch mehr Schwierigkeiten bekommen.

Ich ging zum Telefon, wählte TOPs Nummer, er war gleich am Apparat.

»Ich wollte mich zurückmelden«, sagte ich.

»Verdammt, wo bist du abgeblieben?«, fragte er sofort. »Ich habe mir Sorgen gemacht, weil du plötzlich weg warst. Die Feuerwehr hat auf meine Bitte hin das Haus nach deiner Leiche durchsucht. Ich dachte, du hättest es nicht mehr geschafft.«

»Tut mir Leid, ich hätte mich eher melden sollen.«

»Wo warst du?«

»Ich habe einen Bekannten getroffen«, antwortete ich wahrheitsgemäß. »Bei dem habe ich auch geschlafen.«

»Du hast bei ihm übernachtet?«

»Mir blieb nichts anderes übrig – ich hatte diese schrecklichen Klamotten an.«

»Kann es sein, dass dein Bekannter der Mann ist, der die beiden Brandsätze geworfen hat?«

»Wie kommst du darauf?« Jetzt hieß es, vorsichtig zu sein.

»Du kennst ihn – gib es zu!«

»Ich weiß nicht, was du meinst.«

»Hör mal, Grappa«, sagte Piny mit viel Ärger in der Stimme. »Ich hatte dich voll im Blick. Sah, wie du an der Brust eines vermummten Kerls hingst. Und wenn mich nicht alles täuscht, war es der Typ, der das Feuer verursacht hat.«

»Ich weiß nicht, wen du meinst. Ein alter Bekannter hat mich aufgegabelt, nachdem es mir gelungen war, nach draußen zu rennen. Ich hätte ja auf dich gewartet, doch ich habe dich in dem Gewühl nicht gefunden ...« Ich merkte, dass sich meine Lügen wie Lügen anhörten.

»Red nicht solchen Schwachsinn«, fuhr mich TOP an. »Wenn wir die Sache gemeinsam durchziehen wollen, dann ist ja wohl gegenseitiges Vertrauen angesagt.«

Er machte eine Pause. Dann sagte er: »Also – wer ist der Attentäter?«

»Bitte, TOP! Ich kann's dir nicht sagen. Noch nicht. Ich muss meine Gedanken erst mal ordnen.«

»War er wenigstens gut im Bett? Bist du auf deine Kosten gekommen?«

»Hör endlich auf! Wir sind hier nicht bei der heiligen Inquisition!«, gab ich zurück.

»Ich bin echt sauer auf dich, Grappa! Unsere Zusammenarbeit ist ab sofort beendet«, kündigte Piny an. »Zurzeit haben wir ja ohnehin keine Gemeinsamkeiten mehr – zumindest so lange nicht, bis du mir reinen Wein einschenkst. Siehst du das auch so?«

Ich schluckte, doch ich hatte keinen Grund, ihm zu widersprechen.

Mein Lächeln

Zum Gedenken an Marja – ich liebe dich sehr. Darunter das Geburtsdatum, daneben der Zusatz: *Verschollen seit dem Sommer 1992*. Und ganz unten war zu lesen: *Ich werde dich immer lieben – Nazmi*.

Ich saß noch immer in meiner Küche, hatte den Anzeigenteil des *Bierstädter Tageblattes* von Samstag aufgeschlagen und knusperte gedankenverloren an einem Stück Brot.

Marja, Nazmis verschwundene Frau, hätte gestern Geburtstag gehabt, sie wäre fünfunddreißig Jahre alt geworden. 1992, im Bosnienkrieg, war sie von serbischen Soldaten verschleppt worden – Nazmis Nachforschungen hatten ergeben, dass sie über ein Jahr in einem Bordell zwangsinterniert worden war. Danach verlor sich ihre Spur im Nirgendwo, die offiziellen Stellen gingen davon aus, dass Marja nicht mehr lebte, ermordet und irgendwo verscharrt worden war.

Ich hatte von den furchtbaren Gräueltaten der Serben während des Krieges in Bosnien gelesen, wusste, dass Übergriffe auf muslimische Frauen gerade in diesem Krieg eine bewusst eingesetzte Kriegswaffe gewesen waren – in einer Gesellschaft, in der Sexualität mehr tabuisiert war als bei uns. Doch es war etwas anderes, mit dem Schmerz und der Gewalt direkt konfrontiert zu werden, ihn mit Personen zu verbinden, die man kannte.

Nazmi hatte mir ein Foto seiner Frau gezeigt: Sie sah mir wirklich ein bisschen ähnlich, war natürlich jünger als ich, hatte braune und keine roten Haare – aber das Lächeln war gleich. Es war, als würde ich meiner jüngeren Schwester ins Gesicht schauen. Ich versuchte mir vorzustellen, was diese Frau durchgemacht hatte, doch meine Fantasie verweigerte den Aufbau von Horrorszenarien.

Wie erst musste es Nazmi empfinden? Welche Bilder trug er in sich? Welche Schreie hörte er wieder und immer wieder? Wie konnte er das ertragen?

Ich verstand seinen Hass auf Männer, die Frauen Gewalt antaten. Ich begriff, dass er die manierierten Typen verabscheuen musste, die sich Lords oder Herren nannten, um unter der aufgebauschten Lüge von sexueller Freizügigkeit und im Schutz einer unmoralischen Gesellschaft ihre Gewaltfantasien gegen Frauen auszuleben.

Nazmi hatte sich für seinen Anschlag den Tag von Marjas Geburtstag ausgesucht. Er hatte zur Zeit des Krieges in Deutschland gelebt, wollte nach Bosnien zurück, um gegen die Serben zu kämpfen, doch seine Frau beschwor ihn, in Deutschland und damit in Sicherheit zu bleiben. An dem Tag, als sie ihm nach Deutschland folgen wollte, fielen die Serben in das Dorf, in dem sie lebte, ein. Marja, die als Krankenschwester in einem Lazarett gearbeitet hatte, wurde von den Serben gefangen genommen, nachdem die Tschetniks den Großteil der Dorfbevölkerung erschlagen, erschossen und in einen Abgrund geworfen hatten.

Als Nazmi von den Gräueltaten erfuhr, hatte er sich nach Bosnien durchgeschlagen, um Marja zu suchen. Doch er fand sie nicht, hörte nur, was den anderen Frauen des Dorfes passiert war. Von den Überlebenden erfuhr er, dass seine Frau in ein Soldatenbordell in der Nähe von Brcko gebracht worden war. Als die UNO-Truppen den Ort erreichten, fanden sie nirgends mehr eine Spur der Frauen. Die offiziellen Stellen gingen davon aus, dass die Serben die Frauen ermordet und in einem Massengrab verscharrt hatten.

Soziale Kompetenz

In der Redaktion des *Bierstädter Tageblattes* schob Peter Jansen seinen Sonntagsdienst. Durch Personalmangel bedingt war er fast jeden zweiten Sonntag an der Reihe, genau wie ich. Mich störte das nicht, ich liebte diese ruhigen Sonntage. Hauptsache, es war genug Kaffee da und der schnelle Pizzaservice um die Ecke hatte geöffnet.

»Was machst du denn hier?«, begrüßte mich Jansen. »Willst du die Schicht übernehmen?«

»Ich hab dir doch erzählt, dass ich in diesen SM-Club wollte.«

»Und? Warst du tatsächlich gestern Abend da?«

»Klar.«

»Das ist ein Ding«, sagte Jansen und pfiff vor lauter Vorfreude auf einen fetzigen Artikel durch die Zähne. »Hast du den Anschlag etwa miterlebt?«

»Ich hab die beiden Brandsätze reinfliegen sehen.«

»Wer ist der Täter?«

»Keine Ahnung«, log ich erneut. »Er war vermummt. Ich hab ihn kaum gesehen, da war er auch schon wieder weg.«

»Das ist super, Grappa! Eine Exklusivreportage aus dem Brennpunkt des Geschehens. So kennen dich unsere Leser, so lieben sie dich. Also – wie viele Zeilen brauchst du?«

»So ganz exklusiv ist die Story nicht. Die Konkurrenz war auch da«, beichtete ich. »Tom Piny von der *Allgemeinen*. Ich war in seiner Begleitung.«

»TOP? Warum in aller Welt ...?« Jansen wurde sauer.

»Peter! Ohne Piny wäre ich da überhaupt nicht reingekommen. Gestern Abend war Sklavinnenauktion. Ich hatte mich als Sklavin verkleidet, Piny war mein Herr und Meister. Jede Sklavin hatte an dem Abend einen Mann dabei. Ich konnte mich ja wohl schlecht selbst versteigern.«

»Und? Wie viel hat er für dich gekriegt?«

»Einen Satz heiße Ohren«, grinste ich. »Ich war erst für den letzten Durchgang vorgesehen. Dem Attentäter hab ich es zu verdanken, dass ich heute hier sein kann und mich nicht in der Gewalt eines sadistischen Perverslings befinde.«

»Der hätte dich inzwischen schon wieder freigelassen«, beruhigte mich Jansen. »Ein oder zwei Stunden mit dir allein hätten sicherlich gereicht, um aus einem Tiger ein Schoßhündchen zu machen ...«

»Was ist? Willst du die Story?«

»Aber immer!«

»Wir müssen uns nur darauf einigen, was ich verschweigen soll.«

»Verschweigen?« Er verstand nicht sofort.

»Ich habe ein paar bekannte Gesichter im Club getroffen. Gerry Smart und Friedel Knaup. Sie ist scharf auf den Küchenjungen, er schleppt die Drinks von Tisch zu Tisch.«

Jansen brach in Lachen aus. »Dass Smart scharf auf kleine Jungs ist, wird ja schon lange gemunkelt. Aber Knaup? Das ist wirklich eine Lachnummer. Wenn die Drinks so bräsig sind wie das, was er sonst so von sich gibt, sehe ich schwarz für den Umsatz des Clubbesitzers.«

»Knaup mixt die Sachen nicht selbst, sondern darf sie nur rumtragen. Wahrscheinlich kriegt er als Bonus mal eine lustvolle Tracht Prügel oder ein paar hinter die Löffel«, mutmaßte ich. »Er hat mich erkannt und jetzt Angst, dass ich ihn bei Jakob Nagel verpetze.«

»Und? Machst du's?«

»Natürlich nicht«, sagte ich mild. »Mir tut der Mann furchtbar Leid.«

»Ach ja?«, grinste mein Chef.

»Knaup ist Gold wert«, fuhr ich fort, »als Informationsquelle. Er soll mir sagen, was Junghans und Manthey getrieben haben. Und was Gerry Smart sich so alles servieren lässt. Ich werde so lange schweigen, wie sich Knaup kooperativ zeigt.«

»Nennt man so was nicht Erpressung?«

»Ach wo.«

»Oder Nötigung?«

»Auch nicht. So was nennt man einen Geschäftsabschluss im gegenseitigen Interesse.«

»Okay. Dann lass Knaup unerwähnt. Gerry Smart sollte in deinem Artikel aber erwähnt werden. Damit wieder ein bisschen Spannung in den Wahlkampf kommt.«

»Das hatte ich sowieso vor.«

»Sei aber vorsichtig«, bat er mich. »Denk an Smarts und an unsere Rechtsabteilung.«

»Ich denke an nichts anderes. Die Story wird ... knüppelhart.«

Ich goss mir zwei Tassen Kaffee hinter die Binde, telefonierte ein paar offizielle Stellen ab und legte los.

Anschlag auf privaten Sexclub – CDU-Kandidatin zum Glück unverletzt – so die geniale Überschrift.

Es sollte eine heiße Show werden und sie wurde heißer als erwartet. Gerade als im privaten Sexclub »Chez Justine« eine so genannte »Sklavinnenauktion« begonnen hatte, warf ein unbekannter Täter zwei Brandsätze in den Innenraum und flüchtete. Menschen wurden nicht verletzt, doch es entstand erheblicher Sachschaden. Polizei und Staatsanwaltschaft ermitteln – auch der Staatsschutz soll aktiv geworden sein. Der Grund: Im Publikum befand sich die Spitzenkandidatin der Christdemokraten für die Oberbürgermeisterwahl, Gerlinde ›Gerry‹ Smart, die nach Angaben gut informierter Kreise zu den Stammgästen des Sadomaso-Clubs gehört.

Ich hielt inne. Es war Pflicht, Gerry Smart um eine Stellungnahme zu den Vorfällen zu bitten. Doch zunächst wollte ich mit ›Barmann‹ Friedel Knaup reden. Ich ermittelte dessen Privatnummer.

»Hallo, Herr Knaup«, begann ich. »Alles gut überstanden gestern Abend?«

»Wie man's nimmt«, sagte er unsicher. »Was wollen Sie?«

»Ich sitze gerade über meinem Artikel«, fuhr ich fort. »Und ich hätte da noch eine Frage.«

»Ja?« Sein ohnehin dünnes Stimmchen zitterte.

»Welchen Drink hat Gerry Smart gestern Abend bestellt?«

»Sie wollen das schreiben? Dass sie da war?«

»Natürlich. Dafür schreibe ich nicht, dass ich Sie hinter dem Tresen gesehen habe.«

»Wirklich nicht?«

»Sie können sich auf mich verlassen«, versprach ich. »Ist doch ein gutes Geschäft für Sie. Also?«

»Ihr Lieblingsdrink heißt *Deep throat*.«

»Hätte ich auch selbst drauf kommen können. Was ist da drin?«

Er erzählte es mir.

Zehn Minuten später schrieb ich:

Nach Informationen unserer Zeitung hatte sich die Unternehmerin, die gern Oberbürgermeisterin von Bierstadt werden will, gerade einen Cocktail mit dem Namen »Deep throat« (Sekt, Soda, Limone, Batida de coco) geordert, als der Anschlag geschah.

Jetzt noch der Anruf bei der CDU-Kandidatin. Ich bemühte mich wirklich, doch sie wollte nicht mit mir sprechen, nachdem ich ihrem Wahlkampfmanager am Telefon erzählt hatte, dass es um den Brandanschlag auf einen Privatclub ging.

Also schloss ich den Artikel mit folgenden Sätzen:

Was Gerry Smart immer wieder in den Sexclub zieht, konnte unsere Zeitung nicht endgültig klären. Die Kandidatin war für uns nicht zu sprechen. Zeugen jedoch berichteten, dass die Unternehmerin eine tiefe freundschaftliche Beziehung zu einem jungen Angestellten in dem Club unterhält.

»Du bist verdammt clever, Grappa«, sagte Jansen nach dem Studium meines Artikels. »Wir behaupten nur das, was wir beweisen können, und deuten an, was wir nicht genau wissen. Gerry Smart kann sich morgen ganz warm anziehen. Und jetzt lade ich dich auf eine Pizza ein. Eine ›Diabolo‹ mit der doppelten Portion Peperoni?«

Das Restaurant war nicht weit. Während wir über die Pizzen herfielen, klingelte Jansens Handy. Es war der Fotograf Big Mäc. Er hatte in der Nacht den Polizeifunk abgehört und war fast zeitgleich mit der Feuerwehr am Club eingetroffen. Ich hatte ihn nicht bemerken können, denn da war ich schon mit Nazmi auf der Flucht gewesen.

Big Mäc bot uns exklusiv Fotos an, Jansen akzeptierte, als der Knipser ihm erzählte, was auf den Abzügen zu sehen war. Wir beendeten unser Mittagessen und gingen in die Redaktion zurück. Big Mäc wartete bereits ungeduldig.

In Jansens Zimmer packte der Fotograf aus.

»Wahnsinn!«, rief mein Chef, als er die Bilder sah.

»Verpeste die Luft nicht mit deinen Glimmstängeln«, motzte ich Big Mäc an. Er hatte sich in einen Stuhl gefläzt, qualmte wie ein Kohlekraftwerk und wartete auf Ovationen.

»Lass mal gucken«, forderte ich.

»Harte Sache, das!« Big Mäc reichte mir lässig die Bilder.

Sie zeigten den Eingang des Clubs, schwelenden Rauch und Menschen auf der Flucht.

»Da ist sie!« Jansen deutete auf die OB-Kandidatin Gerry Smart.

Sie stand in der Nähe eines Feuerwehrwagens. Big Mäc hatte ihn nicht besonders scharf auf die Platte gebannt, doch die Unternehmerin war ohne Zweifel zu erkennen. Das magere Gesicht mit den schmalen Lippen und den gestylten Haaren war in Bierstadt schließlich an jeder Straßenecke auf schwarz-gelben Plakaten zu sehen. Neben ihr stand ein dunkelhäutiger junger Mann, der sie hingebungsvoll anblickte. Die Kandidatin hatte den Arm um ihn gelegt.

»Das muss der Küchenjunge sein«, sagte ich. »Er sieht wirklich süß aus. Frisch geduscht und eingeölt ist der bestimmt zum Anbeißen. Den würde ich auch nicht von der Bettkante schubsen.«

»Siehst du, Grappa! Du hast mehr mit Gerlinde gemeinsam, als du glaubst«, nickte Jansen und grinste. »Sie hat wirklich soziale Kompetenz. Da kann Nagel noch so viel herumstänkern. Die Unternehmerin, die sich um junge Menschen kümmert – mit dem weichen Herzen und dem feuchten Slip. So was braucht unsere Stadt. Die Bürger haben erstmals die Wahl – zwischen Lust und Langeweile.«

»*Neuer Start mit Gerry Smart*«, zitierte ich den Wahlwerbespruch der Unternehmerin. »Ich weiß was Besseres: *Gerry Smart hebt gern das Röckchen, denn sie treibt's mit jungen Böckchen*. Ist doch wohl ein geiler Spruch, oder?«

»Nur kein Neid, Grappa«, frotzelte Jansen.

»Ich bemühe mich wenigstens, nicht gegen das Jugendschutzgesetz zu verstoßen«, behauptete ich.

»Und – schaffst du es?«

»Manchmal.«

Nachdem wir kräftig abgelacht hatten, beschlossen wir, das Foto zunächst nicht zu veröffentlichen. Es war nie gut, das gesamte Pulver sofort zu verschießen. Gerlinde Smart würde reagieren – da waren wir uns sicher.

Gequältes Herz

Ich freute mich darauf, ihn wieder zu sehen. Er zog mich in den Flur hinein, schloss schnell die Tür, verriegelte sie von innen, als hätte er Angst, dass ich zu schnell wieder gehen würde.

»Ich habe Tee gekocht.«

Im Wohnzimmer war gedeckt, zwei goldumrandete Teetassen standen dort, daneben eine Schale mit Gebäck und Süßigkeiten.

Er trat vor mich und steckte mir ein Stückchen Konfekt in den Mund. Es schmeckte nach Honig und Mandeln, war sehr süß und ein echter Plombenzieher – von den Kalorien ganz zu schweigen.

Stumm tranken wir Tee, knabberten an den Plätzchen, beäugten uns gegenseitig, versuchten das heimlich zu machen, doch ab und zu trafen sich unsere Augen und wir lachten gleichzeitig los.

Ich überlegte, ob er mich nur mochte, weil ich ihr Lächeln lächelte. Selbst wenn es so war, dachte ich, wollte ich es jetzt nicht wissen, nicht heute Abend und vielleicht auch nie.

»Weißt du«, sagte Nazmi und nahm meine Hand. »Manchmal geschehen Dinge und dein Leben ist danach nicht mehr so wie vorher, und das wird es auch nie wieder sein.«

»Ich würde dein gequältes Herz gerne besänftigen«, sagte ich und küsste seine Handinnenfläche. »Aber wie soll ich das machen?«

»Das kann niemand«, sagte er. »Ich fühle einen Schmerz, von dem ich früher nicht wusste, dass ich ihn empfinden kann.«

»Jeder Schmerz hört irgendwann auf.«

»Erst wenn ich Rache genommen habe.«

»Planst du etwa neue Anschläge?«

Er schüttelte den Kopf. »Nein. Es ist mir klar geworden, dass ich nicht alle Männer töten kann, nur weil sie schlecht zu Frauen sind. Ich muss die Mörder von Marja finden und vernichten!«

»Willst du das nicht den Behörden überlassen?«

»Welchen Behörden?«

»Dem Kriegsverbrechertribunal in Den Haag.«

»Du machst Witze!« Nazmi lachte bitter auf. »Die erwischen noch nicht mal ein halbes Prozent dieser verdammten Mörder ...«

»Du bist also wild entschlossen?«

»Ja.«

»Du machst dich dadurch doch noch unglücklicher.«

»Nein. Verstehst du denn nicht? Solange ich nicht weiß, was aus Marja geworden ist, und ich nicht mit ihren Mördern abgerechnet habe, kann ich nicht in Ruhe leben.«

Es machte keinen Sinn weiterzureden. Ich hatte nicht das

Recht, ihm Vorschriften zu machen, mich in sein Leben einzumischen.

Ich überlegte, ob ich in ihn verliebt war. Nicht einmal das wusste ich genau. Wir waren uns noch nicht nah genug gekommen. Mir fehlte das unverwechselbare Gefühl vollkommener Lebendigkeit, das ich immer spüre, wenn ich mich grenzenlos emotional verausgaben will.

Gewissen und Kontrolle

Natürlich war am Montagmorgen die Hölle los. Jansen, ich und die anderen Kollegen saßen beim Kaffee zusammen. Es würde ein heißer Tag werden, Smarts Wahlkampfberater Dr. Seemann hatte uns bereits einen Besuch angekündigt – und der würde bestimmt nicht besonders nett ausfallen.

»Ich habe heute früh mit der Polizei gesprochen«, berichtete Jansen. »Die Beamten haben von einigen Gästen die Personalien aufnehmen können, andere haben sich schnell aus dem Staub gemacht. Smarts Personalien sind aufgenommen worden, der Leitende Oberstaatsanwalt hat aber sowohl der Polizei als auch seiner Oberstaatsanwältin einen Maulkorb verpasst. Ich hab's trotzdem rausgekriegt.«

»Klasse!«, lobte ich. »Dann sind wir ja bestens gerüstet.«

»Der Tag heute wird sehr hart, denn gleich kommt zu uns Gerry Smart«, dichtete ein Kollege.

»Ich schmeiß vorher 'ne Runde Kuchen«, kündigte Jansen an. »Wer weiß, wann wir wieder zum Essen kommen. Mandelhörnchen für dich, Grappa? Apfel, Mohn und Kirsch für die anderen?«

Die Sekretärin trabte los, um den Kuchen heranzuschleppen. Ich setzte derweil eine neue Kanne Kaffee auf.

Oberflächlich betrachtet schien alles wie immer zu sein. Die Kollegen hatten sich in ihre Zimmer verzogen, ließen die Türen jedoch geöffnet. Ich hörte Fetzen von Telefongesprächen, bekam Terminabsprachen mit, aus einem Zimmer tönte leise Musik. Harmonie pur. Doch ich konnte die Spannung, die alle befallen hatte, körperlich spüren.

Das liebe ich an diesem Job, dachte ich. Die Presse als vierte Gewalt im Staat, die als Wächter die Mächtigen kontrolliert, nur dem Pressegesetz und dem eigenen Gewissen verpflichtet.

Na ja, es war ein bisschen so, aber leider nicht immer. Zu oft griffen Verleger, Chefredakteure oder Politiker in die Freiheit der Berichterstattung ein, setzten Journalisten unter Druck, bedrohten sie gar, versuchten sie zu korrumpieren.

Ich hörte Jansens Telefon klingeln.

»Ich lasse bitten«, sagte er knapp. Dann rief er: »Grappa, es geht los. Smart und ihr Berater sind im Anmarsch. Kommst du in mein Zimmer?«

»Wie soll ich das nur schaffen – ohne Mandelhörnchen?«, jammerte ich. »Wo bleibt die Kollegin mit dem Kuchen?«

Angekokelt

Smart legte Jansen die eidesstattliche Versicherung von zwei Wahlkampfhelfern vor. In dem Schreiben bestätigten die beiden jungen Männer an Eides statt, dass sie zum Zeitpunkt des Anschlags mit ihrer Chefin die nächsten Plakatklebeaktionen besprochen hatten – in der Privatwohnung eines der jungen Männer, ganz weit weg vom Club.

Jansen warf mir einen Blick zu, der ›Noch nicht‹ bedeutete. Auch gut. Er führte die Regie. Im Krisenmanagement war er mir haushoch überlegen. Ich neigte nämlich dazu, ein bisschen durchzuknallen – was schädlich war und mich zu dummen Fehlern verführte. Ich lehnte mich zurück und versuchte mich zu entspannen.

Smarts Wahlkampfleiter Seemann kündigte eine Unterlassungsklage, eine Klage wegen übler Nachrede und eine Schadensersatzforderung in Millionenhöhe an. Man würde mich, Jansen als meinen Vorgesetzten und die Zeitung so lange vor den Kadi zerren, bis uns hören und sehen verginge.

Es klopfte. Nach dem Entree des Wahlkampfleiters wäre eigentlich die Polizei zu erwarten gewesen, die uns in Handschellen abführen wollte.

»Ich bringe den Kuchen«, kündigte die Sekretärin an.

Sie betrat das Büro, stellte Jansen und mir die Teilchen vor die Nase und goss frischen Kaffee ein.

Ich starrte auf meinen Teller. »Hatten die keine Mandelhörnchen?«, fragte ich konsterniert.

»Die waren von gestern«, erklärte die Frau. »Sie mögen sie doch nur frisch, Frau Grappa. Da hab ich lieber Mohn genommen. Vielleicht können Sie ja mit Herrn Jansen tauschen?«

»Lassen Sie mal«, meinte ich gnädig. »Alte Mandelhörnchen sind mir wirklich ein Graus. Man beißt sich die Zähne daran aus. Mohn ist schon okay. Oder willst du den Mohn, Peter? Dann nehme ich das Apfelteilchen.«

Jansen überlegte angestrengt, als gäbe es in diesem Augenblick auf der Welt nichts Wichtigeres als die Kuchenfrage.

»Ich bleibe bei Apfel, Grappa«, sagte er dann. »Der Mohn bleibt mir immer in den Zahnlücken hängen. Ich bin dann den ganzen Tag damit beschäftigt, mir die schwarzen Körner aus den Beißern zu puhlen.«

Gerlinde Smart und ihr Wahlkampfleiter folgten der Kuchendiskussion mit Interesse, wenn auch ein wenig verstört. Sie konnten es wohl nicht fassen, dass wir uns um Backwaren scherten, während sie uns gerade mit der Vernichtung unserer beruflichen Existenz gedroht hatten.

Schweigend mümmelten Jansen und ich den Kuchen, spülten mit ein paar Schlückchen Kaffee nach, ab und zu blickten wir freundlich Richtung Smart und Seemann.

»Sie sind also ganz sicher«, kaute Jansen, »dass Sie gestern Abend nicht in dem Club am Sauerländer Weg waren?« Die Frage war an Gerry Smart gerichtet.

»Genau das steht in der eidesstattlichen Versicherung«, blaffte diese. »Können Sie nicht lesen?«

»Können wir lesen, Grappa?«, fragte Jansen.

»Nö. Aber schreiben.« Ich schnippte ein paar Mohnkrümel vom Tisch, sie verfehlten knapp die Bundfaltenhose der CDU-Kandidatin.

»Ich werde dafür sorgen, dass Sie nie mehr im Leben eine Zeile schreiben werden«, kreischte Smart. »Sie haben meine

Persönlichkeitsrechte in eklatanter Weise verletzt, Sie haben mich als Kinderschänderin dargestellt. In meiner Mailbox im Internet gehen reihenweise Beschimpfungen ein – und eindeutige Angebote von Callboys. Schade, dass die Zeiten vorbei sind, in denen man solche Leute wie Sie einfach abgeholt ... und irgendwohin gebracht hat, wo sie keinen Schaden mehr anrichten können.«

»Dann wären Sie aber vor uns dran gewesen«, stellte ich freundlich fest. »Leute mit abseitigen sexuellen Vorlieben waren früher überhaupt nicht beliebt. Die wurden zuerst in die Mangel genommen und bekamen eine Kugel verpasst.«

Sechs Augen, die ihren Ohren nicht trauten, guckten mich an.

»Bleiben wir doch sachlich«, bat Jansen. Sein Blick warnte mich vor weiterem Übermut.

Ich beschloss, mich zurückzuhalten. Mein Boss hatte die Sache voll im Griff.

»Ich würde Ihnen ja gern helfen«, seufzte Jansen, »ich bin der Letzte, der die Situation weiter verschärfen will. Aber – ich muss meine Zeitung, meine Kollegin Frau Grappa und auch mich vor unberechtigten Angriffen Ihrerseits schützen. Das müssen Sie verstehen.«

»Sie fühlen sich angegriffen?«, brüllte Smart. »Ich höre wohl nicht recht? Ich bin das Opfer, Sie aufgeblasenes Arschloch!«

Smarts Wahlkampfleiter lächelte schmerzlich.

»Es reicht!«, sagte Peter Jansen sehr laut.

Er klappte die Mappe auf, die auf seinem Schreibtisch bereitlag, und zog das Foto raus. Dann gab er den beiden Besuchern die Chance, das Bild eingehend zu betrachten.

»Die Abgabe einer falschen eidesstattlichen Versicherung kann mit Gefängnis bestraft werden«, erklärte Jansen. »Ich hoffe für Sie, verehrte Frau Smart, dass Sie diese Tatsache Ihren beiden Alibizeugen mitgeteilt haben. Auch derjenige, der andere zu einer falschen Versicherung drängt, macht sich strafbar.«

»Das Bild ist eine plumpe Fälschung«, plärrte Smart. Es klang schon ein bisschen weniger selbstbewusst.

»Netten Freund, den Sie da haben«, sagte ich mit viel Wärme in der Stimme. »Ich hoffe, der Kleine hat sich bei dem Feuer nicht den Puller angekokelt – das wäre echt schade. Ist ein hübscher Bengel. Wie heißt die kleine Küchenfee noch gleich?«

Smart brüllte etwas, das ich nicht verstand, sprang auf, wollte auf mich los, doch ihr Wahlkampfleiter hielt sie zurück.

Schwer atmend ließ sich die Kandidatin in den Stuhl zurückdrücken. Ihr hasserfüllter Blick zeigte mir, dass ich eine Feindin fürs Leben gewonnen hatte, und das machte mich irgendwie stolz.

»Dieses Foto kann an jedem x-beliebigen Abend gemacht worden sein«, wandte Wahlkampfmanager Dr. Seemann ein.

»Wohl kaum«, widersprach Jansen. »Die Nummer des Feuerwehrautos ist zu erkennen, außerdem lassen sich die Feuerwehrmänner identifizieren – mit genauer Uhrzeit des Einsatzes, versteht sich. Und dass das Foto nicht gefälscht wurde – na ja, das können Experten natürlich feststellen, wenn sie das Negativ überprüfen. Außerdem sind Frau Smarts Personalien von der Polizei aufgenommen worden. Ihre Anwesenheit in dem Club ist also sozusagen amtlich.«

Seemann warf Gerlinde Smart einen vernichtenden Blick zu. Sie senkte die Augen – und war schachmatt.

»Wie können wir die Sache regeln, Herr Jansen?«, fragte der Berater.

»Ich mache Ihnen einen Vorschlag: Sie nehmen Ihre eidesstattliche Versicherung wieder mit und lassen uns unsere Arbeit machen. Und zwar in Ruhe.« Jansens Stimme war hart.

»Ich glaube, darauf könnten wir uns einigen«, atmete der Smart-Berater auf. »Einen schönen Tag noch.«

Niedriges Niveau

»Eine Supershow«, freute ich mich, als die beiden zur Tür hinaus waren.

»Freu dich nicht zu früh«, warnte Jansen. »Wenn die Frau tatsächlich Oberbürgermeisterin werden sollte, ist für uns beide kein Platz mehr in dieser Stadt. Das wird sie uns nie vergessen.«

»Rechnest du denn damit, dass ihre Partei jetzt noch an ihr festhält?«, fragte ich erstaunt.

»Sie wird es zähneknirschend müssen«, sagte Jansen voraus. »Die Frist, einen neuen Kandidaten zu präsentieren, ist nach dem neuen Kommunalwahlgesetz abgelaufen. Wenn die CDU Smart fallen lässt, hat sie überhaupt keinen Kandidaten für den OB-Thron mehr.«

»Und wie werden die Wähler auf unseren Bericht reagieren?«

»Frag mich was Leichteres, Grappa«, seufzte Jansen. »Wenn sich der amerikanische Präsident in seinem Büro von einer Praktikantin ohne Konsequenzen einen blasen lassen kann, wird sich wahrscheinlich auch hier niemand ernsthaft drüber aufregen, wenn die ›Unternehmerin zum Anfassen‹ das wörtlich nimmt und sich von einem Jungen anfassen lässt. Wahrscheinlich wird der Kleine demnächst in einer Schmuddel-Talkshow bei den Privatsendern erzählen, wie Frau Smart es besonders gern hat.«

Jansen behielt Recht, die CDU trennte sich nicht von ihrer Kandidatin. Ganz im Gegenteil. Am Nachmittag erreichte die Redaktionen eine Pressemitteilung, in der Smarts Besuch im *Chez Justine* als ›Kampagne des politischen Gegners‹ dargestellt wurde. Frau Smart habe eine persönliche Einladung zu einer Vorstandssitzung des Rotary Clubs erhalten, die vermutlich gefälscht war. So habe man die Kandidatin in das ›Etablissement‹ gelockt, um sie politisch und moralisch zu desavouieren. Die Behauptung, dass sie mit einem jungen Angestellten des Clubs eng befreundet sei, entbehre jeder Grundlage. Die Partei habe die Staatsanwaltschaft eingeschaltet. Es müsse geprüft werden, ob gegen das ›Presseorgan‹, das die Vorwürfe gegen Smart erhoben habe, rechtliche Schritte eingeleitet würden.

»Aus der Nummer ist die Luft raus«, stellte ich nach Lektüre der Pressemitteilung fest. »Hat die SPD sich eigentlich schon gemeldet? Das muss für die doch ein gefundenes Fressen sein.«

»Ich habe mit Nagel telefoniert«, sagte Jansen. »Er hat sich köstlich amüsiert, will sich aber nicht in die Geschichte reinhängen. Das Niveau sei ihm zu niedrig.«

»So kann man die Sache natürlich auch sehen.«

»Okay, Grappa«, sagte Jansen. »Die erste Schlacht ist gewonnen. Was passiert als Nächstes?«

Ich kam nicht dazu, eine Antwort zu geben, denn mein Handy klingelte.

Ich erkannte auf dem Display Nazmis Telefonnummer. Ich nahm das Gespräch an.

»Hier ist Nazmi. Kennst du einen guten Rechtsanwalt?«

»Wozu brauchst du den denn?«

»Ich bin gerade verhaftet worden.«

»Was?«

»Kannst du mir helfen?« In seiner Stimme war Angst.

»Natürlich helfe ich dir. Wo bist du?«

»Im Polizeipräsidium.«

»Was wirft man dir vor?«

»Den Anschlag auf den Club. Sie haben meine Werkstatt durchsucht und ... ein paar Sachen gefunden.«

»Sag bloß nichts ohne Anwalt«, riet ich ihm. »Aus der Sache kommst du bestimmt raus. Dein Freund Lika muss ein Gutachten abgeben, dass du an einem schweren Trauma leidest, und dann ...«

»Das ist noch nicht alles«, sagte Nazmi. »Sie beschuldigen mich auch, die beiden Politiker umgebracht zu haben.«

Schweigepflicht

Schlimmer hätte es für Nazmi Radic nicht kommen können. In seiner Autowerkstatt hatten die Kriminalbeamten nicht nur die Reste der Brandsätze gefunden, sondern auch eine Ledermaske der Marke Junghans-Manthey und eine Waffe des Kalibers, mit dem die beiden Politiker erschossen worden waren. Ob genau diese Waffe die Tatwaffe war, würde zurzeit kriminaltechnisch untersucht – so die lapidare Auskunft der Polizeipressestelle.

Ich besorgte Nazmi einen Anwalt. Er war ein langjähriger Bekannter von mir und ich würde alle Informationen von ihm bekommen. Nazmi saß nämlich in Untersuchungshaft und durfte keinen Besuch – außer dem seines Anwaltes – empfangen.

Nachdem das geregelt war, rief ich Dr. Arnim Lika an. »Ich möchte mit Ihnen über Nazmi Radic sprechen«, sagte ich.

»Ich wüsste nicht, was ich Ihnen zu sagen hätte«, blockte er ab.

»Ich aber. Ich bin in zehn Minuten in Ihrer Praxis.«

»Ich glaube nicht, dass ich ...«

»Hören Sie«, unterbrach ich ihn grob, »machen Sie keine Zicken. Oder wollen Sie, dass morgen in der Zeitung steht, dass ein bekannter Bierstädter Prominenten-Arzt an einer Sklavinnenauktion teilgenommen hat? In Begleitung einer Sklavin, die Cola light aus dem Hundenapf schlabbern musste?«

Zehn Minuten später drückte ich die Tür zu seiner Praxis auf. Gediegenes Ambiente empfing mich, alles war edel und leise, Hintergrundmusik perlte fast unhörbar und irgendein Aromaöl waberte durch die Räume.

»Sie machen es ja besonders dringend«, begrüßte mich der Arzt unfreundlich.

»Es ist auch dringend«, sagte ich, ging zum Fenster und öffnete es. Der Lärm der Straße vermischte sich mit der Perlenmusik. »Herr Radic ist gerade festgenommen worden. Und wissen Sie, was man ihm vorwirft?«

»Keine Ahnung.«

»Den Mord an den beiden Politikern.«

»Das überrascht mich«, meinte Lika knapp.

»Wollen Sie Ihrem Freund nicht helfen?«

»Woher wissen Sie, dass er mein Freund ist?«

»Er hat es mir erzählt.«

»Sie kennen ihn?«

»Ich bin mit ihm befreundet. Genau wie Sie. Zumindest hat mir Nazmi das versichert.«

»Ich bin sein Arzt und Freund.«

»Dann ist ja alles prima«, freute ich mich. »Kommen Sie!«

»Wohin?«

»Zur Staatsanwaltschaft. Als sein Arzt müssen Sie eine Aussage machen – über seine Depressionen, sein Trauma, seine Neurose.«

Auf Likas Stirn hatten sich Schweißperlen gebildet. »Ich bin an die ärztliche Schweigepflicht gebunden«, sagte er mit kläglicher Stimme.

»Kommen Sie mir nicht so!« Meine Ungeduld wuchs. »Radic wird Sie von der Schweigepflicht entbinden. Also, was ist?«

Lika lenkte ein. Er versprach, noch an diesem Tag bei der Staatsanwaltschaft eine Aussage zugunsten von Nazmi Radic zu machen.

Infos sammeln

Festnahme im Maskenmord – Ist Nazmi R. der Mörder? – so war am nächsten Tag in unserer Zeitung zu lesen. Ich hatte Peter Jansen nicht erzählt, dass ich mit dem Verdächtigen eng befreundet war, sonst hätte ich die Story abgeben müssen. Und das wollte ich auf keinen Fall.

Im Fall der Morde an den beiden SPD-Politikern Willi Junghans und Paul Manthey ist es gestern zu einer ersten Festnahme gekommen; der 38-jährige Bosnier Nazmi R., der seit vielen Jahren in Deutschland lebt, wird verdächtigt, die Taten begangen zu haben. Indizien belasten R., bei einer Durchsuchung von Privaträumen wurden Kleidungsstücke der Mordopfer und eine Ledermaske gefunden, außerdem entdeckte die Polizei eine Waffe des Kalibers, mit dem Junghans und Manthey erschossen wurden. R. wird auch der Brandanschlag auf einen Privatclub am Sauerländer Weg vorgeworfen, bei dem Sachschaden in Höhe von einer Dreiviertelmillion Mark entstanden ist.

Nazmi R. befindet sich in Untersuchungshaft. Nach Informationen unserer Zeitung soll sich der Bosnier seit Jahren in psychotherapeutischer Behandlung befinden. Er leidet seit dem Bürgerkrieg in seiner Heimat unter schweren Depressionen.

»Ich glaube nicht, dass er es war«, sagte ich zu Jansen. »Niemand ist so dumm und lässt Beweismaterial einfach so rumliegen.«

»Warum nicht? Der Mann ist verrückt – du hast es selbst geschrieben«, widersprach Jansen.

»Und die ›Erneuerer in der SPD‹? Sind die plötzlich völlig vergessen? Und die Zitate von Marquis de Sade? Warum sollte Radic so einen Zauber veranstalten?«

»Das ist wirklich merkwürdig«, räumte Jansen ein. »Irgendwie passt das nicht so richtig zusammen.«

»Na siehst du«, meinte ich zufrieden. »Ich bin sicher, dass ihm jemand die Morde anhängen will. Passt doch auch gut in die politische Landschaft: ein Verrückter, auch noch Ausländer. Da werden mal wieder alle Vorurteile bedient.«

»Okay, Grappa«, sagte Jansen. »Dann sieh mal zu, wie du den armen Teufel aus dem Knast herausbekommst. Du hast freie Hand.«

»Du bist ein echter Schatz«, jubelte ich begeistert. »Aber – die Sache hat einen Haken. Ich habe dir etwas verschwiegen.«

»Ich weiß«, nickte er mild. »Du hast ihn dir gegönnt – den hübschen Bosnier.«

»Woher weißt du ...?«

»Ich bin Journalist«, erinnerte er mich. »Und diese Berufsgruppe lebt vom Sammeln von Informationen. Außerdem hat du diesen gewissen Blick drauf, wenn du von ihm sprichst.«

»Welchen Blick?«

»Den Blick einer Jägerin, die erfolgreich Beute gemacht hat.«

Fast gerührt setzte ich mich an meinen Schreibtisch. Es geht doch nichts über nette, verständnisvolle Kollegen.

Das Telefon läutete und es war ein weiterer Kollege dieser Art, nämlich Tom Piny.

»Hallo, Süßer«, begrüßte ich ihn. »Schön, dass du nicht mehr schmollst.«

»Ich dachte, du kannst jetzt Hilfe gebrauchen, nachdem dein Lover eingelocht worden ist.«

»Er war es nicht. Für den Brandanschlag ist er verantwortlich – aber mit den beiden Morden hat er nichts zu tun.«

»Das glaub ich dir gerne«, stimmte Piny mir zu. »Doch für die Öffentlichkeit ist er ein guter Verdächtiger. Zumindest im Augenblick. Ich habe mit Frau Cosel gesprochen – sie sieht das ähnlich.«

»Warum hat sie ihn dann wegen Mordes festgenommen?«

»Sie konnte nicht anders. Denk an die Indizien. Es handelt sich übrigens um die Mordwaffe – ich kenne das Ergebnis der Analyse.«

»Fingerabdrücke?«

»Kein einziger. Merkwürdig, dass Radic die Waffe in seiner Werkstatt zwar rumliegen lässt, sie aber fein säuberlich abwischt. In der Geschichte passt überhaupt nichts zusammen.«

»Was sagt dein Freund Lika dazu? Du weißt ja sicher, dass er Nazmi Radics Arzt ist.«

»Ich habe den Kontakt zu Lika abgebrochen«, teilte TOP mit.

»Wieso?«

»Ich habe recherchiert, dass Lika Eigentümer des Hauses am Sauerländer Weg ist.«

»Der Club gehört ihm?«

»Das Haus ist seines. Er hat es an den Verein, der den Club betreibt, vermietet. Für eine hohe Summe. Und jetzt kommt das Schärfste ...« Piny machte eine Kunstpause.

Ich wartete.

»Der Schaden an dem Gebäude ist ziemlich groß«, fuhr TOP fort, »das Haus muss wahrscheinlich abgerissen werden. Lika bekommt dann von der Versicherung eine Dreiviertelmillion.«

»Und?«

»Lika ist hoch verschuldet. Er kann das Geld gut gebrauchen.«

»Ich verstehe immer noch nicht ...«

»Weißt du, was ich glaube, Grappa? Lika hat Radic dazu animiert, das Haus abzufackeln, damit er sich finanziell sanieren kann. Wie er das gemacht hat, weiß ich zwar noch nicht, doch ich werde es schon noch rausbekommen.«

»Ich kann mir vorstellen, wie er ihn dazu gekriegt hat«, sinnierte ich. »Er hat sich sein Trauma zunutze gemacht.«

»Und wer hat Radic die Beweisstücke für die Morde untergeschoben und ihn dann bei der Polizei verpfiffen?«

»Lika.«

»Und was schlägst du als Motiv vor?«, fragte Piny.

»Er ist ein Auftragskiller!«

»Ach ja? Und wer ist sein Auftraggeber?«

»Jakob Nagel!«

»Du meine Güte, Grappa!«

»Nagel musste die beiden Genossen loswerden«, fuhr ich unbeirrt fort. »Junghans hätte trotz seiner Affären noch genug politische Macht gehabt, um Nagel das Leben zur Hölle zu machen, und Manthey hatte sich geweigert, Nagels Wahlkampf zu unterstützen.«

»Und dann hat er Lika losgeschickt ...?«

»Klar. Wer sollte denn sonst sein Helfer sein? Nagels Büro-Fifi, der um seinen Posten als Eintänzer in einem Hühnerstall bangt? Nagels Wahlkampfberater, die ihre Kohle nur bekommen, wenn ihr Chef OB wird? Oder Nagels Frau, die sich den Weg zur First Lady auf Bierstädter Kaffeekränzchen mit der Knarre freiballert? Es gibt keine andere Möglichkeit! Lika ist unser Mann!«

»Grappa, du tickst nicht sauber«, stellte TOP die Diagnose. »Bierstadt ist nicht Chicago und Nagel sieht Al Capone noch nicht mal ähnlich.«

Nagel raus!

Der nächste Wahlkampftermin stand bevor. Die katholische Kirche hatte die Oberbürgermeisterkandidaten der drei großen Parteien für den kommenden Abend eingeladen, um ihnen mit so genannten ›Wahlprüfsteinen‹ auf den Zahn zu fühlen. Es war der erste große öffentliche Auftritt von Gerry Smart nach dem Besuch im *Chez Justine* und meinem Artikel.

Die CDU hatte ein neues Plakat aufgestellt, das den SPD-Kandidaten Jakob Nagel ins Mark treffen musste: *Bierstadt braucht eine Unternehmerin und keinen Langeweiler*.

Der Stil im Kampf um den Sieg im großen Rennen wurde ruppiger. Ich war gespannt, was der SPD-Kandidat als Replik in der Hinterhand hatte.

Der Saal in Bierstadt-City war überfüllt. Vor dem Gebäude versperrten die Wahlkampfautos der CDU-Kandidatin die Eingänge – jene hässlichen, hochbeinigen Sparautos, die aussahen wie motorisierte Rollstühle. Sie waren mit dem Sumpfhuhn-Logo verziert.

Ich kämpfte mich zu einem der reservierten Presseplätze vor. Es waren nicht nur die Kollegen der lokalen Medien angereist, sondern auch jede Menge Journalisten von überregionalen Blättern und Fernsehsendern.

Die letzten Umfrageergebnisse hatten Gerlinde Smart mit satten Prozentpunkten vor dem SPD-Kandidaten Nagel gesehen – aber das war vor meinem Artikel gewesen. Mal schauen, wie die Stimmung heute Abend ist, dachte ich.

Ich sah mich um. Smart hatte die strammen Jungs ihrer Wahlkampftruppe gleichmäßig im Publikum postiert.

Die erste Reihe der Sitzgelegenheiten war reserviert für wichtige Gäste; ich sah Balkan-Freund Friedel Knaup beflissen hin und her wieseln. Als er mich erblickte, gefroren seine Gesichtszüge und er drehte schnell ab.

»Hallo, Grappa«, hörte ich Tom Piny sagen. »Ganz schön was los heute Abend.«

»Allerdings«, brummte ich. »Ich habe die Nase voll von dem Wahlkampfgetümmel.«

»Was ist los?«

»Ich habe wenig geschlafen.«

»Bist du krank?«

»Ach wo. Ich habe noch lange über die Morde nachgedacht.«

»Und? Zu welchem Ergebnis bist du gekommen?«

Ich schüttelte den Kopf. »Das weißt du doch.«

Tom Piny brach in herzhaftes Gelächter aus. »Da oben sitzt er. Guck dir Nagel an! Sieht so ein Doppelmörder aus?«

»Alles Tarnung. Er ist der Einzige, der ein Motiv hat, weil er unbedingt an die Macht will.«

Ich musterte Nagel. Er saß auf der Empore des Saals, richtete gerade sein Namensschild, suchte den Kontakt zu seinen Beratern. Es wirkte rührend und hilflos. Hinter Nagel hing der Gekreuzigte in Großformat an der Wand, darunter ein auf die Wand gepinselter Spruch aus der Bibel: *Der Herr ist mein Hirte ...*

Geraune kam auf, CDU-Kandidatin Smart rückte an. Sie war in Begleitung ihres Wahlkampf-Oldies Dr. Seemann. Smart erklomm die Bühne, ihr Manager setzte sich auf einen der reservierten Plätze. Als Letzter nahm der OB-Kandidat der Grünen Platz.

Jeder der Kandidaten sollte zunächst ein Statement abgeben – der Kandidat der kleinsten Partei als Erster.

Der Grüne griff Smart vehement an. Er bezeichnete die Wahl des Sumpfhuhn-Logos als persönliche Beleidigung und »Aufforderung zur Gewalt und Tierquälerei« und kündigte Gegenaktionen der Öko-Tierschutz-Gruppe »Arche Noah« an.

Danach vertrat er die üblichen Positionen: Er proklamierte soziale Gerechtigkeit für bewusst allein erziehende Mütter, stellte den sofortigen Ausbau des Radwegenetzes in Bierstadt und eine öffentliche Unterstützung des Schwulen- und Lesben-Vereins in Aussicht. Den meisten Applaus erhielt er – allerdings von den eigenen Leuten – für seine Vision, die Abfertigungshalle des Bierstädter Flughafens in ein Haus für misshandelte Frauen zu verwandeln.

Es folgte Gerry Smart. Sie bestritt, dass es Armut in Bierstadt gebe, auch die Arbeitslosigkeit sei ein aufgebauschtes Problem, denn jeder, der ernsthaft einen Job wolle, würde ihn auch bekommen. Drogenabhängige sollten in Umerziehungslager, straffällige Ausländer umgehend abgeschoben werden. Ihre Claqueure jubelten ihr zu. Dann hob Smart an, ein Loblied auf die Funktion einer intakten Familie in unserer Gesellschaft zu singen. Sie selbst sei zwar allein stehend, doch sie würde die Wärme einer Familie kennen und schätzen. Deshalb habe sie ihre alte, gebrechliche Mutter bei sich aufgenommen und spiele mit dem Gedanken, sich ein oder zwei Pflegekinder zuzulegen.

»Sie hat vergessen zu erwähnen, dass diese Pflegekinder gut gebaut und männlich sein müssen«, raunte mir TOP grinsend zu.

Dann lobte sich Gerry Smart für ihren großen finanziellen Einsatz beim Betrieb katholischer Waisenhäuser, ihr Engagement bei Hilfslieferungen in die Krisengebiete dieser Welt und huldigte die von ihr gegründete Initiative, jungen Menschen aus der Dritten Welt ein Studium zu ermöglichen.

»Wenn die weiter so aufdreht, fällt der Gekreuzigte von der Wand und erschlägt sie«, flüsterte ich.

»Das wäre dann ein klassisches Gottesurteil«, gab Piny zurück.

Nach der Eigenlob-Arie der CDU-Frau war Jakob Nagel dran. Das Publikum war schon ein wenig genervt, brannte darauf, selbst Fragen zu stellen.

Hoffentlich fasst er sich kurz, dachte ich. In Diskussionen war Nagel erheblich besser als bei langatmigen Statements.

Meine Befürchtungen waren unbegründet. Nagel legte einen Frontalangriff gegen Gerry Smart auf die Bretter. Er warf ihr Lüge und Ignoranz vor, attestierte ihr völlige Unkenntnis sozialer Zusammenhänge und nachprüfbarer Fakten und attackierte ihr überhebliches Auftreten.

»Wer in einer Millionärsvilla lebt, der kann seine alte Mutter, die ihr die Millionen vererben wird, ja wohl bei sich aufnehmen. Besonders dann, wenn sie von der Pflegeversicherung noch einen Zuschuss für eine Altenpflegerin bekommt.«

Die Smart-Anhänger buhten, doch sie konnten sich gegen den aufbrausenden Applaus der anderen nicht durchsetzen.

»Wer als Unternehmerin in Jugoslawien und im Kaukasus jahrelang mit dubiosen Geschäften gut verdient hat«, fuhr Nagel fort, »kann auch mal ein paar Medikamente, die kurz vor dem Verfallsdatum stehen, und ein paar gebrauchte Kleider und ausrangierte Decken verschicken. Sie sollte sich in der Presse dann aber nicht als Wohltäterin feiern lassen – so etwas gehört sich einfach nicht!«

»Brillant«, schwärmte TOP. »Der Mann ist ja heute richtig gut.«

»Hab ich ja immer gesagt«, erinnerte ich ihn, »der Maulesel wird zum Galopper – wenn auch ganz langsam.«

»Und was Ihr intaktes Familienleben angeht, Frau Smart ...« Nagel sah seiner Nachbarin direkt ins Gesicht. »Ich will da nicht ins Detail gehen – aber aus Ihrem Bekanntenkreis war zu hören, dass sich Ihre Frau Mutter um einen Platz in einer städtischen Senioren-Residenz bemüht, weil sie sich eingesperrt und einsam vorkommt. Und wo und mit wem Sie Ihre Abende und Nächte verbringen ... das war ja ausführlich in der Presse zu lesen. Wenigstens wissen die Wählerinnen und Wähler jetzt, woher Ihr Engagement für junge Ausländer rührt.«

Smarts Helfer brüllten: »Verleumdung!« und »Nagel raus!«, doch der allgemeine Applaus schwoll kräftig an.

In der anschließenden Diskussion machte Gerlinde Smart ebenfalls keine gute Figur. Das lag auch an dem Publikum, das hauptsächlich aus sozial engagierten Bürgern bestand, denen man mit Ellbogensprüchen nicht kommen konnte. Smart hatte mit ähnlichen Thesen bei Unternehmerstammtischen schon mehr Erfolg gehabt.

Mein Blick fiel zufällig auf Smarts Wahlkampfmanager. Er saß noch immer in der ersten Reihe, hatte eine Hand vor den Mund gehoben und schien Selbstgespräche zu führen. Dann sah ich etwas Metallenes in seiner Handinnenfläche im Licht der Saallampen aufblitzen.

Ich betrachtete die CDU-Kandidatin. Sie war gerade nicht mit einem Diskussionsbeitrag an der Reihe, hatte den Kopf etwas schräg gelegt und mit einer Hand die blonden Haare zurückgestrichen. Sie schaute zu ihrem Manager, nickte ein paarmal unmerklich und machte sich Notizen.

»Guck mal«, raunte ich TOP zu. »Smart lässt sich soufflieren. Sie hat einen Empfänger im linken Ohr. Und der Sender befindet sich in der rechten Handfläche ihres Managers. So viel zur Kompetenz unserer Gerlinde.«

Piny drehte sich ungläubig zu mir um. Dann beobachtete er die beiden. »Du hast Recht, Grappa!«, sagte er nach einer Weile. »Sie lässt sich vorsagen. Das ist wirklich ein Ding!«

Die nächste Stunde ließen wir Frau Smart und ihren Manager nicht aus den Augen, um noch sicherer zu sein.

»Und?«, fragte ich. »Werden wir es schreiben?«

»Natürlich. Wir sind schließlich der Wahrheit verpflichtet.«

»Dann mal los!«

Piep im Ohr

Am nächsten Tag konnten die Leser des Bierstädter Tageblattes die Schlagzeile lesen: *Knopf im Ohr hilft Smart nicht weiter*. In der Unterzeile hieß es: *Trotz elektronischem Spickzettel blieb die OB-Anwärterin blass – SPD-Kandidat nagelte sie fest.*

Auch Tom Piny hatte über den Vorabend geschrieben und getitelt: *Wenn der Kopf leer ist, piepts im Ohr: CDU-Smart lässt sich vorsagen.*

Bereits mittags flatterte eine Gegendarstellung ins Haus. Smart bestritt, dass sie über einen Mini-Sender Informationen und Verhaltensmaßregeln von ihrem Manager entgegengenommen hatte.

Peter Jansen teilte dem CDU-Wahlkampfbüro mit, dass die Gegendarstellung am nächsten Tag abgedruckt werden würde. Wir waren dazu nach dem Pressegesetz verpflichtet – unabhängig vom Wahrheitsgehalt der Gegendarstellung.

»Ich möchte den Rest des Tages freimachen«, kündigte ich Jansen an. »Ich muss mich um einen Freund kümmern.«

»Radic?«

»Ja.«

»Okay«, sagte er sofort. »Lass dein Handy aber an – für alle Fälle.«

Am frühen Nachmittag hatte ich einen Termin bei Nazmi Radics Anwalt.

Ich erfuhr von ihm, dass Oberstaatsanwältin Cora Cosel Nazmi bereits einige Male vernommen hatte – ohne den gewünschten Erfolg. Nazmi gab zwar den Brandanschlag auf den Club zu, bestritt aber vehement, die Morde begangen zu haben. Wie die Waffe und die Ledermasken in seinen Besitz bekommen waren, konnte er sich nicht erklären.

»Die kriminaltechnische Untersuchung hat ergeben, dass es sich tatsächlich um die Tatwaffe handelt, doch es fehlen Fingerabdrücke«, berichtete der Anwalt.

»Was bedeutet das?«

»Die Autowerkstatt des Herrn Radic ist auch für Fremde zugänglich – er schließt sie während der Mittagszeit nicht ab, auch wenn er nicht da ist. Es ist also durchaus möglich, dass ihm jemand die Sachen untergeschoben hat. Selbst die Staatsanwältin scheint nicht besonders davon überzeugt zu sein, dass Radic die beiden Männer getötet hat. Sein Arzt hat außerdem ein positives Gutachten angekündigt.«

»Dann glauben Sie also, dass die Indizien für eine Mordanklage nicht reichen?«

»Sie würde zumindest auf sehr schwachen Füßen stehen. Die Ermittlungen konzentrieren sich in erster Linie auf schwere Sachbeschädigung und die Gefährdung von Menschenleben.«

»Gibt es eine Chance, dass Herr Radic bis zum Prozess freikommt?«

»Ich habe einen Antrag auf Haftverschonung gestellt«, sagte der Jurist. »Aufgrund der psychischen Lage des Herrn Radic. Ob ich Erfolg haben werde, hängt davon ab, ob das Gericht Fluchtgefahr annimmt oder nicht. Die Staatsanwaltschaft hat inzwischen Widerspruch gegen den Antrag eingelegt – sie hält es für möglich, dass sich Radic nach Bosnien absetzt und sich so einer möglichen Verurteilung entzieht.«

Werkstatt-Termin

Kaum hatte ich den Anwalt verlassen, als mein Handy Alarm schlug. Jansen zitierte mich in die Redaktion – irgendetwas musste sich ereignet haben.

»Wir hatten einen anonymen Anrufer«, empfing er mich. »Er behauptet, dass eine Leiche in Radics Autowerkstatt liegt.«

»Wer ist es?«

»Keinen Schimmer. Darüber hat er sich ausgeschwiegen.«

»Was hast du unternommen?«

»Noch nichts. Wir sollten die Sache erst mal unter uns besprechen.«

»Vielleicht ist das Ganze nur ein Scherz«, gab ich zu bedenken.

»Und wenn nicht?«

Wir berieten eine Weile, beschlossen dann, die Information ernst zu nehmen und Dr. Cora Cosel zu unterrichten.

Die Oberstaatsanwältin arbeitete noch in ihrem Büro.

»Wir hatten einen anonymen Anrufer, der uns eine Leiche in Aussicht stellt«, teilte ich ihr mit. »Mein Kollege und ich fahren da jetzt hin. Haben Sie Interesse, uns zu begleiten?«

»Sagen Sie mir die Adresse«, forderte sie.

»Wir holen Sie am Justizgebäude ab. Vielleicht ist ja alles nur ein schlechter Scherz.«

»Ich gehe nie zu einem Tatort ohne die Begleitung von Polizeibeamten«, meinte sie reserviert.

»Dann machen Sie heute eben mal eine Ausnahme«, sagte ich. »Angst brauchen Sie nicht zu haben – ich bin ja bei Ihnen. Außerdem kommen noch zwei Männer mit – mein Chef und unser Fotograf.«

»Sie wollen sich die Story sichern«, erkannte Dr. Cora Cosel messerscharf.

»Also? Was ist? In zehn Minuten sind wir bei Ihnen.«

Die Oberstaatsanwältin war einverstanden. Ich hörte durch den Hörer etwas knirschen – das mussten ihre Zähne sein.

Im Auto saß sie neben mir. Jansen hatte sich auf den Rücksitz verzogen – Kavalier, der er war. Big Mäc wollte mit dem eigenen Fahrzeug anrollen – er befand sich gerade am anderen Ende der Stadt.

»Wo fahren wir hin?«, fragte Frau Cosel.

»Zur Werkstatt des Herrn Radic«, teilte ich ihr mit. »Dort soll die Leiche liegen, von der der Anrufer sprach.«

»Interessant«, meinte sie reserviert.

»Gibt es eine Möglichkeit, Herrn Radic aus der Haft zu entlassen?«, packte ich die Gelegenheit beim Schopf. »Er ist ein kranker Mann.«

»Das höre ich jeden Tag«, erwiderte Frau Cosel hart. »Alle Straftäter sind plötzlich krank, wenn es um angeordnete Haft geht.«

»Bei ihm stimmt es aber«, beharrte ich. »Seine Frau ist im Bosnienkrieg verschollen, sie ist vergewaltigt und wahrscheinlich umgebracht worden. Radic leidet darunter, dass er sie nicht beschützen konnte. Er hat schwere Depressionen.«

»Ich kenne seine Geschichte – sein Arzt hat sie mir erzählt.«

»Aber Sie kennen kein Erbarmen, nicht wahr?«

Ich hasste sie plötzlich. Frauen in so genannten Männerjobs sind manchmal noch schlimmer als Männer, dachte ich. Wütend gab ich Gas.

»Wie gut kennen Sie den Verdächtigen Radic?«, schnarrte sie.

»Das ist meine Sache.«

»Sie sind sich ziemlich nahe gekommen, nicht wahr?«

»Er fickt gut.«

»Grappa!«, rief Jansen entsetzt in meinem Rücken. »Muss das sein?«

»Lassen Sie nur«, sagte Cora Cosel milde, »ich kann mit diesem Begriff durchaus etwas anfangen. Frau Grappa kann meinen Wortschatz an Primitivausdrücken nicht mehr anreichern. Dafür habe ich in meinem Job genug erlebt.«

Ich fuhr inzwischen mit überhöhter Geschwindigkeit. Meine Laune befand sich auf dem Nullpunkt. Die Vorstellung, dass Nazmi Radic im Gefängnis schmorte, machte mich unglücklich. Und die hartherzige Frau neben mir machte mich krank und aggressiv.

»Fahr langsamer, Grappa!«, raunzte mich Jansen an. »Oder willst du, dass wir am nächsten Baum hängen bleiben?«

Ich schwieg verbohrt.

»Jetzt rechts!«, sagte Jansen. »Am Ende der Straße links. Und wenn du dich nicht zusammenreißt und endlich zivilisiert fährst, halt an und lass mich ans Steuer.«

»Ist ja schon gut.«

Den Rest des Weges versuchte ich mein Temperament zu zügeln, indem ich einfach den Mund hielt, die Luft tief einsog und sie langsam wieder ausstieß.

Die Werkstatt lag im Hinterhof eines älteren Häuserblocks und schien zu früheren Zeiten eine Scheune gewesen zu sein. Das Gebäude war aus Backstein, durch ein riesiges zweiflügeliges Tor konnten Autos bequem rein- und rausfahren.

Wir sahen uns um. Niemand war zu sehen. Auch Big Mäc schien noch nicht eingetroffen zu sein. Der Abend verströmte eine diffuses Licht, genau richtig, um auf die Suche nach einer Leiche zu gehen.

Wir traten zum Tor. »Das Polizeisiegel ist aufgebrochen worden«, stellte Frau Dr. Cosel fest.

»Umso besser«, sagte ich cool, »dann brauchen wir das nicht mehr zu machen.«

»Gehen wir rein?« Jansens Frage war an die Staatsanwältin gerichtet.

»Lass uns wenigstens auf Big Mäc warten«, schlug ich vor, um Zeit zu gewinnen. Ich hatte plötzlich Angst vor dem, was uns im Inneren des Gebäudes erwarten würde.

»Da ist er schon!« Jansen deutete auf die Silhouette eines Autos, das mit ausgeschalteten Scheinwerfern auf den Hof fuhr.

Der Fotograf stieg aus, um den Hals verschiedene Kameras und die obligatorische Zigarette im Mundwinkel. »Hi Boss, hi Grappa, hi Doktor«, begrüßte er uns. »Was liegt an?«

Jansen gab ihm eine Kurzfassung der Ereignisse.

»Geile Sache, das!«, bewertete er die Schilderung. »Dann mal los!« Er hatte die Kamera schussbereit in der Hand.

Jansen nickte und drückte die Tür auf. Sie knarrte. Er wich zurück. Ein bisschen mulmig schien ihm auch zu sein.

»Ich such mal den Lichtschalter«, kündigte ich an, denn wir starrten in ein schwarzes Loch.

»Lass das, Grappa!« Big Mäc knipste seine Taschenlampe an. Er war wie immer bestens ausgerüstet.

Wir schauten uns um. Überall stand etwas herum, Werkbänke, Hebebühnen, alte Autoreifen, abgebaute Kotflügel und Motorhauben, ein altes ausgeschlachtetes Auto.

»Ein antiker Alfa Spider«, bemerkte Big Mäc und leuchtete zum Auto hin. »Schickes Teil, das. Wenn der wieder flott ist, wird ein Schmuckstück daraus.«

Wir traten näher zu dem Auto. Ich bemerkte etwas Buntes auf dem Fahrersitz; es sah aus wie eine Wolldecke, doch es war keine.

Jansen stammelte: »Mein Gott, da liegt einer.«

Er hatte Recht. Da lag wirklich jemand. Ein Mensch, nackt mit verrenkten Extremitäten, ein Mann, offensichtlich tot. Das Gesicht war nicht zu erkennen, denn er trug eine schwarze Ledermaske. Über den Unterleib hatte der Mörder eine Art bunte Wolldecke gelegt.

»Radic ist unschuldig«, murmelte ich und sah Frau Cosel an. »Begreifen Sie das jetzt endlich?«

»Machen Sie mal das Licht an«, bat sie Big Mäc.

Sekunden später war die Werkstat hell erleuchtet. Frau Cosel holte ihr Handy aus der Handtasche und begann zu telefonieren. Vermutlich mit der Polizei. Worte wie Notarzt, Rettungswagen und Spurensicherung klangen zu mir herüber.

Ich sah mir den schreiend bunten Stoff an, der auf der Leiche lag. Das Muster kam mir bekannt vor.

»Das gibt's doch nicht«, rief ich aus. »Das ist Mantheys Wollpullover. Der Mörder hat ihn damals mitgenommen.«

Fast hätte ich gelacht, so skurril war das Ganze.

»Bist du sicher?«, fragte Jansen ungläubig.

»Dieses grauenhafte Muster würde ich überall wieder erkennen.«

Frau Cosel hatte ihr Handy nicht mehr am Ohr.

»Es wird nichts angerührt«, befahl sie, »wir warten auf die Spurensicherung.«

»Mach mal ein paar Fotos«, sagte ich zu Big Mäc. »Danach nehmen wir ihm die Maske ab.«

»Das tun Sie nicht«, zickte die Staatsanwältin. »Wir warten noch.«

»Warum? So ein Quatsch!«

»Grappa!«, mischte sich Jansen ein. »Frau Cosel hat Recht. Ich will ja auch wissen, um wen es sich handelt. Wir haben die Story exklusiv. Wir können sie morgen früh im Blatt haben, die anderen erst einen Tag später. Frau Cosel hat sicherlich nichts dagegen, dass wir so lange hier bleiben, bis die Maske entfernt worden ist, oder?«

Die Oberstaatsanwältin nickte. Jansen warf mir einen Blick zu, der mir signalisierte, dass ich mich zurückzuhalten hatte. Ich resignierte. Das war heute nicht mein Abend.

Zehn Minuten später waren die ersten uniformierten Beamten da. Nachdem der Polizeifotograf das Fahrzeug von außen abgelichtet hatte, trat ein Kollege zum Wagen. Jetzt wurde es spannend.

Der Mann öffnete behutsam die Fahrertür des Oldtimers. Die Leiche hatte mit der Schulter an der Scheibe gelehnt, verlor jetzt den Halt und kippte aus der Öffnung des Wagens auf den Boden.

Big Mäc sprang zurück, betätigte aber trotzdem seine Kamera.

Ein zweiter Beamter half dem ersten, den Körper wieder zurück auf den Sitz zu hieven. Beide trugen Handschuhe, um keine unnötigen Spuren zu hinterlassen.

»Nehmen Sie ihm die Maske ab!«, forderte Frau Cosel mit fester Stimme. Sie versperrte uns den Blick, Big Mäc hatte sich aber schon eine neue Position gesucht.

»Jetzt liegt der Kopf frei«, teilte der Beamte mit.

Mit klopfendem Herzen trat ich näher, Jansen direkt hinter mir.

»Der Mann kommt mir bekannt vor«, sagte die Oberstaatsanwältin.

»Allerdings«, stimmte Jansen zu.

Vor uns lag die tragende Säule des städtischen Ordnungsamtes, Friedel Knaup. Seine Schläfe zierte ein dunkles Einschussloch, seine Miene spiegelte ungläubiges Erstaunen wider.

»Wer um alles in der Welt hat Grund, dieses harmlose Würstchen um die Ecke zu bringen?«, fragte Jansen perplex.

»Er hat einen Zettel in der Hand!«, raunte mir Big Mäc zu. »Guck mal!«

Ich blickte durch den Sucher. Der Fotograf hatte ein Tele aufgeschraubt, um Close-up-Bilder machen zu können. Tatsächlich! In Knaups Fingern blitzte ein Stückchen weißes Papier.

»Hier ist noch was«, sagte ich und näherte mich dem Toten.

»Bleiben Sie zurück«, schnauzte mich ein Spurensicherer an.

»Ich will Ihnen doch nur helfen. Der Tote hat ein Papier in der Hand.«

Die Oberstaatsanwältin beugte sich über Knaup. »Holen Sie es raus«, sagte sie dann zu dem Polizisten.

Der Mann versuchte mit spitzen Fingern den Zettel aus der Hand zu ziehen. Leider ohne Erfolg. Die Finger umkrampften das Stück Papier. Schließlich bog der Kriminalist die Finger des Toten mit aller Kraft zurück.

»Brechen Sie ihm bloß nicht die Fingerknochen«, forderte Frau Cosel. »Sonst wird das gerichtsmedizinische Ergebnis verfälscht.«

Endlich war das Papier befreit.

»*Wenn ich dem einen das Leben nehme, schenke ich es dem anderen*«, zitierte Cora Cosel. »*Wo ist das Übel? Ersinne nie ein Verbrechen, ohne es auszudehnen, und begehe nie eines, ohne deine Ideen noch zu verschönern.*«

»Langsam geht mir der de Sade auf die Nerven. Trägt der Zettel eine Unterschrift?«, wollte ich wissen.

»›Erneuerer in der SPD‹«, gab sie bekannt. »Verdammt noch mal, diese Gruppe existiert doch gar nicht ...«

»Offenbar doch«, sagte ich mit Triumph in der Stimme. »Können Sie sich jetzt vorstellen, Nazmi Radic freizulassen?«

Die Oberstaatsanwältin antwortete nicht.

Jansen deutete uns den Rückzug an. Es war spät – wir mussten uns beeilen, um wenigstens noch einen kurzen Bericht ins Blatt zu kriegen.

»Lass uns beim Pizzaservice vorbeifahren«, schlug ich Jansen vor. »Sonst kann ich keine Zeile schreiben.«

»Den Tag, an dem du keinen Appetit hast, möchte ich mal erleben«, brummte mein Chef.

»Ich auch.«

Überraschende Erkenntnis

Eine halbe Stunde und eine Pizza Salami später war mein Werk reif.

Wer erschoss Friedel Knaup? – Mordserie in Politikerkreisen reißt nicht ab – so die Überschrift.

Jetzt ist es der Chefkassierer des SPD-Bezirks, davor waren es die sozialdemokratischen Politiker Junghans und Manthey, die einem unbekannten Mörder zum Opfer fielen. Knaup wurde gestern Abend tot in einem Gebäude an der Zillestraße gefunden – in der Autowerkstatt von Nazmi R., der zurzeit in Untersuchungshaft sitzt. Dem 38-jährigen Bosnier wird vorgeworfen, Junghans und Manthey getötet zu haben, die Tatwaffe wurde in eben jener Werkstatt gefunden.
Nach Informationen unserer Zeitung wurde Knaup, der als Geschäftsführer der NRW-Balkankommission im Gespräch war, durch eine Kugel getötet. Seine Leiche befand sich auf dem Fahrersitz eines Oldtimers – nackt. Genau wie bei den anderen Mordopfern war das Gesicht des Toten mit einer schwarzen Ledermaske bedeckt. In seiner Hand wurde ein Zettel mit einem Zitat des vor knapp 200 Jahren gestorbenen

Marquis de Sade gefunden, der Wollust und Mord zum Hauptthema seines literarischen Werkes gemacht hat. Unterschrieben war die Botschaft mit ›Erneuerer in der SPD‹ – genau wie die anderen Bekennerschreiben.
Bisher ging die Staatsanwaltschaft davon aus, dass es diese parteiinterne Gruppe nicht gibt. Jetzt scheint Oberstaatsanwältin Cora Cosel ihre Meinung jedoch geändert zu haben.
Der inhaftierte Nazmi R. dürfte unschuldig sein. Die Staatsanwaltschaft muss sich fragen lassen, ob sie im Hinblick auf die Festnahme des 38-jährigen Bosniers wegen Mordes nicht zu leichtfertig gehandelt hat.

Das langte fürs Erste. Mantheys Wollpullover erwähnte ich nicht, es war immer gut, noch einen Pfeil im Köcher zu haben.

»Lass uns die Fotos auswählen«, sagte Jansen.

Big Mäc legte uns eine kleine Sammlung vor.

Wir entschieden uns für eine Totale der Autowerkstatt, im Hintergrund der Alfa Spider. Hinter der Scheibe war die Ledermaske vor dem Gesicht des Toten schemenhaft zu erkennen. Ein Foto, das wir unseren Lesern zum Frühstück durchaus zumuten konnten.

»Hier – das ist auch gut«, sagte Jansen und reichte mir ein Bild. »Was hältst du davon?«

Die Aufnahme zeigte die Oberstaatsanwältin, wie sie sich über die Leiche beugte, um sich den Zettel, der eingeklemmt in der Hand des Toten lag, anzusehen.

»Klasse Ohren«, sagte Big Mäc anerkennend.

Ich schaute genauer hin – und stockte. Da war etwas in Cora Cosels Ausschnitt. Es sah auf den ersten Blick aus wie ein Fehler auf dem Foto.

»Hol mir das mal ein bisschen näher heran«, bat ich den Fotografen.

»Stehst du jetzt auf Frauen, Grappa?«

»Nun mach schon!«

Big Mäc tippte mit seinem nikotingelben Finger auf dem Laptop herum. Es dauerte nur ein paar Sekunden – dann hatte er das Bild vergrößert und ich Klarheit.

Oberstaatsanwältin Dr. Cora Cosel hatte eine Tätowierung zwischen den Brüsten. Es handelte sich um die Initialen *A. L.*

Privatsache

Am nächsten Morgen ›überredete‹ ich die Oberstaatsanwältin, Nazmi Radic freizulassen. Ich brauchte nicht mehr viele Worte zu machen, nachdem ich beiläufig erwähnt hatte, ihr Tattoo schon einmal gesehen zu haben.

Ich versicherte ihr, dass ich sexuelle Vorlieben für eine absolut private Sache hielt. Frau Dr. Cosel könne also davon ausgehen, dass ihre ungewöhnliche Art Cola light zu trinken nicht im *Bierstädter Tageblatt* thematisiert werden würde. Außerdem verbürgte ich mich dafür, dass Nazmi Radic nicht die Flucht ergreifen würde. Ein gewagtes Versprechen, das ich vielleicht nicht halten konnte.

Ich beschloss, Frau Cosel ab jetzt genau zu beobachten, nachdem ich von ihrer Verbindung zu Lika wusste.

Ich war auf dem Weg zum Gefängnis. Die Aussicht, Nazmi wieder zu sehen, versetzte mich in eine euphorische Stimmung.

Das Gebäude lag in der Nähe des Amtsgerichtes mitten in der Bierstädter City. Während meiner Volontärszeit war ich hier häufig zu Besuch gewesen, um irgendwelche zutiefst menschliche Geschichten aufzutreiben, die unsere Leser zu Tränen rühren sollten, die aber am Ende eher mir Tränen ins Auge getrieben hatten.

Meine Serie *Schicksale hinter Gittern* war damals ein großer Erfolg gewesen, der auch mein Privatleben zeitweise veränderte. Einige der Protagonisten meiner herzzerreißenden Storys wollten nach Verbüßung ihrer Strafen bei mir einziehen. Ich musste daraufhin die Wohnung wechseln.

Das Tor öffnete sich, Nazmi stand unschlüssig da, schaute noch einmal zu dem Mann hin, der die Tür geöffnet hatte, sagte ein paar Worte.

Er bemerkte mich, kam auf mich zu, bleicher als früher,

mit einem dunklen Schatten im Gesicht – er hatte sich wohl ein paar Tage nicht rasiert. Dann stand er dicht vor mir, zog mich an sich und umklammerte mich mit beiden Armen, seinen Kopf an meinem Kopf, seine Wange an meiner, dann seine Lippen auf meinen.

»Komm«, sagte ich zärtlich. »Ich habe den Rest des Tages freigenommen. Fahren wir zu dir oder zu mir?«

Er entschied sich für meine Wohnung.

Wein – so rot

Ein paar Stunden später dunkelte der Abend, wir hatten noch nicht ein Wort über den Fall gesprochen – so, als hätten wir alle Zeit dieser Welt.

Wir lagen atemlos und erhitzt nebeneinander, waren erschöpft. Mein Kopf ruhte in seiner Halsbeuge, meine Augen waren halb geschlossen, Arme und Beine weit von mir gestreckt. Er hatte seine Nase in meinem Haar, murmelte bosnische Worte, von denen ich hoffte, dass sie mir galten.

»Wie war das damals während des Krieges?«, fragte ich leise. »Im Sommer 1992. Du warst in Deutschland, wo war Lika?«

»Er ist nach Sarajewo gegangen, um dort in einem Krankenhaus zu arbeiten.«

»Wieso nach Sarajewo? Er ist doch Serbe!«

»Bosnischer Serbe. Er hat nichts gegen uns Muslime. Er hat unsere Leute in einer Klinik behandelt – wahrscheinlich vielen Menschen das Leben gerettet. Außerdem wollte er ...«, Nazmi stockte, »Marja helfen. Er hatte alles für ihre Flucht vorbereitet.«

»Bist du wirklich davon überzeugt, dass er die Wahrheit gesagt hat?«

»Sie hat es mir selbst erzählt. Am Telefon.« Die Erinnerung ließ seine Stimme fast versagen. »Das war das letzte Mal, dass ich mit ihr gesprochen habe.«

»Tut mir Leid.« Ich streichelte sein Haar, schaute ihn an, bemerkte, dass weitere Fragen keinen Sinn machten. Nazmi war wieder gefangen in seinem Schmerz und in ihm hatte nichts anderes mehr Raum.

»Ich koche uns was!«, kündigte ich nach einer Weile an und hüpfte aus dem Bett. »Magst du Pasta?«

»Gern. Soll ich dir helfen?«

»Nein. Lass dich ein bisschen verwöhnen.«

»Noch mehr?«, lächelte er.

»Deck deinen hübschen Body zu, Süßer. Ich möchte nicht, dass du Schnupfen kriegst. Soll ich eine Flasche Rotwein öffnen?«

Eine halbe Stunde später saßen wir am Tisch. Ich hatte einen langen Wickelrock um mich geschlungen, Nazmi trug seine blaue Jeans und sonst nichts. Mein Blick tastete ihn wohlgefällig ab, seine Muskelpäckchen waren nicht in Muckibuden antrainiert, die dunklen Haare auf der Brust schimmerten seidig im Licht der Kerzen.

»Genug geguckt?« Nazmi hatte meine Blicke bemerkt.

»Geguckt schon!«

Ich sprang von meinem Stuhl, gepuscht von einer wilden, jähen Lust, und setzte mich auf seinen Schoß. Er schob den Wickelrock hoch, ich öffnete den Reißverschluss seiner Hose, er war genauso bereit wie ich und folgte dem Rhythmus, den ich vorgab. Es ging schnell, war tief und gipfelte in rasender Atemlosigkeit.

Schließlich löste ich mich von ihm, blieb mit dem Stoff meines Kleides an der Tischkante hängen, fiel auf den Boden, ohne mir wehzutun, die halb gefüllte Flasche Rotwein kippte und ein Teil der Flüssigkeit landete auf meinem Kleid, zwischen meinen nackten Oberschenkeln und auf dem Fußboden.

Da hörte ich Nazmi schreien. Er schrie mit einer Stimme, von der ich nicht wusste, dass ein Mensch sie haben konnte.

Ein Vermächtnis

Es blieb mir nichts anderes übrig, als Dr. Arnim Lika anzurufen. Nazmi hatte ausdrücklich nach ihm verlangt. Er war nach dem Vorfall kaum ansprechbar, ließ sich von mir aus der Küche ins Wohnzimmer führen, dort drückte ich ihn behutsam in die Tiefe eines Sessels.

»Ich wünschte, ich könnte etwas tun, damit es dir besser geht«, sagte ich leise, zog seinen Kopf zu mir und hielt ihn. Er ließ mich gewähren, doch er entspannte sich nicht. Sein Atem war flach und ging schnell.

Der Anblick des Rotweins auf dem Boden und auf meiner nackten Haut hatte seine Seele in einen Abgrund gestürzt, doch er war noch nicht ganz unten angekommen.

Wann kam Lika? Ich konnte ihn zwar nicht ausstehen, doch er wusste bestimmt, wie er Nazmi aus dem psychischen Schock lösen konnte.

Ich hatte ihm am Telefon in groben Zügen erzählt, was geschehen war, natürlich ohne zu erwähnen, dass wir es kurz vorher auf dem Küchenstuhl getrieben hatten. Alles brauchte Lika auch nicht zu erfahren.

Der Arzt hatte ein paar knappe Fragen gestellt und mich gebeten, auf jeden Fall bei Nazmi zu bleiben. Als ob ich hätte fortgehen können!

»Es wird alles gut, Baby«, hörte ich mich flüstern.

Auf Nazmis Stirn waren kalte Schweißperlen, die Haut war wächsern, der Blick weit weg. Seine Atemzüge schienen jedoch einem etwas langsameren Rhythmus zu folgen.

Endlich klingelte es an der Tür. Ich löste meinen Arm.

»Das ist Lika«, sagte ich. Nazmi nahm es gleichgültig hin.

Es war nicht nur Lika allein, hinter ihm standen zwei kräftige Männer.

»Was soll das?«, fragte ich überrascht.

»Regen Sie sich nicht auf. Das sind ausgebildete Sanitäter. Wo ist der Patient?«

Ich deutete zum Wohnzimmer. Lika stürmte an mir vorbei.

»Nazmi«, sprach er Radic an. »Hörst du mich?«

Der Angesprochene reagierte nicht, schien sich noch tiefer in die Kissen zurückzuziehen.

Lika gab den Männern ein Zeichen. Sie näherten sich, einer legte Nazmis Vene am linken Arm frei, der andere injizierte ihm eine Flüssigkeit.

»Muss das sein?« Ich war hilflos und entsetzt.

»Wenn er noch weiter in diesem Schockzustand bleibt, wird alles nur noch schlimmer«, sagte Lika. »Er muss sich entspannen und schlafen. Erst die Tage im Gefängnis und dann das mit dem Wein. Er sah seine Frau vor sich – wie sie gequält wird. Kein Wunder – Sie sehen ihr ein wenig ähnlich.«

»Ich weiß«, sagte ich. »Wäre es nicht besser, er bleibt bei mir und ruht sich hier aus?«

»Auf keinen Fall«, widersprach Lika. »Er muss in eine Umgebung, in der er ärztlich betreut wird. Und zwar rund um die Uhr.«

»Sie wollen ihn in die Klapse bringen?«

»Das Wort Klapse ist hier nicht angebracht, Frau Grappa«, sagte der Arzt von oben herab. »Es handelt sich um die geschlossene Abteilung einer Nervenklinik, in der ich einige Patienten betreue.«

»Kann ich ihn besuchen?«

»Erst, wenn ich es zulasse.« Es klang Triumph in Likas Stimme.

Jetzt hat er ihn unter Kontrolle, dachte ich, aber warum will er das? Wirre Gedanken tobten in meinem Hirn, Fragen bäumten sich auf wie Wellen in unruhiger See, und nirgendwo waren Antworten.

Die Sanitäter klappten eine Trage aus, hoben Nazmi Radic hoch und machten sich daran, meine Wohnung zu verlassen.

Ich warf einen letzten Blick auf meinen Freund, er hatte die Augen geschlossen, wirkte unendlich erschöpft.

Auch Lika schaute zu dem Patienten. Seine Blicke waren kalt, frostig, lauernd, ohne Erbarmen und Wärme.

»Er kommt wieder in Ordnung«, sagte der Arzt. Es klang wie ein Todesurteil.

Ich schwieg.

»Er braucht viel Ruhe und Zuspruch.«

Ich sagte nichts.

»Er wird bald vergessen können.«

Ich schwieg noch lauter.

»Warum sagen Sie nichts, Frau Grappa?«

»Weil Ihre Heuchelei mir die Sprache verschlagen hat.«

»Ich verstehe nicht ...« Ein Hauch von Unsicherheit war in seiner Stimme.

»Ist doch ganz einfach zu begreifen«, sagte ich. »Ich glaube Ihnen einfach nicht, dass Sie mit Nazmi befreundet sind. Sie nutzen ihn aus. Wie haben Sie ihn eigentlich dazu gekriegt, den Club anzuzünden? Hat die Versicherung schon gezahlt?«

»Sie sprechen in Rätseln, gnädige Frau!«

Jetzt war ich sogar eine ›gnädige Frau‹! Immer, wenn ich von Gegnern so bezeichnet wurde, war es mir gelungen, ein Lindenblatt zu treffen.

»Wir sind noch nicht fertig miteinander«, hörte ich mich mit fremder Stimme sagen.

»Ich hoffe das,« erwiderte Lika mit grausamem Lächeln. »Sie haben eine ungestüme Seele, die bezwungen werden will.«

»Vermutlich von Ihnen?«

»Ich kenne mich mit den Seelen von Frauen aus.« Lika trat dicht vor mich hin, ich konnte seinen Atem spüren. »Sie wären eine ungeheuere Herausforderung für mich.«

»Sie sind ein echter Witzbold«, lächelte ich. »Ich mag Menschen mit Humor. Hatten Sie eigentlich die amüsante Idee, Nazmi die Leiche in die Werkstatt zu legen?«

»Jetzt gehen Sie aber zu weit, Verehrteste! Sie leiden an Zwangsvorstellungen. Sie sollten sich einen Termin in meiner Praxis geben lassen.«

»Ich bezweifle, dass Sie ein guter Therapeut sind. Als Boss einer Hundepension könnte ich mir Sie eher vorstellen. Wer anders als Sie könnte eine Oberstaatsanwältin dazu bringen, ihr Getränk aus einem Hundenapf zu saufen? Das war eine stramme Dressurleistung!«

»Sie sollten sich nicht über mich lustig machen, Frau Grappa«, riet er mir.

»Sie sind aber eine richtige Lachnummer, Mann! Sie haben's nur noch nicht gemerkt.«

Lika hatte seine schwarzen Pupillen halb unter den Lidern verborgen, den Bruchteil einer Sekunde lang glaubte ich, Irrsinn aufblitzen zu sehen in diesen grausamen Augen.

Mich fröstelte.

»Sie sind ein Sadist«, fuhr ich fort. »Sie lieben es, Menschen zugrunde zu richten – das bringt Ihnen Befriedigung. Sie wollen Seelen fangen, um sie zu zerstören. Und wenn das nicht klappt, dann zerstören Sie wenigstens die Körper der Menschen.«

»Sie können sich recht gut in mich einfühlen«, staunte Lika. »Erstaunlich gut.«

»Ich hab noch mehr auf Lager«, preschte ich vor. »Soll ich weitermachen?«

»Aber gern!«

»Sie sind der Mörder – und verrückt sind Sie außerdem«, sagte ich. »Sie glauben, ein Vermächtnis erfüllen zu müssen. Das Vermächtnis des Marquis de Sade. Tod, Lasterhaftigkeit, Wollust. Dieser südfranzösische Adelige geistert in Ihrem kranken Hirn herum. Ich habe einiges in Ihren Büchern gelesen.«

»Es ehrt mich, dass Sie meine Schriften kennen.« Lika verbeugte sich leicht, als hätte ich ihm applaudiert.

»Es kann nie schaden, wenn man Informationen über seinen Gegner sammelt. Der Mörder bewegt sich im vorliegenden Fall außerhalb der üblichen Normen, er will Verwirrung stiften und hat Spaß an intelligenten Finten. Alles weist also auf Sie.«

»Falls es so wäre – was wollen Sie tun?« Lika lächelte überlegen.

»Sie zur Strecke bringen«, kündigte ich an.

»Und wie?«

»Lassen Sie sich überraschen. Aber unterschätzen Sie mich nicht.«

»Keine Angst«, entgegnete der Arzt. »Ich achte Sie genug, um Sie zu fürchten. Sie könnten eine ebenbürtige Gegnerin werden. Eine echte Juliette. Ich freue mich auf Sie, gnädige Frau!«

»Die Freude ist ganz meinerseits«, gab ich zurück. »Und wenn Nazmi nur ein Haar gekrümmt wird, dann werden Sie mich wirklich kennen lernen – und schnell merken, wie gnädig ich sein kann!«

In geheimer Mission

Big Mäcs Begeisterung hielt sich in engen Grenzen. »Aufwendige Sache, das. Was springt für mich dabei raus?«

Ich registrierte, dass er an Geld dachte, und sagte: »Mein lebenslanges Wohlwollen bei der Abnahme deiner Fotos. Ab und zu mal einen Tipp. Mehr ist nicht drin.«

Ich hatte den Fotografen in eine Szene-Kneipe eingeladen, in dem sich Medienleute und die Mädels, die sie groß rausbringen wollten, die Zeit vertrieben.

»Und wenn ich nein sage?« Er paffte mir den Rauch seines Glimmstängels ins Gesicht. Ich zuckte nicht mal mit der Wimper.

»Du sagst nicht nein«, prophezeite ich. »Dafür bist du viel zu clever.«

»Clever hast du mich noch nie genannt, Grappa«, stellte er messerscharf fest.

»Dafür gab es bisher auch noch keinen Grund«, sagte ich ehrlich. »Wenn er der Mörder ist, dann hast du die Bilder. Und zwar exklusiv. Das bringt Kohle. Tolle Sache, das. Oder?«

»Und wenn er's nicht ist?«

»Mensch, Big Mäc!« Langsam nervte er mich. »Das Leben ist eine Baustelle.«

»Wieso Baustelle?«

»Ein bisschen Risiko ist immer«, sagte ich mild. »Aber für einen echten Jäger wie dich dürfte das ja wohl kein Problem sein.«

An seiner Miene merkte ich, dass ich langsam den richtigen Ton traf. Ein paar Minuten und Komplimente später hatte ich ihn so weit. Big Mäc würde Dr. Arnim Lika nicht mehr aus den Augen lassen – dokumentieren, mit wem er sich traf, wo er hinging, was er tat und ließ.

»Also los!«, befahl ich. »Darf ich dir noch was bestellen? James Bond nimmt seinen Martini immer gerührt und nicht geschüttelt.«

»Keine Dröhnung, bevor es dunkel ist«, widerstand er. »Ich muss los. Komplizierte Sache, das.«

»Tolle Sache, das«, nahm ich sein Sprachmuster wieder auf. »Das Superhirn und sein Agent. Lass dein Handy an – ich läute zwischendurch mal an. Jeder Top-Agent hält die Verbindung zu seiner Basisstation.«

Big Mäc hatte nichts gegen den Vergleich. Männer!, dachte ich. Sie legen nicht besonders viel Wert darauf, in Verbindung mit intellektuellen Qualitäten gebracht zu werden. Hauptsache, man traut ihnen zu, schießen, vögeln, prügeln und einen Sportwagen mit 250 Sachen über die Autobahn scheuchen zu können.

Traurigkeit und Hoffnung

»Es tut mir Leid, was passiert ist«, sagte Nazmi. »Hast du dich sehr erschrocken?«

»Ein bisschen«, gab ich zu. »Aber es ist schon wieder alles okay. Wie geht es dir?«

»Ich bin müde, sehr müde.«

»Das sind die Medikamente, die sie dir gegeben haben. Das geht vorüber.«

Ich nahm seine Hand und hielt sie. Das Krankenzimmer sah ganz normal aus, wenn man von den Vorrichtungen am Bett absah, die dazu dienten, einen Patienten gegebenenfalls zu fixieren. Auch die Fenster ließen sich nicht so einfach öffnen.

»Als ich dich sah ... wie du am Boden lagst ... und dann das viele Blut ...«

»Quäl dich nicht«, bat ich. »Ich weiß, was in deinem Kopf vorgegangen ist. Es war meine Schuld. Ich hätte den Wein nicht umwerfen sollen. Aber ich bin manchmal ein bisschen tollpatschig.«

»Oh, nein!« Er küsste meine Handinnenfläche.

Eine Weile sagten wir nichts, genossen beide dieses Gefühl des Vertrauens, das wir uns gegenseitig vermittelten: Er wusste, dass ich ihm immer helfen würde, und ich wusste, dass er kein Mörder war.

»Was wird nur aus mir?«, hörte ich Nazmi fragen.

»Mach dir keine Sorgen«, beruhigte ich ihn, »du hast Schreckliches erlebt. Das wird vor Gericht berücksichtigt. Wegen Mordes können sie dich nicht belangen – der Fund in deiner Autowerkstatt reicht für eine Verurteilung nicht aus. Friedel Knaup ist außerdem getötet worden, während du in Untersuchungshaft warst. Die können dich höchstens wegen Brandstiftung drankriegen. Bei einem entsprechenden ärztlichen Gutachten bist du bald wieder draußen.«

»Glaubst du, dass ich verrückt bin?«

»Du bist verwirrt und depressiv – das ist alles.« Ich beugte mich zu ihm und gab ihm einen schwesterlichen Kuss auf die Stirn.

»Ich muss los«, sagte ich dann. »Ich komme wieder. Soll ich dir irgendwas besorgen? Willst du etwas lesen? Musik hören?«

Nazmi schüttelte den Kopf. »Ich habe alles, was ich brauche. Ich schlafe sowieso die meiste Zeit.«

»Okay, Baby. Halt die Ohren steif.«

Ich winkte ihm in der Tür stehend zu – sein Blick war entwaffnend traurig, doch tief innen glimmte ein Fünkchen Hoffnung.

Likas Besuch

Am Morgen des nächsten Tages rief ich Peter Jansen an und fragte, ob ich Überstunden abfeiern könnte.

»Muss das sein?«, knurrte er unwillig, ließ sich dann aber doch überzeugen.

Ich frühstückte und legte mich wieder ins Bett, wollte entspannen, vielleicht noch ein wenig schlafen – doch meine Gedanken machten mir einen Strich durch die Rechnung.

Drei Tote, ein kranker Lover, eine Story, die ich nicht im Griff hatte – all das trudelte in meinem Hirn herum und setzte es unter Dauerstrom.

An der politischen Front herrschte im Moment Ruhe. Alle großen Veranstaltungen waren absolviert, alle Bösartigkeiten, Schläge und Argumente ausgetauscht. Jetzt hieß es abwarten.

Noch immer lag CDU-Kandidatin Gerry Smart in den Umfragen knapp vor Jakob Nagel. Die Bierstädter hatten die Nase voll von einem halben Jahrhundert Sozialdemokratie – sie wollten einen politischen Wechsel. Dieser Wunsch nach Veränderung wurde Mittelpunkt der Wahlkampfkampagne der CDU-Frau und sie setzte darauf, dass sie Unternehmerin war – diese Berufsbezeichnung wurde gleichgesetzt mit Durchsetzungsvermögen, Kreativität, neuen Ideen und schlagkräftigen Rezepten.

In drei Tagen war Wahl und da würde es sich entscheiden – zumindest, wer im Bierstädter Rat künftig den Ton angeben würde. Für die Kandidaten des Oberbürgermeisterpostens konnte die Sache anders aussehen – einer der Bewerber musste über 50 Prozent kommen, um zu siegen. Lagen die Kandidaten darunter, würde es zwei Wochen später eine Stichwahl zwischen den beiden Höchstplatzierten geben.

Ich musste wohl doch wieder eingenickt sein, denn das Klingeln meines Handys riss mich aus dem Schlaf.

»Hier ist Big Mäc«, hörte ich. »Ich hab was für dich. Tolle Sache, das.«

Ich brauchte ein paar Sekunden, bis ich in dieser Welt war. »Ja?«

»Lika war gerade im Rathaus. Genau zweieinhalb Stunden.«

»Und? Wo war er? Bei Nagel?«

»Da ging er zuerst hin«, berichtete Big Mäc. »Doch Nagel war ausgeflogen. Also ist der Doktor wieder weg.«

»Und?«, sprach ich in seine Pause.

»Ich also durchs Rathaus getigert. Glaubte schon, dass er mich ausgetrickst hat, doch da kam er mir quietschvergnügt auf dem Flur entgegen. Ich hab mich ins Treppenhaus geflüchtet. Dann ging ich in die Richtung, aus der er gekommen war. Und, was glaubst du?«

»Mach's bitte nicht so spannend!«

»Plötzlich stand ich vor dem Büro von Gregor Gottwald.«

Was hatte Lika mit dem Alt-OB zu schaffen?

»Bist du sicher? Du hast ihn ja nicht rauskommen sehen. Er kann überall gewesen sein. Auf dem Flur gibt es viele Büros.« Ich war skeptisch.

»Ich hab bei Gottwald geklopft«, setzte Big Mäc seine Erzählung fort, »und seine Vorzimmerdame gefragt, ob Dr. Lika schon weg sei. Sie sagte mir, dass ich ihn gerade verpasst hätte. Ich bedankte mich und zog ab. Schlaue Sache, das, oder?«

»Große Klasse«, lobte ich. »Was macht Lika zweieinhalb Stunden bei Gottwald?«

»Das musst du schon selbst rauskriegen, Grappa«, sagte der Fotograf.

»Und wo ist er danach hingegangen?«

»Keine Ahnung. Glaubst du, der hat vor dem Rathaus auf mich gewartet, damit ich ihn wieder beschatten kann?«

»Nö. Hänge dich aber so bald wie möglich wieder an ihn dran!«

»Erst mal hol ich mir 'n Döner. Der Typ hat mich ganz schön auf Trab gehalten.«

»Hat er gemerkt, dass er observiert wird?«

»Glaub nicht.«

Date mit Gottwald

Es war kein Problem, einen Termin bei Gregor Gottwald zu bekommen. Ich hatte den langjährigen Oberbürgermeister, der nur noch wenige Wochen im Amt sein würde, um ein Interview gebeten. Es sollte um den Zustand der Partei gehen und um die aktuelle politische Lage – kurz vor der Wahl. Das Gespräch mit dem OB sollte am Samstag erscheinen, am Sonntag würden die Bierstädter zu den Wahlurnen gehen.

Der Kaffee war fertig und eine Schale Kekse stand auf dem Besuchertisch. Gottwald thronte hinter seinem Schreibtisch, kam mir aber höflich entgegen, als mich sein Referent ins Zimmer führte. Wir setzten uns. Ich kramte Block und Stift hervor. Der Referent bekam ein Zeichen und er drückte die Tür von außen zu.

Wir tauschten ein paar Höflichkeitsfloskeln aus, die, was mich betraf, noch nicht einmal gelogen waren. Ich mochte den alten Mann, der mit Mitte siebzig nicht nur noch alle Sinne beisammen hatte, sondern auch körperlich fit zu sein schien. Er war schlank und drahtig, bewegte sich wie ein Vierzigjähriger, sprach laut und deutlich, sein Lachen war frisch und die Befehle, die er seinen Mitarbeitern erteilte, waren eindeutig.

Nach dem Vorgeplänkel kam ich zur Sache. »Was soll aus Ihrer Partei werden, wenn Sie nicht mehr da sind?«

»Ich bin aber noch da – auch wenn ich nicht mehr Oberbürgermeister bin. Ich bin fit, mehr als manchem lieb ist.«

»Wie meinen Sie das?«, fragte ich.

»Ich werde mich weiter um die Partei kümmern. Es kann nicht angehen, dass ein paar Unfähige das Bild der SPD in dieser Stadt prägen.«

»Was soll das heißen?«

»Nun ja – die bisherige Parteispitze.«

»Die ist aber ziemlich dezimiert worden.«

»Aber sie haben ihre Spuren hinterlassen«, sagte Gottwald mit harter Stimme, »jahrelang haben sie die Partei für ihren eigenen Vorteil ausgenutzt.«

»Und das fällt Ihnen erst jetzt auf?«

»Ich habe mich in den vergangenen Jahren in erster Linie um diese Stadt gekümmert – und die Partei vernachlässigt. Ich hätte verhindern müssen, dass Bierstadt zum Selbstbedienungsladen für Bonzen wird.«

»Dann sollten Sie dem Mörder dankbar sein«, schlug ich vor. »Er hat Ihnen viele Sorgen abgenommen.«

»Ich freue mich nicht über den Tod von Menschen«, echauffierte sich Gregor Gottwald.

»Jetzt kommen andere«, wandte ich ein, »die Tröge bleiben gleich, nur die Schweine, die an ihnen fressen, werden ausgewechselt.«

»Eben. Deshalb muss verhindert werden, dass diese CDU-Frau, Frau Smart, Oberbürgermeisterin wird. Ihre Schweineherde soll sich nicht an den Bierstädter Trögen voll fressen.«

»Also dann doch lieber wieder die Genossen an die Macht?«

»Es muss und es wird einen Neuanfang in der SPD geben. Ich lasse mir mein Lebenswerk nicht kaputtmachen.«

»Glauben Sie, dass es die ›Erneuerer in der SPD‹ wirklich gibt?«

»Nein, sonst würde ich sie kennen«, antwortete Gregor Gottwald. »Aber ich hätte nichts dagegen. Sie hätten meine volle Unterstützung – was ihre Ziele anbetrifft, nicht ihre Mittel.«

Ich überlegte, ob ich die nächste Frage stellen sollte. Es konnte ein Fehler sein, aber deshalb war ich schließlich hier. »Kennen Sie einen Dr. Arnim Lika?«

»Auf Anhieb sagt mir der Name nichts«, behauptete der Noch-Oberbürgermeister. »Wer soll das sein?«

»Ein Psychotherapeut. Ist ziemlich bekannt. Er ist bosnischer Serbe, lebt aber seit Jahren in Bierstadt. Er war gestern bei Ihnen.«

»Ach ja.« Gottwald tat, als würde er sich wieder erinnern. »Lika. Dr. Lika. Merkwürdiger Typ. Er war nur kurz hier, dann hat mein Referent ihn verarztet.«

»Und – was hat er gewollt?«

»Er plant eine Veranstaltung mit prominenten Experten in der Bürgerhalle. Er will, dass die Stadt als Mitveranstalterin auftritt.«

»Und?«

»Ich habe ihm ausrichten lassen, dass er dieses Thema mit dem neuen Oberbürgermeister besprechen soll. Ich treffe keine Entscheidungen mehr – ein paar Wochen vor meinem Abschied.«

Das war eindeutig. Nagel war nicht da gewesen und bei Gottwald war Lika abgeblitzt. Big Mäcs Observierungsaktion war ins Leere gelaufen.

Wieder in meinem Büro, verfasste ich einen gefälligen Artikel über den großen alten Mann und seine Meinung über den Zustand der Bierstädter Mehrheitspartei.

Gregor Gottwald macht sich Sorgen – Wird sein Lebenswerk zerstört?, so titelte ich. Zugegeben – die Theatralik, die ich in meine Zeilen legte, war nicht ganz angebracht, doch ich liebte es, mit meinen Berichten die Emotionen der Leser zu aktivieren.

Vor mir sitzt ein trauriger Mann – traurig, wenn er an den Zustand seiner Partei denkt, deren Politik er seit Jahrzehnten mitgestaltet hat. Und jetzt, am Ende seiner Amtszeit als Oberbürgermeister, macht er sich Vorwürfe. Er habe zugelassen, dass diese Stadt zur Beute von Politikern werden konnte, die nur ihren eigenen Vorteil im Sinn haben. Gottwald rechnet damit, dass die Bürger seiner Partei am morgigen Wahltag einen Denkzettel verpassen. Gleichzeitig appelliert er an die Bierstädter Bürgerinnen und Bürger, es noch einmal mit der SPD zu versuchen. Immerhin seien nicht mehr alle Protagonisten von Filz und Machtmissbrauch an der Spitze der Partei, die jetzt die Gelegenheit habe, sich umfassend zu erneuern.

Stadt als Beute

»Du machst dich aber verdammt rar«, weckte mich Tom Pinys Stimme am anderen Morgen. Es war Samstag, eigentlich wollte ich ausschlafen.

»Mann – du hast mich geweckt!«, gähnte ich.

»Sorry. Gibt es was Neues?«, wollte er wissen.

»Nichts, was du nicht schon mitbekommen hättest.«

»Dein Artikel über Gottwald ist mir richtig zu Herzen gegangen«, behauptete Piny. »Der arme alte Mann – dass ich nicht lache. Einen solchen larmoyanten Stil kenne ich gar nicht von dir. Glaubst du eigentlich den Schwachsinn, den er dir erzählt hat?«

»Was meinst du?« Der Frontalangriff hatte mich wacher gemacht.

»Das angebliche Lebenswerk, die tiefe Sorge um die Partei, das Gejammer, dass Bierstadt die Beute von verfilzten Politikern geworden sei ... alles Quatsch. Gottwald hat dich ganz schön an der Nase herumgeführt. Er hat in den über zwanzig Jahren seiner Herrschaft auch nichts anbrennen lassen, hat seine Leute in die entsprechenden Positionen gehievt, hat die städtischen Unternehmen straff regiert und seinen eigenen Vorteil zu wahren gewusst.«

»Das glaube ich nicht!«

»Mensch, Grappa! Für so naiv hätte ich dich wirklich nicht gehalten. Du musst blind sein! Zugegeben – Gottwald hat es nicht so plump angestellt wie Junghans und Manthey. Unser Alt-OB hat nun mal Charme und Charisma – das gebe ich ja zu. Aber Bierstadt war genauso seine Beute – und nicht nur die der anderen.«

»Ich glaube ihm, dass er sich Sorgen macht.«

»Keine Frage«, gab TOP zu, »immerhin will er nach seinem Ausscheiden noch mitmischen. Es wird gemunkelt, dass er einen Job in der Abteilung Stadtmanagement kriegen soll. Als Berater mit Honorarvertrag. Wenn Smart die Wahl gewinnt, wird da nichts draus. Also macht er sich tatsächlich Sorgen – um seinen Beratervertrag.«

»Du bist ein Zyniker.«

»Na ja, du wirst schon noch dahinter kommen«, seufzte er. »Sehen wir uns morgen?«

»Na klar«, sagte ich – froh, dass er das Thema gewechselt hatte. Morgen war Wahlsonntag, da sollte das große Rennen entschieden werden. »Wir haben volle Besetzung«, tat ich kund. »Jansen macht die politische Kommentierung, ich schreibe die Reportage vom Wahlabend und der Volontär begibt sich auf die Jagd nach den kleinen Schmankerln am Rande.«

»Okay, Grappa. Bis dann. Schlaf noch 'ne Runde. Der Tag morgen wird hart.«

Post von der Stadt

Ich legte Frühstück und Mittagessen zusammen, blieb bis zum frühen Nachmittag im Morgenmantel und kam auf diese Art langsam in den Tag hinein. Immer wieder musste ich an Nazmi denken – hoffentlich erholte er sich im Krankenhaus ein wenig. Nach der Wahl würde ich ihn wieder besuchen – komme, was wolle.

Alle Politexperten in Bierstadt und im Land waren sich einig, dass es in vielen Städten noch eine Stichwahl geben würde – so dicht lagen die Herausforderer und die Kandidaten der jahrelang herrschenden Parteien in den Umfragen beieinander.

In Bierstadt hatten die Tageszeitungen, das Privatradio und der öffentlich-rechtliche Rundfunk Meinungsforschungsinstitute mit Untersuchungen beauftragt – je nach Couleur des Mediums lag mal Gerlinde Smart und dann wieder Jakob Nagel vorn. Eine Stichwahl war also mehr als wahrscheinlich.

Ich entschloss mich, in die Redaktion zu fahren, meine Post zu sichten und die letzten Vorbereitungen für den nächsten Tag zu treffen.

Unten im Hausflur öffnete ich meinen Briefkasten. Er enthielt einen braunen DIN-A4-Umschlag, der von der Stadtverwaltung kam, wie ich aus dem aufgedruckten Absender schloss.

Ich öffnete ihn, Kopien von Schriftstücken fielen mir entgegen, etwas taumelte zu Boden. Ich bückte mich.

Es war das Duplikat eines Fotos. Es zeigte einen Mann in einer Uniform, die ich nicht zuordnen konnte. Der Mann lachte in die Kamera. Er stand vor einem Gebäude, das aussah wie eine Schule, hinter ihm waren Menschen zu erkennen, Männer und Frauen, keine Kinder. Neben dem Mann stand eine Frau in weißer Schwesterntracht. Der Soldat hatte sie fest am Arm gepackt, ich spürte allein durchs Betrachten die brutale Kraft, die von seinem Griff ausging. Die Frau hatte es wohl ähnlich empfunden – ihre Gesichtszüge drückten Angst aus, ihre Haltung war abwehrend. Es war mein eigenes Gesicht, das mich anblickte, doch nicht meine eigene Angst.

Ich atmete durch. Die Krankenschwester auf dem Foto war Nazmis Frau und der Mann, der sie gezwungen hatte, sich mit ihm fotografieren zu lassen, war Dr. Arnim Lika.

Ich drehte das Bild um – auf dem Blatt war nichts vermerkt. Kein Datum, kein Name, kein Ort. Aber es war nicht von der Hand zu weisen, dass es sich um eine Szene aus dem Bürgerkrieg in Bosnien im Jahre 1992 handeln musste.

Ich presste die Schriftstücke an mich und rannte wieder in meine Wohnung. Mit zitternden Händen faltete ich die Papiere auseinander. Ich ahnte, dass Schreckliches auf mich wartete.

Bei dem ersten Artikel handelte es sich um ein Protokoll, das von der *Gesellschaft für bedrohte Völker* in der Zeitung *Newsday* im August 1992 veröffentlicht worden war. Es berichtete von einer Massenvergewaltigung von vierzig bosnischen Frauen und Mädchen durch serbische Truppenangehörige. Der Reporter hatte die Opfer, die überlebt hatten, interviewt und das Ergebnis seiner Recherchen zusammengefasst:

> *Vier junge Frauen sagten in Tuzla übereinstimmend aus, ihre serbischen Entführer hätten sie in einem Bordell festgehalten, wo drei oder mehr Männer sie über zehn Nächte hinweg jede Nacht vergewaltigten. Eine bosnische Frauengruppe schätzt, dass über 10.000 bosnische Frauen derzeit in serbischen Gefangenenlagern festgehalten werden, wo ihre Wächter sich ständig an ihnen vergehen. Die Täter schrecken auch nicht davor zurück, schwangeren und älteren Frauen Gewalt anzutun.*

Eine Gynäkologin, die viele der Opfer untersucht hatte, wurde mit den Worten zitiert:

> *Die Frauen wurden nicht nur aus einem männlichen Instinkt heraus vergewaltigt. Es passierte ihnen, weil dies Kriegstaktik war. Mein Eindruck ist, dass es einen Befehl gab, Mädchen und Frauen das anzutun. Der Gesundheitszustand der Frauen, die mit dem Leben davongekommen sind, war sehr schlecht: Viele von ihnen hatten Vaginalinfektionen durch Staphylokokken und andere Bakterien, die sich in Dreck und Fäkalien entwickeln – von den seelischen Schäden ganz zu schweigen.*

Mein Magen machte sich bemerkbar, die Beschreibungen ließen einen Schauer des Ekels über mich rinnen. Nichts ist grauenhafter als die Wirklichkeit, dachte ich.

Ich las weiter, blieb am letzten Absatz des *Newsday*-Artikels hängen:

Nachdem die Serben die Verwandten von Marja vor ihren Augen umgebracht hatten, entschlossen sie sich, die Frau nicht zu töten. Dies wurde von einem Arzt des Militärhospitals in Brezovo Polje befohlen, der wusste, dass die Frau Krankenschwester war. »Sie arbeitete jeden Tag für sie und jede Nacht wurde sie vergewaltigt. Von dem serbischen Arzt und auch von anderen Serben. Sie erzählte mir, dass der Arzt dabei immer zusah. Schließlich ist sie krank geworden. Sie war verwirrt. Sie sagte ihren Peinigern, dass sie im zweiten oder dritten Monat schwanger sei – doch das bedeutete ihnen nichts. Nun ist Marja verschwunden – ich habe sie nie wieder gesehen. Vermutlich ist sie umgebracht und irgendwo verscharrt worden – so wie viele Frauen, die in diesem Krankenhaus gearbeitet haben.«

Das Protokoll stammte von einer Frau, die in dem Militärhospital als Küchenhilfe gearbeitet und wenigstens überlebt hatte.

TOP und Teufel

Die Bürgerhalle des Rathauses war mit Menschen überfüllt – vor allem mit solchen, die den Niedergang der bisherigen Mehrheitspartei hautnah miterleben wollten. Gerry Smart war beim Frisör gewesen. Das Blondhaar glänzte hart, das graublaue Kostüm saß wie angeschweißt, die Stöckel waren höher als sonst. Sie stolzierte prächtig gelaunt inmitten ihrer jugendlichen Nahkampftruppe, winkte dem einen oder anderen huldvoll zu – in der Attitüde der künftigen Rathauschefin und Pöstchenverteilerin.

»Ekelhaft«, raunte ich TOP zu. »Sie tut so, als habe sie die

Ernte schon eingefahren. Wo eigentlich ist Nagel? Warum zeigt er sich nicht?«

»Der hat sich in seinem Büro verkrochen«, klärte mich Piny auf. »Der ahnt wohl, was auf ihn zukommt. Der Maulesel ist doch nicht zum Galopper mutiert, liebe Grappa. Einmal Autist – immer Autist.«

»Abwarten«, riet ich. »Wenn der Bierstädter in sein Wahllokal geht und dann plötzlich mit Stimmzettel und Bleistift allein ist – dann kreuzt er das an, was er die letzten dreißig Jahre auch angekreuzt hat.«

»Diesmal nicht«, prophezeite TOP. »Die Veranstaltung heute ist eine Denkzettelwahl.«

»Mag sein«, räumte ich ein. »Aber kann die Alternative zu Nagel wirklich Gerlinde Smart heißen?«

»Das ist den Leuten egal. Smart hat Wahlgeschenke verteilt, T-Shirts, Tassen, Uhren, Sticker mit ihrem Konterfei – das kommt bei den Wählern an. Da konnte die SPD mit ihren Billigkugelschreibern und ihren dämlichen Papierfähnchen nicht mithalten. Außerdem hat Smart einen Frauenbonus. Viele halten Frauen für weniger hart und machtgeil.«

»Das ist aber ein verdammter Irrtum.«

»Ich weiß«, sagte TOP grinsend, »ich kenne dich schließlich seit vielen Jahren.«

»Sehr witzig!«, maulte ich.

»Was ist los mit dir, Grappa?« TOP sah mich prüfend an. »Verstehst du keinen Spaß mehr? Du machst ein Gesicht, als wärst du dem Teufel höchstpersönlich begegnet.«

»Bin ich auch«, gab ich zu. »Und die Begegnung sitzt mir noch in den Knochen.«

»Willst du mit mir darüber reden?« Tom Piny schien ehrlich besorgt.

»Vielleicht später«, wehrte ich ab. »Lass uns unsere Arbeit machen, den Tag irgendwie hinter uns bringen.«

Gegen 18 Uhr kam die erste Prognose, die sich im Verlauf des Abends bestätigte. Die SPD verlor ihre absolute Mehrheit, musste also eine Koalition eingehen, um künftig die Politik dieser Stadt gestalten zu können.

Gerry Smart lag knapp vor Jakob Nagel – aber es reichte für beide nicht im ersten Wahlgang. In zwei Wochen würde eine Stichwahl stattfinden.

Trotzdem jubelten Smarts Anhänger, dass sich die Rathausmauern bogen. Die CDU-Kandidatin meinte in Fernsehinterviews, dass sie felsenfest davon überzeugt sei, in zwei Wochen auf dem Stuhl der Oberbürgermeisterin zu sitzen. Dann würden in Bierstadt andere Saiten aufgezogen.

»Diese verdammte Revolverschnauze!«, schimpfte eine Stimme neben mir. Es war Gregor Gottwald, der noch amtierende Oberbürgermeister. Er schien wirklich erregt zu sein, denn sein Atem ging stoßweise.

»Es gibt doch noch Hoffnung«, versuchte ich den alten Mann zu beruhigen. »Nagel wird's schon schaffen in zwei Wochen.«

Gottwald antwortete nicht, schnaufte nur etwas.

Die Bürgerhalle des Rathauses war noch immer schwarz vor Bürgern, die den Wahlausgang bedauerten oder begrüßten. In den Ecken hatten Fernsehsender ihre Scheinwerfer aufgebaut, Nagel und Smart gingen von Tisch zu Tisch und beide sagten überall Ähnliches. Dass sie sicher seien, in zwei Wochen Oberbürgermeister zu werden und so weiter. Und dass sie ihren Wählern von Herzen dankten. Also das gleiche Ritual wie immer.

»Kann ich ein Statement von Ihnen haben, Herr Gottwald?«, fragte ich sachte. Der OB hatte sich nicht vom Fleck gerührt.

»Es tut mir im Herzen weh, dass meine Partei nicht mehr die Mehrheit erlangt hat«, sagte der Angesprochene mit Dramatik in der Stimme. »In den nächsten zwei Wochen müssen wir darum kämpfen, dass wenigstens der erste Bürger der Stadt ein Sozialdemokrat bleibt. Ich werde mich jedenfalls voll einbringen!«

Ich schrieb mit, Gottwalds Zitate konnte ich fast immer wörtlich übernehmen.

»Ich muss los in die Redaktion. Auf Wiedersehen, Herr Gottwald«, verabschiedete ich mich.

»Viel Glück, Frau Grappa«, lächelte er nun. »Und seien Sie bitte vorsichtig.«

»Vorsichtig?« Ich hatte keine Ahnung, was der Ratschlag bedeuten sollte.

»Informationen müssen nicht immer in der Zeitung stehen«, erläuterte er. »Manchmal sind sie hilfreicher, wenn man sie zunächst im Kopf behält – damit man seine Aktionen besser planen kann.«

Gottwald hob die Hand zum Gruß und drehte ab. Ich sah ihm nach – noch immer ratlos, was seine Andeutungen sollten.

Polizeischutz

Ich hackte meine Reportage lieblos herunter, nur die jahrelange Routine bewahrte mich davor, völlig abzustürzen. Danach strebte ich schnurstracks meine Wohnung an. Ich war froh, als ich auf dem Sofa saß, ein Gläschen *Pinot Grigio* vor mir und eine paar müde Brotchips auf dem Tisch.

Die Enthüllungen über Likas Vergangenheit hatten mich zutiefst getroffen. Was würde Nazmi sagen, wenn er erfuhr, dass der Mann, den er für seinen Freund hielt, für die Qual und den Tod seiner Frau verantwortlich war? Konnte er die Wahrheit überhaupt verkraften?

Ich entschloss mich, vorläufig zu schweigen – wenigstens Nazmi gegenüber. Was hatte Gottwald gesagt? *Informationen müssen nicht immer in der Zeitung stehen.*

Hatte Gottwald mir etwa die Unterlagen geschickt? Und wenn ja, welchen Grund sollte er haben? Und – was hatte das alles mit den Morden an Junghans, Manthey und Knaup zu tun?

Gegen Mitternacht war ich so müde vom Grübeln, dass ich einschlief. Der letzte Gedanke, den ich dachte, hatte mit Peter Jansen zu tun. Ich musste mit ihm über den Inhalt des Briefumschlages reden.

Der nächste Morgen zeigte sich von seiner schönsten Seite – zumindest, was das Wetter betraf. Es war Mitte September, die Sonne hatte ihre Glut zwar verloren, es war aber noch so warm, dass Geist und Körper sich ohne große Verpackung wohl fühlten.

Mit offenem Cabrio fuhr ich zur Arbeit. Überall hingen noch die Wahlplakate, die einen neuen *Start mit Gerry Smart* verhießen, aus dem trockenen Jakob Nagel einen *Profi mit Herz* machen und dem Kandidaten der Grünen den Anti-Filz-Stempel aufdrücken wollten.

Die Wahlhelfer aller Parteien setzten jetzt zum Endspurt an und überklebten die Plakate einfach mit neuen Sprüchen. Die SPD hatte sich für den Spruch *Nagel muss ran* entschieden, die CDU wollte mit dem Slogan *Ohne Smart kein neuer Start* Stimmen holen.

Ich wünschte, die Zeit würde einen kräftigen Sprung nach vorne machen. Dann wäre das große Rennen entschieden und es würde wieder Ruhe einkehren in Bierstadt – zumindest politisch gesehen.

Mein Blick fiel auf den Beifahrersitz: Dort lag der Briefumschlag mit den Protokollen aus dem Bosnien-Krieg. Sie enthielten so viel Leid, Gewalt und Ungerechtigkeit, dass mir das politische Geplänkel zwischen Smart und Nagel lächerlich vorkam. Selbst wenn Gerlinde Smart den OB-Thron erklimmen würde – an den demokratischen Gesetzen unserer Gesellschaft käme auch sie nicht vorbei – trotz ihrer menschenverachtenden Ansichten.

Ich parkte mein Auto, schloss den Deckel und ging langsam ins Haus.

Bevor ich Jansen die Unterlagen zeigen konnte, musste noch die Redaktionskonferenz absolviert werden. Sie verlief zum Glück ohne größere Diskussionen, die Kollegen waren lediglich ein bisschen genervt, dass der Wahlkampf jetzt noch zwei Wochen länger dauern würde.

»Ich habe gehört, dass beide Kandidaten rund um die Uhr Polizeischutz bekommen sollen«, teilte Jansen mit. »Die Behörden haben Angst, dass der Mörder noch am Wahlergebnis drehen will.«

Wir beschlossen übereinstimmend, über den Wahlkampf nur noch sparsam zu berichten. Die Kandidaten hatten alle

Argumente ausgetauscht, die Bürger alle Fragen gestellt, neue Ideen lagen nicht mehr in der Luft.

Als Jansen nach der Konferenz zu seinem Büro ging, folgte ich ihm. »Kann ich dich sprechen?«

»Aber immer.«

Ich platzierte mich vor seinem Schreibtisch, in der Hand den Umschlag.

»Ist was mit dir, Grappa? Du siehst ja völlig fertig aus.«

»Bin ich auch«, gab ich zu.

»Was ist los?«

»Was würdest du sagen, wenn ich Beweise hätte, dass sich seit Jahren ein Kriegsverbrecher unerkannt in Bierstadt aufhält?«

»Ein Nazi?«

»Nein. Kein Nazi. Zumindest nicht einer von der alten Sorte. Jemand, der im Bosnienkrieg Gräueltaten veranlasst und auch selbst begangen hat.«

»Wer ist es?«

»Dr. Arnim Lika. Er war Arzt in einem Militärhospital, in dem gefoltert, geschändet und gemordet worden ist.«

»Woher hast du die Informationen? Von deinem Freund Radic?«

»O nein«, sagte ich bitter. »Er hat keine Ahnung davon. Er glaubt, dass Lika sein Freund ist. Ich weiß aber, dass Lika Radics Frau vergewaltigt und wahrscheinlich ermordet hat. Und in diesem Umschlag sind die Beweise.«

Jansen las die Dokumente, schaute sich das Foto an.

»Wir müssen die Sachen an die Staatsanwaltschaft weitergeben«, meinte er ernst.

»An Frau Cosel? Du weißt doch, in welcher Beziehung sie zu Lika steht.«

»Nicht an Frau Cosel. Wir sollten mit dem Leitenden Oberstaatsanwalt sprechen und ihn auf Cosels Verbindung zu Lika aufmerksam machen. Keiner wird wagen, die Sache zu vertuschen.«

»Wenn Lika weiß, dass die Staatsanwaltschaft gegen ihn ermittelt, wird er ins Ausland fliehen.«

»Irgendjemand hat Interesse daran, Lika zu entlarven«,

sagte Jansen nachdenklich. »Hast du eine Idee, wer das sein könnte?«

»Ich glaube, dass Lika ein Auftragskiller ist. Er hat die drei Politiker umgebracht und der Drahtzieher liefert ihn jetzt ans Messer – durch die Beweise aus dem Bosnienkrieg.«

»Du denkst ziemlich um die Ecke. Wenn Lika unter Druck gerät, wird er doch plaudern, um seine Haut zu retten. Und den Auftraggeber – falls es ihn gibt – verraten.«

»Wenn er so lange lebt ...«

»Wieso?«

»Ich kenne jemanden, der ihn umbringen wird, wenn er erfährt, was Lika getan hat.«

»Radic?«

»Ja. Der Drahtzieher im Hintergrund hat ein feines Netz gespannt. Er spielt die Beteiligten genial gegeneinander aus. Und wer in Bierstadt hat die Intelligenz, sich so etwas auszudenken?«

»Du denkst an Jakob Nagel?«

»Ja. So etwas bringt nur der fertig.«

Wenn der Postmann zweimal klingelt

Ich fand Nazmi im Garten des Krankenhauses. Er nahm mich fest in die Arme und hielt mich.

»Ich muss raus hier«, sagte er leise und bestimmt.

»Glaubst du wirklich, dass du schon so weit bist?«

Ich musterte ihn, bemerkte in seinen Augen einen fiebrigen Glanz, aber auch entschlossene Härte. »Was sagt Lika dazu?«

»Das interessiert mich nicht. Lika wird bald tot sein.«

»Was soll das heißen?«, fragte ich.

»Er hat Marja umgebracht – und sie vorher vergewaltigt«, erklärte Nazmi.

»Woher weißt du das?«

»Ich weiß es eben.«

»Nazmi! Warum hast du kein Vertrauen zu mir?«

»Ich habe einen Brief bekommen. Mit einem Foto und Dokumenten«, berichtete er zögernd.

»War es ein brauner Umschlag, dessen Absender die Stadtverwaltung zu sein scheint?«

»Ja. Du hast die Sachen auch bekommen?«

Ich nickte. »Sie lagen in meinem Briefkasten. Als ich das Foto sah, dachte ich, ich blicke in mein eigenes Gesicht. Ich wusste sofort, wer die Frau auf dem Bild war. Und neben ihr Lika – dein Freund aus Jugendtagen. Und dann die Aussage der Augenzeugin. Es war grauenhaft.«

»Ich habe ihm vertraut«, sagte Nazmi leise. »Er war meine einzige Verbindung zur Heimat. Ich habe ihm meine Frau ausgeliefert. Wie dumm ich war!«

»Du hast keine Schuld.«

»Ich muss ihn töten.«

Ich überlegte, wie ich ihn von seinem Plan abbringen konnte. »Du weißt, dass du dann im Gefängnis landest?«

»Das ist mir egal. Wenn ich ihn töte, werden diese schrecklichen Träume aufhören.«

»Das glaube ich nicht! Es werden andere Träume dazukommen, die vielleicht genauso schrecklich sind.«

Wir waren bei einer Bank angelangt und setzten uns. Ich schaute ins satte Grün der Sträucher, sah die voll erblühten Rosen, den Tanz kleiner Mücken im Halbschatten und einen Nachtfalter, der zu früh sein Versteck verlassen hatte.

»Lass ihn am Leben«, sagte ich, »die Beweise reichen aus, um ihn lebenslang ins Gefängnis zu bekommen. Deutschland wird ihn an das UN-Tribunal in Den Haag ausliefern.«

»Weißt du, wie lange solche Verfahren dauern und wie hoch die Strafen sind?«, rief Nazmi aus. »Vor drei Jahren ist der Schlächter Tadic zu zwanzig Jahren verurteilt worden. Obwohl er viele Menschen getötet hat, konnte man ihm die Morde nicht nachweisen – weil er alle Zeugen beseitigt hat. Er hat Frauen vergewaltigt und umgebracht, alte Leute gefoltert und erschlagen. Seine Anwälte rechnen damit, dass er nach zehn Jahren wieder frei sein wird.«

Ich schwieg. Dem hatte ich nichts entgegenzusetzen.

»Ich danke dir trotzdem«, sagte Nazmi. »Ich weiß, dass du es gut meinst. Aber diesen Weg muss ich allein gehen.«

Im Büchsenlicht

Dr. Arnim Lika war spurlos verschwunden. Er hatte seine Praxis wegen ›Urlaub‹ geschlossen, niemand wusste, wo er sich aufhielt.

Ich versuchte Big Mäc zu erreichen. Seine Mailbox sagte mir, dass er außer Landes sei zu Modeaufnahmen der Deutschen Post AG in Mailand. Wahrscheinlich hat er wieder ein neues Huhn am Start, dachte ich.

Also rief ich TOP an, er kannte den Arzt besser als ich und hatte vielleicht eine Idee: »Wo ist Lika?«

»Keine Ahnung. Ich habe ihn seit Wochen nicht gesehen. Du weißt doch, dass ich die Verbindung zu ihm abgebrochen habe.«

»Ich muss ihn dringend sprechen.«

»Warum?«

»Kann ich nicht sagen.«

»Du führst doch was im Schilde, Grappa!«

Ich atmete durch. »Ich bin an einer Geschichte dran, die mit Lika zu tun hat«, berichtete ich wahrheitsgemäß. »Deshalb muss ich ein Statement von ihm haben.«

»Was für eine Geschichte?«

»Du kannst die Story diese Woche im *Bierstädter Tageblatt* lesen.«

TOP gab es auf. Exklusivgeschichten waren ihm heilig.

»Dann viel Erfolg, Grappa«, meinte er, »und mach keine Fehler. Lika ist nicht zu unterschätzen.«

»Ich kriege ihn jetzt. Ich habe lange auf dem Hochsitz gewartet – jetzt habe ich ihn im Büchsenlicht und brauche nur noch abzudrücken.«

»Das klingt nicht gut, Grappa«, seufzte TOP. »Melde dich, wenn du Hilfe brauchst.«

In der darauf folgenden Stunde legten mein Chef Peter Jansen und ich die Strategie fest. Außerdem galt es, einige Dinge zu recherchieren, um auf der sicheren Seite zu sein.

Wir überprüften die Echtheit der Dokumente. Die *Gesell-*

schaft für bedrohte Völker in Göttingen bestätigte, dass die Artikel von ihr veröffentlicht worden waren. Ich faxte der Organisation das Foto und prompt kam die Antwort: Das Bild, das Lika und Marja Radic zeigte, war von serbischen Tschetniks gemacht worden. Der Mitarbeiter der Menschenrechtsorganisation bestätigte außerdem, dass der Arzt im fraglichen Militärhospital aktenkundig sei – und als Kriegsverbrecher gesucht würde. Er hatte unter falschem Namen in der Klinik gearbeitet, so dass Lika nach dem Krieg unerkannt in Deutschland untertauchen konnte.

Ich versprach, der Gesellschaft meinen Artikel nach dem Erscheinen sofort zukommen zu lassen. Die Organisation ihrerseits würde dann die Auslieferung Likas vorantreiben und den Fall bundesweit bekannt machen.

»So, Grappa«, meinte Jansen zufrieden. »Dann leg mal los. Halt dich aber hart an die Fakten und zügle dein übermütiges Temperament.«

Ich fuhr den PC hoch, machte eine paar Lockerungsübungen mit den Fingern, starrte den Monitor an und tippte los:

Dr. Arnim Lika – seine Patienten liegen ihm zu Füßen. Der Psychologe, Therapeut und Bierstädter Modearzt ist jetzt in den Verdacht geraten, an schweren Kriegsverbrechen im Sommer 1992 in Bosnien-Herzegowina beteiligt gewesen zu sein. Die Menschenrechtsorganisation ›Gesellschaft für bedrohte Völker‹ bestätigte gegenüber unserer Zeitung, dass international nach einem Mann gefahndet wird, auf den die Beschreibung von Lika passt.

Arnim Lika ist in Deutschland aufgewachsen und hier zur Schule gegangen. Er hat die Universität besucht und mehrere wissenschaftliche Bücher veröffentlicht. Lika hat sich außerdem in der Nachbetreuung vergewaltigter Frauen engagiert. Deshalb ist es umso unglaublicher, dass Lika während des Bürgerkrieges in Bosnien mehrfach Frauen gequält, vergewaltigt und auch ermordet haben soll.

Unserer Zeitung liegt der Bericht einer Augenzeugin vor, die die Verbrechen des Arztes an einer muslimischen Kranken-

schwester schildert. Diese Frau ist bis heute verschwunden, vermutlich ist sie ermordet worden.
Das ›Bierstädter Tageblatt‹ wird das Beweismaterial der Staatsanwaltschaft übergeben. Die ›Gesellschaft für bedrohte Völker‹ hat die Protokolle als authentisch bezeichnet und angekündigt, die Auslieferung des serbischen Arztes an das Kriegsverbrechertribunal in Den Haag zu fordern.
Natürlich hat sich unsere Zeitung um eine Stellungnahme des Arztes bemüht. Doch Dr. Lika ist zurzeit nicht erreichbar.

Jansen entschied, dass wir Auszüge der Protokolle wörtlich abdrucken und auch das Foto ins Blatt nehmen würden. Die Bombe war scharf, am nächsten Morgen würde sie hochgehen.

Trotzdem war mir mulmig zumute. Ich hatte genau das getan, was der Drahtzieher im Hintergrund von mir erwartet hatte: Lika zum Abschuss freigegeben. Ich kam mir vor wie eine Marionette, die an Fäden tanzt, die ein anderer zieht.

Armer Wunderheiler

Der Leitende Oberstaatsanwalt zeigte sich an den Beweisen gegen Lika sehr interessiert. Er war am Morgen nach Erscheinen des Artikels zu uns in die Redaktion gekommen und hatte sich die Dokumente angesehen.

»Wo ist Ihre Kollegin Dr. Cosel abgeblieben?«, fragte ich. »Ich habe schon länger nichts mehr von ihr gehört.«

»Sie ist leider erkrankt«, erklärte er.

»Gerade jetzt? Wo noch immer drei ungeklärte Morde im Raum stehen?«

»Man kann sich den Zeitpunkt einer Krankheit nicht aussuchen«, verteidigte der Mann seine Mitarbeiterin.

Lika verschwunden, Frau Cosel krank – das passt zusammen, dachte ich, die beiden haben sich zusammen aus dem Staub gemacht.

Für den Rest des Tages klinkte ich mich aus dem Redaktionsbetrieb aus. Zu viele Anrufe – positiver und negativer Art. Eine Patientin von Lika warf mir »böswilligen Rufmord« an ihrem Idol vor, die nächste drohte mir eine Klage an, weil ich ihren »Wunderheiler« mit Dreck beworfen hatte. Aber es gab auch Leser, die dem *Bierstädter Tageblatt* zu dem Mut gratulierten, eine solche Geschichte überhaupt zu veröffentlichen – immerhin sei Lika eine bekannte Persönlichkeit mit besten Kontakten in höchste Kreise.

Ich rief Tom Piny an und wir beschlossen, uns in ein italienisches Gartenrestaurant zurückzuziehen. Der Stress der letzten Stunden war mir voll auf den Magen geschlagen – ich hatte mal wieder einen Riesenhunger.

Zum Glück konnte ich mich auf TOP verlassen – wenn es um gutes und reichliches Essen ging. Er machte mir kein schlechtes Gewissen, pfiff aufs Zählen von Kalorien genauso wie ich und schlug auch beim Alkohol gern mal über die Stränge.

Zwei Prosecco neigten sich dem Ende zu, als er sagte: »Schöne Geschichte, die du da geschrieben hast.«

»Danke für die Blumen.«

»Sie hat nur einen Schönheitsfehler – sie stand in der falschen Zeitung. Wie bist du an die Unterlagen herangekommen?«

»Reporterglück«, gab ich zu. »Jemand hat sie mir per Post zugeschickt.«

»Interessant. Da weiß jemand seit langem, dass Lika ein Verbrecher ist, und hält den Mund.«

»Ist mir auch aufgefallen.« Ich griff nach einem Stück Weißbrot.

»Weißt du, nach was das aussieht?«

»Ja«, kaute ich. »Lika ist erpresst worden.«

»Genau, Grappa! Vielleicht stimmt deine These ja doch – ich meine, dass Nagel hinter allem steckt. Er spielt dir die Unterlagen zu, damit du sie veröffentlichst.«

»Und er rechnet damit, dass Lika erst mal verschwindet – damit er sich in Ruhe zum OB wählen lassen kann.«

»Und wenn Smart es schaffen sollte?«

»Dann hat sich Nagel verkalkuliert«, spekulierte ich.

»Es sei denn ...«, TOP zögerte.

»Was?«

»... Smart ist die Nächste auf seiner Liste.«

»Kann ich mir nicht vorstellen. Beide Kandidaten stehen unter Polizeischutz. Nagel wird es nicht wagen, Frau Smart was anzutun.«

»Du vergisst Lika«, erinnerte mich TOP. »Wenn Lika Smart killt und dein bosnischer Freund bringt Lika um die Ecke ... das wäre für Jakob Nagel ein Fest.«

»Jetzt wird's zu kompliziert«, stellte ich fest. »Lass uns einfach abwarten, was passiert.«

Ich machte mich über die Ravioli her, die seit ein paar Minuten vor mir standen. Sie waren mit Ricotta und Steinpilzen gefüllt – eine feine Sache. TOP hatte sich Tagliatelle mit gegrillten Gambas bestellt, auf denen goldbraun gebratene Knoblauchstückchen glänzten.

Schweigend aßen wir die Pasta, doch eine entspannte Stimmung wollte nicht aufkommen. Nur einfach abzuwarten – das war eigentlich nicht unsere Art.

»Wir müssen Lika finden«, meinte ich schließlich. »Hast du irgendeine Idee, wo er sich herumtreiben könnte? Du kennst ihn schließlich besser als ich.«

»Er hat irgendwo ein Landhaus oder ein Jagdhaus. Das hat er mal erwähnt«, antwortete TOP. »Aber ich bin nie dort gewesen.«

»Okay. Ich krieg schon raus, wo das ist. Machst du mit?«

»Natürlich. Meinst du, ich überlasse dir die Story allein?«

Eine ehrliche Nummer

Das penetrante Klingeln meines Telefons riss mich aus wirren Träumen. Schlaftrunken grapschte ich nach dem Hörer.

»Guten Morgen«, sagte Nazmi, »ich bin raus.«

»Was?«

»Ich habe die Klinik verlassen.«

»Findest du das in Ordnung?« Eine rhetorische Frage.

»Ich muss ihn finden.«

»Nazmi! Wo bist du?«

»Auf dem Weg zu Lika.«

»Du weißt, wo er ist?«

»Ich ahne, wo er sich verkriecht.«

»Lass mich mitfahren«, schlug ich vor.

»Nein. Die Sache geht nur mich allein etwas an. Ich sage dir Bescheid, wenn es vorbei ist.« Er legte den Hörer auf.

An Weiterschlafen war danach nicht mehr zu denken. Ich schaute auf die Uhr. Es war kurz nach sechs Uhr morgens.

Was sollte ich tun? Plötzlich fiel mir Manuelas Adressbuch ein.

Ich rannte ins Arbeitszimmer und räumte mit nervösen Fingern auf meinem Schreibtisch herum. Irgendwo musste die Kopie von der Seite, die ich mir gemacht hatte, geblieben sein.

Ich erinnerte mich, dass hinter Likas Namen drei Telefonnummern gestanden hatten – die seiner Praxis, des Clubs *Chez Justine* und eine weitere. Ich hatte nie überprüft, zu welchem Anschluss die dritte Nummer gehörte. Ich fand die Kopien nicht.

Über die Auskunft ermittelte ich Manuelas Telefonnummer. Sie ließ es lange klingeln.

»Ja?«, sagte eine müde Stimme nach endlos erscheinender Zeit.

»Manuela? Hier Maria Grappa. Hören Sie mir bitte genau zu – es ist verdammt wichtig!«

»Sind Sie wahnsinnig? Haben Sie keine Uhr?«

»Tut mir Leid.« Ich erklärte ihr, dass ich Dr. Lika finden müsse, bat sie in ihrem Adressbuch nachzusehen, bot ihr einen Hunderter für die Info. Das zog.

»Moment!«

Ich hörte, dass sie den Hörer niederlegte und davonschlurfte.

»Ich hab sie!« Langsam gab sie mir die drei Ziffernkombinationen durch.

»Kennen Sie Lika eigentlich näher?« Diese Frage hatte ich ihr noch nicht gestellt.

»Nicht besonders gut. Er hat mich mal angesprochen – auf der Brunnenstraße«, erklärte sie. »Suchte immer mal Frauen für Spielchen. Für Privatfeten in seinem Landhaus. Merkwürdiger Typ. So stechende Augen. Guckte wie 'n Frauenmörder. Nix für mich. Die ehrliche Nummer an der Ecke oder im Auto ist mir lieber – da kann ich wegrennen. Keine perversen Nummern in geschlossenen Räumen – da läuft mir 'n Grusel den Rücken runter. Wie komm ich denn jetzt an den Hunni ran?«

Überraschung

Das Haus lag versteckt zwischen hohen Kiefern, alles war finster, fast drohend, weil die Bäume das Licht schluckten. Das Gebäude war breit und tief, ebenerdig mit kleinen Fenstern, ähnelte einem Verlies oder einer breitbeinigen Trutzburg, die sich fest an den Erdboden klemmte.

Ich überlegte, ob sich hier wohl die Folterkeller dieses Marquis de Sade für Arme verbarg – ausgestattet mit schalldichten Wänden. Aber hier hörte sowieso niemand Schreie – so einsam wie die Hütte lag.

Wir befanden uns etwa 100 Kilometer von Bierstadt entfernt. Wir – damit meinte ich TOP und mich. Er hatte die Adresse herausgefunden, die zur dritten Telefonnummer passte.

Wir waren früh losgefahren, der Morgen war angenehm, die Feuchtigkeit des Waldbodens streckte sich der langsam aufgehenden Sonne als Nebelfahnen entgegen. Es lichtete sich.

»Deine roten Haare fallen wirklich jedem ins Auge«, meckerte Tom Piny. »'ne rote Ampel ist eine Funzel dagegen. Würde mich nicht wundern, wenn uns ein durchgeknallter Keiler von hinten aufspießt, weil er dich leuchten sieht.«

»Ich spring einfach vor dich«, kündigte ich an. »Dann trifft er mich nicht.«

»Wie kannst du so was sagen, Grappa! Ich habe drei Kilo abgenommen«, beteuerte TOP.

Ich verkniff es mir, auf der optisch nicht wahrnehmbaren Gewichtsreduktion herumzureiten. »Der Schuppen scheint leer zu sein«, wechselte ich thematisch zum Hauptgrund unseres Waldspaziergangs über.

»Ist er nicht. Da steht Likas Wagen.« TOP deutete auf einen hölzernen Schuppen, dessen Tür halb geöffnet war. Er hatte Recht – durch den Türspalt erkannte ich Likas schwarzen Nobelschlitten.

»Vielleicht hat er meinen Artikel noch gar nicht gelesen«, flüsterte ich – noch immer verborgen hinter einem Ilexbusch.

»Davon würde ich nicht ausgehen. Lika ist ein Computerfan«, klärte mich Piny auf. »Seitdem sich dein Käseblatt im Internet tummelt, sind deine Zeilen world-wide-web-mäßig abrufbar.«

»Beleidige meinen Arbeitgeber nicht«, protestierte ich. »Sag mir lieber, wie wir vorgehen sollen.«

»Erst mal schleichen wir ums Haus herum und gucken, ob wir irgendetwas Auffälliges sehen.«

»Und dann?«

»Weiß ich auch nicht.«

»Na, prima«, meinte ich. »Dann haben wir also beide keinen Plan.«

TOP antwortete nicht, sondern robbte sich duckend an eines der Fenster. Ich hastete hinterher.

»Nichts zu sehen«, flüsterte ich. Eine Jalousie verhinderte den Blick ins Innere des Zimmers.

Piny deutete zum nächsten Fenster. Es lag etwa drei Meter entfernt. Hier bot sich dasselbe Bild: nichts zu sehen – außer den Lamellen des Rollos.

»So kommen wir nicht weiter«, nörgelte ich. »Warum klingelst du nicht einfach? Du kennst Lika doch. Mich braucht er gar nicht zu sehen.«

»Und was soll ich ihm sagen?«

»Irgendwas. Dass du was mit ihm besprechen willst – oder so. Ich verstecke mich im Wald, und sobald ich ihn in der Tür sehe, rufe ich die Polizei. Du musst ihn nur ein bisschen hinhalten.«

»Du hältst Lika für ziemlich doof. Was glaubst du, was er denkt, wenn ich in der Tür stehe? Offiziell kenne ich diese Hütte nicht. Er riecht sofort Lunte, schlägt mich vielleicht sogar nieder oder macht noch Schlimmeres.«

»Er wird sich an dir schon nicht vergreifen«, meinte ich halbherzig, »schließlich bist du sein Freund.«

»Okay«, lenkte TOP ein. »Irgendwie müssen wir ja vorankommen. Lauf in den Wald zurück, ich gehe zur Tür und schelle. Sobald du ihn siehst, ruf die Bullen, alles klar?«

Ich nickte.

Piny richtete sich heldenhaft auf und ging schnellen Schrittes an der Mauer entlang zur Haustür. Ich folgte ihm in einiger Entfernung, verbarg mich allerdings hinter den Büschen.

Piny klingelte. Und wartete. Nichts geschah. Er betätigte noch einmal den Knopf, diesmal länger und energischer.

In meinem Magen machte sich ein flaues Gefühl breit.

Noch immer rührte sich nichts hinter der Eingangstür. Jetzt begann TOP Sturm zu schellen. Ohne Erfolg.

Unschlüssig wartete er, dann kam er zu mir hin. »Und jetzt?«

»Vielleicht macht er einen Waldspaziergang oder pflückt Kräuter«, mutmaßte ich. »Oder er hat die Cosel gerade auf eine Streckbank gelegt und quält sie ein bisschen. Ich schlage vor, dass wir warten. Weit kann er nicht sein, denn sein Auto steht ja im Schuppen.«

Frustriert liefen wir ums Haus herum, unsere Verbrecherjagd schien sich zu einer völligen Pleite zu entwickeln.

»Wir untersuchen den Wagen«, schlug Piny vor. »Vielleicht finden wir was.«

»Und was soll das sein?«, fragte ich missmutig.

Er schenkte sich die Antwort, drückte die Tür auf. Unsere Augen brauchten eine Weile, um sich an die Dämmerung zu gewöhnen. Dann sahen wir die Bescherung.

Die Fahrertür der Limousine war geöffnet, davor lag ein Mensch auf dem Boden. TOP und ich sahen uns an. Wir näherten uns vorsichtig. Mein Atem ging nur noch stoßweise.

Piny beugte sich zu dem Körper hinunter. »Lika«, sagte er lapidar. »Tot.«

Jetzt hatte ich auch den Mut, mich zu nähern. Tatsächlich. Lika hatte die Augen weit aufgerissen, der rechte Arm lag lang ausgestreckt auf dem Boden.

»Er wollte noch flüchten«, vermutete ich. »Er hatte die Tür schon in der Hand, als sein Mörder ihn erwischte.«

»Guck mal.« Piny deutete auf den Hinterkopf des Therapeuten. Ich erkannte dunkles Blut. »Erschossen.«

»Nazmi!«, sagte ich leise.

»Nazmi?«, fragte TOP. »Sag bloß, du glaubst, dass es dein Bosnier war?«

»Er ist aus der Klinik abgehauen«, berichtete ich.

»Ach, du Scheiße!«

»Sie werden ihn verdächtigen, es getan zu haben.«

»Wir müssen die Polizei rufen«, stellte Tom Piny fest. »Das hier ist nicht mehr unsere Sache.«

Wir verließen die Scheune. Wieder im Freien wählte ich den Notruf und berichtete der Polizeileitstelle von unserem Fund. Man versprach, so schnell wie möglich zu kommen.

Kuscheltiere

Eine halbe Stunde später tummelten sich zahlreiche Beamte in Zivil und Uniform auf dem Gelände. Sie sicherten die Spuren im Schuppen, fotografierten und packten ein.

»Wir öffnen jetzt das Haus«, hörte ich den Einsatzleiter sagen.

»Es ist möglich, dass der Tote in Begleitung einer Frau war«, mischte ich mich ein. »Vielleicht befindet sie sich noch in dem Haus. Seien Sie also vorsichtig. Sie könnte eine Waffe haben, verletzt oder gar tot sein.«

Der Kripomann gab die Informationen an die beiden Kollegen weiter, die ins Haus eindringen sollten. Sie waren mit Schutzhelmen und kugelsicheren Westen bekleidet.

Nach bester Spielfilmmanier trat einer von ihnen die Tür ein, dann verschwanden sie nacheinander im Flur des

Landhauses. Einige Augenblicke war nichts zu hören, schließlich kam die Entwarnung. Der Kripochef und ein paar andere Beamte gingen ins Haus, TOP und ich hinterher.

Einer der Männer kam auf den Einsatzleiter zu und flüsterte ihm etwas ins Ohr. Die beiden verschwanden in einem Raum und schlossen hastig die Tür hinter sich.

»Die haben was entdeckt«, raunte ich Piny zu.

Ich wollte zur Tür, doch ein Grüner stellte sich mir in den Weg. Es hatte keinen Sinn, sich mit ihm anzulegen.

Der Kripochef trat wieder auf den Flur.

»Untersuchen Sie die Taschen des Toten«, befahl er einem Kollegen. »Wir suchen einen Schlüssel, er muss ziemlich klein sein. Für Handschellen. Und sagen Sie dem Notarzt, dass er kommen soll.«

»Ist sie da drin?«, fragte ich neugierig und heftete meinen Blick an die Holztür.

»Wir haben eine Frau gefunden«, gab er zu.

»Lebt sie noch?«

»Ja, sie ist unverletzt – wenn man von kleineren Wunden absieht.«

»Der Tote hielt sich für den Vollstrecker des Marquis de Sade«, versuchte ich zu erklären. »Er stand auf gewalttätige Sexualpraktiken.«

»Die Frau hat einen Nervenzusammenbruch«, erklärte er. »Sie ist nicht ansprechbar. Wir müssen sie ins Krankenhaus bringen.«

»Hier ist der Schlüssel.« Der Beamte war aus der Scheune zurückgekehrt.

Der Einsatzleiter stieß die Tür auf. Für wenige Sekunden konnte ich in das Zimmer blicken. Ich sah ein breites Eisenbett und eine nackte Frau, deren Arme und Beine gespreizt waren. Ihr Gesicht war abgewandt.

»Ist sie es?«, fragte TOP leise.

»Wir werden es gleich wissen.«

Die Tür wurde geöffnet, zwei Sanitäter und der Arzt wurden hineingelassen. Sie hatten eine Klappbahre dabei.

Endlich ging die Tür wieder auf. Auf der Liege befand sich Dr. Cora Cosel in zusammengekrümmter Haltung. Die

Männer hatten sie mit einem Tuch bedeckt, das mit Blutflecken übersät war. Ihre Augen waren weit aufgerissen, sie gab keinen Mucks von sich.

»Kennen Sie die Frau?«, fragte uns der Einsatzleiter.

»Das ist eine Oberstaatsanwältin aus Bierstadt«, antwortete Tom Piny. »Sie heißt Dr. Cora Cosel.«

»Sie scheinen gut informiert zu sein«, stellte der Kripomann fest. »Wir bringen die Frau in die Klinik, schaffen die Leiche fort und dann unterhalten wir drei uns mal – und zwar gründlich.«

»Der Raum ist mit versteckten Kameras ausgestattet«, berichtete ein Polizeibeamter, der zu uns getreten war. »Im Zimmer nebenan ist ein Fernsehstudio eingerichtet – und in den Regalen stehen jede Menge Videofilme.«

»Es wird alles beschlagnahmt«, entschied der Chef. »Durchsuchen Sie das Haus nach weiterem Material. Und jetzt zu Ihnen beiden. Warum sind Sie überhaupt hier?«

Wir erzählten alles, was wir wussten. Zumindest fast alles. Nazmi Radic erwähnte ich nicht – das verschaffte meinem Freund wenigstens einen kleinen Vorsprung.

Nach drei Stunden befanden wir uns wieder auf der Autobahn Richtung Bierstadt. Ich informierte Peter Jansen über die Entwicklung, er beorderte mich in die Redaktion.

»Ich plane hundert Zeilen auf der Eins ein«, teilte er mir mit.

TOP traf das gleiche Schicksal – auch er wurde von seiner Chefredaktion verdonnert, am nächsten Morgen die geneigte Leserschaft mit der Story zu erfreuen.

An einer Autobahnraststätte aßen wir einen kleinen Happen.

»Ich werde die Cosel im Krankenhaus besuchen«, kündigte ich an. »Sie hat den Mörder bestimmt gesehen.«

»Du glaubst wirklich, dass die mit dir spricht?«, wunderte sich TOP.

»Warum nicht? Immerhin haben wir ihr das Leben gerettet. Stell dir mal vor, niemand hätte sie gefunden. Sie wäre auf dem Bett elendiglich verhungert und verdurstet.«

»Ich glaube nicht, dass du große Dankbarkeit von ihr erwarten kannst«, gab er zu bedenken. »Du hast schließlich ihren Lover durch deine Recherche zur Strecke gebracht.«

»Noch ein Grund mehr, mir dankbar zu sein. Jetzt ist sie den Sklavenschinder wenigstens los.«

»Grappa! Muss denn jeder gleich merken, dass du vom Land kommst? Du verstehst überhaupt nicht, was Sadomaso bedeutet. Die Cosel hat es genauso genossen wie er. Sie hat ihn geliebt! Es gibt Frauen – und natürlich auch Männer –, die auf so was stehen. Lust durch Qual. Das kannst du in jeder sexualpsychologischen Abhandlung für Erstsemester nachlesen. In jedem von uns steckt ein Stückchen Dominanz oder Unterwerfung – vor allem beim Sex.«

Missmutig stocherte ich in meinem Salat herum. Er schmeckte grauslich.

»Wie sieht's denn bei dir aus, Grappa?«

Ich blickte TOP an. Er wollte mich provozieren. »Was meinst du?«, stellte ich mich dumm.

»Bist du beim Sex dominant oder willst du lieber unterworfen werden?«

»Kommt auf den Mann an«, sagte ich ausweichend.

»Nein, es kommt auf dich an. Also?«

»Du nervst, TOP«, zickte ich. »Was interessiert dich mein Sexualverhalten? Aber – wenn du's genau wissen willst, ich stehe nicht auf Kuscheltiere. Wenn man sich nicht sofort die Kleider vom Leib reißt, kann man es gleich lassen. Gibst du jetzt endlich Ruhe?«

»Ah ja«, lächelte Piny maliziös. »Dann weiß ich ja Bescheid. Du bist doch nicht solch eine Landpomeranze, wie ich gedacht habe.«

»Nichts weißt du!«, zischte ich. »Und jetzt lass uns endlich weiterfahren. Mein Salat schmeckt nach Chlor. Ekelhaft!«

Die einsame Insel

Wir erreichten Bierstadt und verabschiedeten uns. Es galt zu arbeiten. Keine Lust, dachte ich, das ewige Artikelschreiben begann mir auf den Nerv zu gehen. Ich fühlte mich müde, war ausgebrannt, sehnte mich nach Schlaf, wollte in Ruhe über alles nachdenken.

Nur selten hatten die Informationen, die ich zusammentrug, die Chance, sich in mir zu entwickeln, eingeordnet und bewertet zu werden. Ich war eine Art Durchlauferhitzer, speichelte die Worte und Informationen ein und spuckte sie ziemlich unverdaut wieder aus.

Bücher schreiben – das wäre was, ging es mir durch den Sinn. Sich irgendwohin zurückziehen, meinetwegen auf eine Insel ohne Strom, und die Zeit vorbeiplätschern lassen, ab und zu ein paar geniale Gedanken aufs Papier bringen, die die Weltliteratur befruchten würden, dazwischen gut essen und trinken und ein paar schöne Männer um mich herum, die danach lechzten, mir auf die eine oder andere Weise dienlich zu sein.

Dann fiel mir ein, dass ich für meinen Laptop Strom brauchen, dass es auf einer Insel vermutlich keine frischen Mandelhörnchen und keinen kühlen Wein geben würde und dass die Herren mich nach ein paar Tagen mit ihrem Geplärre anöden würden. Also dann doch lieber einsam am Schreibtisch sitzen!

Ich verfasste einen sachlichen Artikel, der das Ableben des bekannten Bierstädter Psychologen und mutmaßlichen Kriegsverbrechers Dr. Arnim Lika mit kargen Worten schilderte. Seine Verbrechen in Bosnien zählte ich ebenso auf wie seine publizistischen Erfolge. Ich erwähnte auch, dass Lika die drei Mordopfer Junghans, Manthey und Knaup aus dem Club *Chez Justine* kannte und dass in dem Landhaus des Ermordeten wahrscheinlich Videofilme zu erpresserischen Zwecken gedreht worden waren.

Gegen Abend kehrte ich nach Hause zurück. Jetzt nur noch schlafen, dachte ich, der Tag hat es mal wieder in sich gehabt.

Ich drehte den Wohnungsschlüssel um, war irritiert, als mir Musik entgegenschallte. Hatte ich vergessen, das Radio auszuschalten?

Ich hastete ins Wohnzimmer. Nazmi lag schlafend auf dem Sofa, eine Zeitschrift war ihm aus der Hand geglitten, er trug nur eine Jeans, sein Oberkörper war nackt, das dunkle Haar zerwühlt und ungebärdig.

Ich trat näher. Sein Atem war der eines Erschöpften, der endlich ein wenig Ruhe gefunden hatte, die Luft kam flach und friedlich aus seinen Lungen.

Ich strich zärtlich über seine Wange. Nein, so konnte niemand schlafen, der gerade einen Menschen ermordet hatte, dachte ich. Mein Blick fiel auf den Tisch, der vor dem Sofa stand. Neben einer Anzahl von achtlos hingeworfenen Compactdiscs war da etwas, das ich nicht kannte: ein Umschlag, aus dessen Öffnung ein Papier ragte.

Ich wollte gerade danach greifen, als Nazmi aufwachte. Er brauchte eine Weile, um zu begreifen, wo er sich befand und wer ihn gedankenverloren und liebevoll betrachtete.

»Hallo, Baby«, sagte ich leise. »Wie bist du in meine Wohnung gekommen?«

»Tut mir Leid«, murmelte er. »Ich hatte nicht den Mut, dich anzurufen. Da hab ich ein bisschen an deiner Tür rumprobiert. Mit meinem Werkzeug.«

»Kein Problem«, sagte ich. »Möchtest du einen Tee? Oder einen Wein? Was zu essen?«

»Vielleicht einen Wein.«

Ich ging in die Küche. Im Kühlschrank war noch eine Flasche Chardonnay. Ich füllte zwei Gläser und kehrte zurück ins Wohnzimmer.

Nazmi hatte sich aufgesetzt. »Ich danke dir«, sagte er.

»Wofür?«

»Dass du nicht die Polizei holst.«

»Lika ist tot«, berichtete ich. »Aber ich nehme an, das weißt du schon.«

»Ja.«

»Du warst da?«

Ich setzte mich neben ihn, sah ihm direkt in die Augen. Sein Blick war voller Unschuld und Verletzbarkeit.

»Ich wollte ihn töten.«

»Wieso wollte? Du hast es doch getan, oder?«

»Nein. Er war schon tot.«

»Ach, Nazmi! Wer soll dir das glauben?«

»Ich weiß nicht. Aber es ist so gewesen.«

Ich trank das Glas mit einem Zug aus. »Dann lass mal hören«, forderte ich.

»Ich bin zu dem Haus gefahren. Ich hatte eine Waffe dabei, wollte ihn aber nicht sofort töten, sondern erst mit ihm reden. Er sollte mir sagen, was mit Marja passiert ist – auch wenn die Wahrheit schrecklich ist. Ich musste einfach Gewissheit haben – verstehst du das?«

Er griff beschwörend nach meiner Hand, hielt sie, drückte sie gegen seine Lippen.

»Ist ja gut«, beruhigte ich ihn. »Und? Hast du mit ihm reden können?«

»Nein. Die Tür war nur angelehnt. Mit der Waffe in der Hand ging ich ins Haus – niemand war zu sehen. Ich ging direkt in sein Arbeitszimmer – doch auch da war er nicht. Dafür fand ich auf seinem Schreibtisch das da.«

Nazmi deutete auf den braunen Umschlag auf dem Couchtisch. »Sein Geständnis.«

»Geständnis? Was gesteht er?«

»Die Morde an den Politikern.«

»Warum hast du das Geständnis mitgenommen?«, wollte ich wissen. »So muss die Polizei glauben, dass du Likas Mörder bist.«

»Ich habe nicht nachgedacht.«

»Und weiter?«

»Ich habe das Haus verlassen. Da sah ich sein Auto in der Garage, ich ging hinein und fand ihn auf dem Boden. Tot. Erschossen. Daraufhin bin ich abgehauen.«

»Das war alles?«, fragte ich. »Lika war nicht allein in dem Haus. Er hatte eine Freundin bei sich – diese Oberstaatsanwältin.«

»Sie muss sich versteckt haben«, meinte Nazmi verblüfft. »Ich habe niemanden bemerkt.«

»Lika hatte sie ans Bett gefesselt«, erklärte ich. »Vielleicht hatte sie einen Knebel im Mund. Die Polizei hat sie vor ein paar Stunden befreit. Sie ist in einem bedauernswerten Zustand.«

»Was tun wir jetzt?«

»Du kannst Fragen stellen«, seufzte ich. »Ich habe keine Ahnung. Aber wir haben ja die ganze Nacht Zeit, uns etwas zu überlegen. Jetzt will ich erst mal das Geständnis lesen. Willst du noch Wein?«

Ich goss nach, nahm einen reichlichen Schluck und griff nach dem Papier.

»*Mein Name ist Dr. Arnim Lika*«, las ich laut vor. »*Im Vollbesitz meiner geistigen Kräfte gestehe ich: Ich habe Willi Junghans, Paul Manthey und Friedel Knaup vom Leben in den Tod befördert. Ich halte diese Taten nicht für Verbrechen, denn die Natur erneuert sich durch Zerstörung. Der Mord ist der größte Kitzel für mich. Niemand sonst ist an den Taten beteiligt. Die drei Männer waren schwach, elende Menschen, die ihren Leidenschaften nur im Verborgenen frönten, sich zu ihrer Lasterhaftigkeit nicht offen und mutig bekannten. Willi Junghans, Paul Manthey und Friedel Knaup haben den Tod verdient.* – Ein bisschen sparsam, das Ganze«, meinte ich verblüfft. »Zumindest für jemanden, der sonst ständig mit Zitaten um sich wirft und den ich nur als ausgesprochene Plaudertasche kenne.«

»Immerhin gibt er die Taten zu.«

»Das tut er. Aber – etwas stört mich gewaltig. Ich glaube nicht, dass Lika das Geständnis freiwillig geschrieben hat. Sein Mörder hat ihn dazu gezwungen – und ihn anschließend in der Garage abgeknallt.«

Fingerabdrücke

In der Nacht lagen wir dicht beieinander. Nazmi schlief, ich hing noch bis zum Morgengrauen meinen Gedanken nach. Irgendwann fielen mir dann doch die Augen zu.

Frischer Kaffeeduft weckte mich. Nazmi hatte die Maschine angeworfen. Geräusche drangen aus der Küche, ich identifizierte das Piepsen des Toasters und Musik aus dem Radio.

Ich rappelte mich hoch, schlich schlaftrunken in die Küche. Dort saß er, das Haar feucht, die Haut duftend und der Blick arglos.

»Hallo, Süßer«, sagte ich. »Ich hüpfe mal eben unter die Dusche. Bin gleich wieder da.«

»Guten Morgen. Hast du gut geschlafen?«

»Ich habe noch lange wach gelegen und gegrübelt.«

»Tut mir Leid. Möchtest du Rührei?«

»Kannst du so was?«

»Das Einzige, was mir wirklich gut gelingt.«

»Dann mal los.«

Ich duschte, trocknete mich ab und ging zum Frühstückstisch. Das Rührei war zartgelb und noch ein bisschen flüssig. Ich legte mir eine Lage auf ein Stück gebutterten Toast und gab ein paar Körner Salz drüber.

»Wir müssen das Bekenntnis loswerden«, beschloss ich. »Likas Mörder soll glauben, dass sein Plan aufgeht.«

»Was willst du tun?«

»Wir stecken das Geständnis in den Umschlag zurück und schicken es an die Staatsanwaltschaft. Doch zuvor müssen wir unsere Fingerabdrücke auf dem Papier beseitigen.«

»Du bist ziemlich clever.«

»Danke. Obwohl ...« Ich überlegte. »Ich schicke mir die Sache lieber selbst zu. In die Redaktion. Falls wir eine Spur oder einen Fingerabdruck übersehen. Außerdem will ich die Story als Erste schreiben. Wer weiß, wann die Staatsanwaltschaft die Sache bekannt macht. Immerhin steckt die Cosel in der Sache mit drin.«

Nach dem Frühstück adressierte ich den Umschlag mit verstellter Schrift an das *Bierstädter Tageblatt* und steckte ihn in meine Tasche. Ich verabredete mit Nazmi, dass er vorläufig in meiner Wohnung bleiben sollte.

Bevor ich die Tür zum Verlagshaus aufdrückte, warf ich das Kuvert in den Redaktionsbriefkasten. Er wurde mehrmals am Tag geleert, so dass ich die Sachen bald in meinem Postfach finden würde.

»Hallo«, begrüßte ich Jansen. »Gibt's was Neues?«

»Dein Freund Radic scheint untergetaucht zu sein. Er wird gesucht. Mordverdacht.«

»Er hat niemanden umgebracht«, sagte ich.

»Weißt du, wo er sich aufhält?« Jansen fixierte mich scharf.

»Nein, nein!«, beeilte ich mich zu sagen.

»Dann ist es ja gut. Ich möchte nicht, dass du irgendwann mal im Mittelpunkt einer gegnerischen Berichterstattung stehst, weil du einem mutmaßlichen Mörder Unterschlupf gewährt hast.«

»Mein Gewissen ist rein!«, behauptete ich, ohne rot zu werden.

»Ich wusste gar nicht, dass du so etwas überhaupt besitzt.«

Eine halbe Stunde später brachte der Redaktionsbote den Umschlag, den ich im Briefkasten deponiert hatte. Ich öffnete ihn und rannte – Überraschung vortäuschend – in Jansens Büro. Er saß entspannt an seinem Schreibtisch und studierte die Lokalausgaben der Konkurrenzzeitungen.

»Das ist ein Ding!«, sagte ich aufgeregt. »Likas Geständnis. Er hat die drei Politiker umgebracht. Hat mir der Redaktionsbote gerade gebracht.«

Wortlos griff Jansen nach dem Schriftstück, das ich auf seinen Tisch gelegt hatte.

»Wir übergeben das der Staatsanwaltschaft«, beschloss mein Chef nach eingehender Lektüre. »Mach eine Kopie von dem Geständnis und setz dich an deinen Computer. Reichen die üblichen hundert Zeilen?«

Offene Rechnung

Dr. Cora Cosel war aus dem Krankenhaus entlassen worden und wohnte wieder in einer Pension am Rande von Bierstadt, die von ihrer Behörde bezahlt wurde. Der Generalstaatsanwalt hatte sie vom Dienst suspendiert, nachdem bekannt geworden war, dass sie zu einem als Mörder verdächtigten Mann eine enge Beziehung unterhalten hatte. Auf sie wartete ein fettes Disziplinarverfahren.

Den Namen des kleinen Hotels herauszukriegen war kein Problem für mich – ich telefonierte sie alle ab und hatte beim siebten Versuch Erfolg.

Mein Artikel war an diesem Morgen erschienen – es war also möglich, dass sie ihn gelesen hatte. Ich hatte Cosels

Namen nicht genannt – allerdings eine eventuelle ›Augenzeugin‹ des Mordes an Dr. Arnim Lika erwähnt.

Mal gucken, ob Likas Mörder auf die Sache anspringen würde. Er musste nach der Lektüre des *Bierstädter Tageblattes* davon ausgehen, dass er gesehen worden war – zuerst im Haus und vielleicht sogar später in der Garage, als er den Therapeuten mit einem Schuss in den Kopf niedergestreckt hatte.

Cora Cosel war nicht überrascht, als ich vor ihr stand. Sie bewohnte ein helles Zimmer mit einem Fenster zur Straßenseite. Sie war im Bademantel, ungeschminkt und sah sehr erschöpft aus.

»Wie geht es Ihnen?«, fragte ich. Sie tat mir plötzlich Leid.

»Nicht besonders gut, wie Sie sich vielleicht vorstellen können.«

»Ich möchte gerne mit Ihnen über die Vorgänge im Landhaus reden«, begann ich. »Und über Dr. Arnim Lika.«

»Das habe ich mir gedacht.« Sie deutete auf einen abgewetzten Sessel. Ich setzte mich. »Kaffee?«

»Da sage ich nie nein.«

Im hinteren Teil des Zimmers stand ein Tisch, darauf eine Kaffeemaschine und ein Zwei-Platten-Elektrokocher.

Sie füllte die Maschine und stellte sie an, kam mit zwei Bechern zurück. »Fangen Sie an.«

»Sie sind nach Bierstadt gekommen, um den Mord an Willi Junghans zu klären. Wer hat dafür gesorgt, dass Sie den Fall bekamen?«

»Es ist nicht so, wie Sie denken«, meinte die Oberstaatsanwältin. »Als ich nach Bierstadt abgeordnet wurde, wusste ich nicht, dass Lika hier lebte. Ich hatte ihn seit Jahren nicht gesehen.«

»Sie kannten ihn von früher?«

»Ich war vor vielen Jahren mal seine Patientin. Noch zu meiner Studienzeit.«

»Warum waren Sie bei ihm in Behandlung?«

»Ich bin von drei Kommilitonen vergewaltigt worden. Lika arbeitete damals im Psychosozialen Dienst der Universität. Er übernahm meine Therapie.«

»Hatten Sie schon damals eine sexuelle Beziehung zu ihm?«

»Zuerst nicht – dazu war ich gar nicht in der Lage.« Sie lachte bitter, erhob sich und holte den Kaffee.

»Konnte er Ihnen denn helfen?«, fragte ich.

»Er wollte mir nie helfen. Hauptbestandteil seiner Therapie war, mir klarzumachen, dass ich die Vergewaltigung tief in meinem Inneren genossen habe. Er ließ sich immer wieder die Einzelheiten erzählen, schließlich spielte er das Ganze auch noch nach. Einmal sogar mit zwei Freunden ... und filmte mich dabei.«

»Dieses Schwein! Und Sie haben das mit sich machen lassen?«

»Ich hatte Vertrauen zu ihm. Außerdem ... irgendwann glaubte ich wirklich, dass ich eine masochistische Ader hatte ... Immerhin schaffte ich es, mich von ihm zu befreien. Ich brach jeden Kontakt ab, hielt mich von Männern fern, dachte nur noch an meine Arbeit. Aber dann kam der Tag, als er mich auf dem Foto in Ihrer Zeitung wieder erkannte.«

»Er nahm also Verbindung mit Ihnen auf?«

»Allerdings. Er stand plötzlich vor der Tür. Ich war gelähmt vor Angst – fühlte jedoch auch eine tiefe innere Erregung. Es war so, als würde etwas in mir zu leben beginnen, was lange Zeit tot war. Ich fühlte mich wie ein Korn, das Jahre in trockenem Boden darauf gewartet hat, dass endlich der Regen kommt und es keimen lässt. Er hat es natürlich sofort gemerkt.« Die Oberstaatsanwältin begann zu weinen.

»Wussten Sie damals schon, dass er Junghans umgebracht hatte?«

»Als ich ihn wieder sah und an das De-Sade-Zitat dachte, vermutete ich, dass Lika mit der Sache etwas zu tun hatte. Später dann hat er es mir gestanden – und als die Morde an Manthey und Knaup passierten, war mir klar, dass er es wieder gewesen war. Ich sprach ihn darauf an – und er gab es zu.«

»Was war sein Motiv?«

»Die Lust am Töten.«

»Mehr nicht?«

»Reicht das etwa nicht?«, fragte sie. »Die drei Männer haben ihm überhaupt nichts getan! Gut, sie waren Stammgäste in seinem Club, aber sie haben meistens nur dagesessen, viel getrunken und über Börsenkurse gesprochen. Und sich mal eine Nackt-Show angeguckt. Ab und zu durfte der dicke Parteichef mal auf die Bühne und im Voll-Playback seine Schlager trällern. Das hat ihn glücklich gemacht.«

»Es ging denen nicht um sexuelle Exzesse?«

»Ach wo! Außer gucken und sabbern war nicht mehr viel drin«, berichtete sie. »Die waren ausgebrannt, voll auf dem Karrieretrip. Zockertypen, die nie genug kriegen können von Macht und Geld. Lika hat sie verachtet. Sie kannten ja noch nicht mal ein Buch von de Sade.«

»Hatte er keine Angst, dass Sie ihn bei seinen Taten stoppen würden?«

»Warum sollte er Angst vor mir haben? Er hatte mich voll im Griff – und das wusste er.«

Sie stand auf und ging hektisch durch das Zimmer. »Ich liebte ihn – war ihm ergeben – er konnte wortwörtlich mit mir machen, was er wollte. Ich war ihm völlig hörig.«

»Wie ist so was möglich?« Ich hatte Mühe, ihr zu folgen.

»Das habe ich mich auch oft gefragt.« Cora Cosels Lachen war bitter. »Je schlechter er mich behandelte, umso vernarrter war ich in ihn. Es war nicht schwer, ihn zu mögen, das Durchhalten war das Problem.« Tränen liefen über ihre Wangen.

Ich hatte keine Ahnung, was ich tun sollte. Als Trösterin war ich eine echte Katastrophe.

»Warum hat sich Lika gerade die drei Politiker als Opfer ausgesucht?«, änderte ich das Thema. »Er hätte doch jeden x-Beliebigen umbringen können.«

»Sie standen im Mittelpunkt des politischen Lebens in Bierstadt. Lika hätte keine Freude daran gehabt, sich an irgendwelchen unbekannten Opfern zu vergreifen. Er suchte die Auseinandersetzung mit den Ermittlungsbehörden. Der Mord an einem Obdachlosen hätte ihm wohl kaum zur Ehre gereicht. Lika wollte mit seinen Aktionen die größtmögliche Medienpräsenz. Und die hat er ja auch bekommen.«

»Haben Sie mal dran gedacht, dass er einen Auftraggeber gehabt haben könnte?« Jetzt wurde es spannend.

»Sein Auftraggeber war der Marquis de Sade. Lika fühlte sich als sein Vollstrecker. Er hat mir oft gesagt, dass der Marquis in der heutigen Zeit seine Ideen hätte ungestraft ausleben können.«

Das kam mir ziemlich spanisch vor. »Er hat nie erwähnt, dass er jemandem einen Gefallen tun will? Oder dass ihn jemand erpresst hat?«

»Nein.«

»Wussten Sie, dass Lika ein Kriegsverbrecher war?«

»Nein. Davon hatte ich wirklich keine Ahnung. Während jener Zeit hatten wir keinerlei Kontakt.«

»Warum hat er versucht, seinen bosnischen Freund zu belasten? Lika war es doch, der die Beweise in die Werkstatt von Radic geschafft hat, oder?«

»Kann sein. Er erwähnte mal, dass er mit Radic noch eine Rechnung offen hätte.«

»Erzählen Sie mir, was an dem Abend geschehen ist?«

Zwei Stunden später verließ ich die Pension. Nazmi hatte die Wahrheit gesagt. Die Oberstaatsanwältin hatte an dem Tag zwei Besucher gezählt – konnte sich aber selbst nicht bemerkbar machen. Lika hatte sie ans Bett gefesselt und ihr einen Knebel in den Mund gesteckt.

Das waren die Fakten: Am Nachmittag hatte es an der Tür geklingelt. Lika war da schon mit seinen Quälereien beschäftigt gewesen und wegen der Störung ziemlich wütend geworden. Er ließ Cora Cosel auf dem Bett zurück und ging zur Tür. Die Oberstaatsanwältin hatte den Besucher nicht sehen können. Sie war sich aber sicher, dass es nur eine Person war, die Lika ins Arbeitszimmer begleitete. Auf der Treppe seien unfreundliche Worte gefallen – doch Frau Cosel hatte weder die Stimme des Besuchers erkannt noch den Inhalt des Dialoges verstanden.

Nach einer halben Stunde hatten die Männer das Arbeitszimmer verlassen und waren nach draußen gegangen. Lika habe ziemlich laut gesagt, dass der Mann die Waffe runternehmen solle. Minuten später sei der Schuss gefallen. Danach hatte die Frau auf dem Bett Motorengeräusche gehört. Und dann war einige Stunden alles still gewesen.

Cora Cosel hatte versucht, sich zu befreien – doch vergebens. Irgendwann war sie vor Erschöpfung eingeschlafen. Es war schon dunkel, als sie neue Geräusche hörte.

»Lika, wo bist du?«, hatte der zweite Besucher gerufen. Danach habe sie Sätze in einer Sprache vernommen, die sie nicht kannte.

Das musste Nazmi Radic gewesen sein. Er war ebenfalls ins Arbeitszimmer gegangen, kurze Zeit später hatte Frau Cosel die Tür des Hauses zufallen hören. Dann wieder – nach etwa zehn Minuten – Motorengeräusche. Das war alles.

Sie war erst wieder bei Sinnen gewesen, als die Sanitäter und der Notarzt gekommen waren.

Die Buxen voll

Inzwischen hatte ich Tom Piny davon überzeugt, dass nur Nagel als Auftraggeber für die drei Morde in Frage kam. Falls das so war, dann hatte er außer dem SPD-Trio auch Lika auf dem Gewissen. Doch wie sollten wir ihn überführen? Und: Wollten wir das überhaupt?

Ich saß mit TOP in einer jener gutbürgerlichen Kneipen, die es in Bierstadt zuhauf gab, begnügte mich mit Mineralwasser, um einen klaren Kopf zu behalten. Tom trank alkoholfreies Bier – und zog jedes Mal ein Gesicht, wenn er einen Schluck heruntergespült hatte.

»Wir müssen herauskriegen, was Nagel an dem Mordabend gemacht hat«, überlegte ich.

»Was du nicht sagst«, entgegnete Piny.

Ich überhörte die Ironie. »Nagel und Smart stehen unter Polizeischutz«, erinnerte ich mich. »Das bedeutet, dass sie auf Schritt und Tritt begleitet werden. Du solltest deine Kontakte zur Polizei spielen lassen. Außerdem hat Nagel einen Dienstwagen mit Fahrer. Lass uns den Mann fragen, ob er Nagel an dem Abend zu einem Landhaus im Wald gebracht hat.«

»Warum, glaubst du, sind wir heute Abend hier?«, fragte er.

Ich verstand nur Bahnhof.

»In diesem Schuppen verkehrt Nagels Fahrer. Er wohnt gleich um die Ecke und nimmt hier abends immer seinen Absacker. Er müsste jeden Augenblick eintrudeln.«

»Du bist ganz schön clever«, lobte ich. »Meinst du, er sagt uns was?«

»Das kommt ganz auf uns an. Wenn wir es geschickt anstellen ...«

»Vielleicht hat der Fahrer Nagel geholfen?«

»Bestimmt hat er das«, grinste TOP. »Glaubst du wirklich, dass Nagel sich einen Zeugen aufhalst, der ihn später in die Pfanne hauen kann?«

Meine Frage blieb unbeantwortet, denn Nagels Chauffeur betrat den Raum. Die Kneipe war nicht sehr groß, der Mann fand nur noch am Tresen Platz – in unserer unmittelbaren Nähe.

»Hallo, Herr Waldmüller«, begann ich. »Haben Sie etwa schon Feierabend?«

»Irgendwann ist auch für mich der Tag mal zu Ende«, antwortete der Mann und gab der Bedienung ein Zeichen.

»Sie sind wohl auch froh, wenn der Wahlkampf vorbei ist«, säuselte ich weiter.

»Dann gibt's noch mehr Termine«, erklärte Waldmüller und griff nach dem gelben Getränk. »Als OB hat der Chef noch mehr zu tun.«

»Dann geben Sie Frau Smart keine Chance?«, wollte Piny wissen.

»Nee. Der Beste muss ran – und kommt ran.«

»Herr Nagel ist ja auch sehr fleißig«, stellte ich fest. »Er strengt sich so sehr an – und das alles zum Wohle dieser Stadt. Wie viele Wahlkampftermine hatte er denn zum Beispiel in der letzten Woche?«

»Jeden Abend ...«, meinte Waldmüller.

»Immer unter Polizeischutz?«

»Nee. So was mag der Chef nicht. Der ist kein Angsthase. Die Grünröcke kommen nur morgens zum Rapport und gucken sich die Termine an. Wenn da nichts Verdächtiges dabei ist, ziehen sie wieder ab.«

»Läuft das bei Gerlinde Smart auch so?« Piny hatte ein weiteres Bier bestellt und es vor Waldmüller postiert.

»Das Weichei hat die Buxen voll«, grinste der Chauffeur. »Is' ja auch nur 'ne Frau. Sie hat ihre süßen Jungs mit Gaspistölchen ausgestattet, jetzt haben die immer zwei Waffen dabei.« Wir lachten gemeinsam.

»Was hat Nagel denn letzte Woche Mittwoch gemacht? Am Abend, meine ich?«, fragte ich.

»Mittwoch? Keine Ahnung. Da hatte ich frei. Überstunden.«

»Also hatte Nagel auch einen freien Abend?«

»Der hat nie einen freien Abend. Wenn er mir freigibt, fährt er den Dienstwagen selbst.«

»Und? Ist er selbst gefahren?«

»Warum wollen Sie das denn wissen?« Waldmüller begann misstrauisch zu werden. »Wollen Sie was schreiben?«

»Nee. Heute Abend bin ich privat hier. Genau wie Sie, Herr Waldmüller. Ich kann mir nur nicht vorstellen, dass sich ein Mann wie Nagel abends auch noch selbst hinters Steuer setzt ...«

»Da kennen Sie den Chef aber schlecht«, brummte er. »Am anderen Morgen stand der Wagen vorschriftsmäßig in der Garage. Ich hab ihn dann sauber gemacht und ...«

»Er war schmutzig?«

»Ich hab nur die Reifen abgespritzt. Hing ein bisschen Erde dran. Danach war er wieder wie neu.«

Ich guckte Piny an.

»Und wo ist Nagel an dem Abend hingefahren?«, fragte er.

»Jetzt wird die Sache aber ziemlich komisch.« Waldmüller leerte das Glas Bier und rutschte vom Barhocker. »Wollen Sie mich aushorchen, oder was?«

Er ließ uns stehen und zog ein paar Meter weiter.

»Er war's«, flüsterte ich Piny zu.

»Grappa! Nun mal ganz langsam. Er könnte es gewesen sein. Oder sagen wir lieber: Er hätte die Möglichkeit dazu gehabt. Ein Beweis ist das aber noch lange nicht.«

»Ich werde Nagel fragen, wo er an dem Abend war«, beschloss ich.

»Du bist vielleicht naiv.« Piny schüttelte den Kopf. »Glaubst du, er wird die Wahrheit sagen, wenn er Lika wirklich umgebracht hat?«

Abschied und Rückkehr

In meiner Wohnung angekommen, überraschte mich Nazmi mit der Bitte, ihm bei seiner Flucht nach Bosnien zu helfen.

»Wie willst du über die Grenze kommen?«, fragte ich. »Du wirst von Interpol gesucht – wegen Mordes!«

»Ich habe einen Freund in meinem Alter«, berichtete er. »Er überlässt mir seinen Pass. So komme ich über die Grenzen. Zuerst nach Österreich, dann Italien und per Schiff nach Bosnien.«

»Toller Plan«, stellte ich fest. Ich fror ein wenig. »Und wozu brauchst du meine Unterstützung?«

»Du musst den Pass für mich abholen – ich will die Wohnung nicht zu früh verlassen. Und ... ich brauche etwas Geld. Der Freund gibt mir sein Auto – ich soll es bei seinen Leuten in Sarajewo abgeben.«

»Dann bist du also entschlossen?«

»Ja. Verstehst du mich?«

»Ja. Hier wartet ein Prozess wegen Brandstiftung auf dich. Von den Ermittlungen wegen Mordes ganz zu schweigen. Ich kann verstehen, dass du genug hast von diesem Land.«

»Dann hilfst du mir?«

»Sag mir, was ich machen soll.«

Wir besprachen die Sache in allen Einzelheiten. Am nächsten Morgen würde ich seinen Freund aufsuchen, Geld von meiner Bank abholen und mich von ihm verabschieden. So einfach war das.

Wir lagen eng beisammen in dieser Nacht, doch mehr geschah nicht. Im Morgengrauen sah ich sein Gesicht, es war entspannt und sein Mund schien zu lächeln. Er hat das

Schlimmste überstanden, dachte ich, es ist gut, dass er nach Hause fährt.

Ich dachte an unsere Begegnungen. Wenn wir miteinander geschlafen hatten, war bei mir für einen Augenblick die Illusion einer Einheit entstanden, doch eigentlich war er mir immer etwas fremd geblieben.

Ich erledigte die Wege und kehrte in die Wohnung zurück.

Nazmi startete drei Stunden später. Ich wünschte ihm viel Glück, er versprach, sich zu melden, sobald er heil angekommen war. Dann setzte er sich in den Kombi. Ein kurzer Blick, ein Gruß mit der Hand und fort war er.

Die Angst des Kandidaten

»Wenn Sie wissen wollen, wo ich am Mittwochabend war, dann sollten Sie mich direkt ansprechen«, sagte OB-Kandidat Jakob Nagel. »Ich mag es nicht, wenn meine Mitarbeiter ausgehorcht werden.«

Ich schluckte. Der Anruf auf meinem Handy hatte mich kalt erwischt. Erst der Abschied von meinem Lover und jetzt das. Der Tag schien ein voller Erfolg zu werden. »Ich wollte Sie damit nicht belästigen«, entgegnete ich lahm, »jeder weiß, dass Sie voll im Stress sind.«

»Haben Sie Lust, mit mir Mittag zu essen?«

»Sicher«, antwortete ich verblüfft. »Gibt's einen besonderen Anlass – außer dem, dass Sie sich über mich geärgert haben?«

»Ich bin davon überzeugt, dass wir uns angeregt unterhalten werden. Also – um halb eins?«

Er schlug ein italienisches Restaurant vor, ich willigte ein. Eine halbe Stunde später tauchte ich in der Redaktion auf.

»Was ist los?«, fragte Jansen mit großen Augen, als er mich sah.

»Was meinst du?«, knurrte ich.

»Grappa in Strumpfhosen, Pumps und Kostüm. Gehst du zu einer Beerdigung?«

»Könnte man so sagen«, meinte ich knapp und zog mich in mein Zimmer zurück.

Ich grübelte eine Weile vor mich hin und kam zu dem Ergebnis, dass das Treffen mit Nagel eine einmalige Chance für mich sein würde. Er sollte erfahren, dass ich ihn für den Auftraggeber der Morde und Likas Mörder hielt. Was konnte mir schon passieren?

Ich nahm die neuesten Zeitungen und studierte sie. Ein überregionales Blatt hatte eine letzte Umfrage vor der Stichwahl in Auftrag gegeben – danach lag Nagel knapp vor Smart. Vor sechs Wochen hatte das noch ganz anders ausgesehen.

Inzwischen vermuteten die Wähler bei Nagel wohl mehr Kompetenz bezüglich der Bewältigung der Arbeitsplatzprobleme und attestierten ihm, frei von rotem Filz zu sein. Sein Angebot, seine Finanzen offen zu legen, hatte anscheinend Eindruck gemacht. Auch seine Distanz zur Partei hatte ihm offenbar nicht geschadet. Nur seine Sympathiewerte ließen noch zu wünschen übrig. Weit über die Hälfte der Befragten hielt ihn für »kalt«, »gehemmt« und »verkrampft«.

Gerry Smarts Sympathiewerte waren in den letzten Wochen geradezu abgestürzt. Während sie zum Beginn des Wahlkampfes als »offen«, »ehrlich« und »freundlich« galt, wurde sie jetzt für »rücksichtslos« und »großspurig« gehalten. Kein Wunder, denn beim Straßenwahlkampf hatte sich die CDU-Gerlinde manches Mal danebenbenommen, in Diskussionen war sie Fragestellern harsch über den Mund gefahren und sie war immer wieder bei Sachfragen gnadenlos eingebrochen.

Gerlinde Smart hatte Angst bekommen. Sie hatte bemerkt, dass dieses Spiel um die Macht ernster war, als sie es für möglich gehalten hatte – und dass es für sie auch tödlich ausgehen konnte. Die CDU-Kandidatin ließ sich kaum noch in der Öffentlichkeit sehen, sagte Termine ab und legte sich mit ihrer Partei an.

Nagel dagegen bewegte sich immer sicherer und lockerer bei seinen öffentlichen Auftritten, stellte sich auf sein Publikum ein und arbeitete daran, einfache und freundliche Sätze zu fabrizieren, mit denen jeder Bierstädter etwas anfangen konnte.

Während Smart von Polizisten und ihren Bodyguards abgeschirmt wurde, begann Nagel das berühmte Bad in der Menge zu genießen. Er schien nicht die geringste Angst vor einem Attentat zu haben – aber er wusste ja schließlich, dass ihm nichts passieren würde, weil er der Mörder war.

Meine Uhr sagte mir, dass ich losmusste. Ich teilte Peter Jansen mit, dass ich mich mit Nagel treffen würde.

»Ich werde ihm sagen, dass ich ihn für den Mörder von Lika und für den Auftraggeber der anderen Taten halte«, sagte ich. »Mal gucken, wie er's auffasst.«

»Ach, Grappa!« Jansens Stimme klang resigniert. »Du und deine komische Art. Immer mit dem Kopf durch die Wand, immer volle Pulle – ohne nachzudenken. Nicht zu fassen!«

»Ich habe über die Sache sehr gründlich nachgedacht«, widersprach ich. »Deshalb bin ich ja zu dem Ergebnis gekommen, dass es nur diese eine Möglichkeit gibt.«

»Der Mann wird aller Wahrscheinlichkeit nach unser nächster OB. Und du hältst ihn für einen kaltblütigen Mörder. Ich dachte immer, du hättest was für ihn übrig?«

»Hab ich auch«, gab ich zu. »Ich mag Leute, die ihre Ziele erreichen wollen. Wo steht geschrieben, dass man Mörder nicht sympathisch finden darf? Er war's – und basta.«

»Kannst du das auch beweisen?«

»Das werde ich wissen, wenn ich mit Nagel gesprochen habe«, behauptete ich.

»Also keine Fakten, sondern nur Eindrücke. Mach, was du willst, Grappa! Solange du unsere Zeitung nicht für deine verrückten Ideen missbrauchst.«

»Keine Sorge«, sagte ich, frustriert über den Zuspruch meines Chefs, »es müssen nicht immer alle Informationen in der Zeitung stehen.«

»Das sind ja ganz neue Töne!«

»Der Satz stammt nicht von mir«, gab ich zu, »unser alter Oberbürgermeister hat ihn mir mal gesagt. Und ich komme langsam dahinter, wie Recht er hat.«

Rosa Kartöffelchen

Nagel hatte einen Tisch im hinteren Teil des Raumes reserviert – genau das Richtige für ein Gespräch über Mord und Mörder. Ich kannte das Restaurant, es war gut und teuer, manchen netten und weniger netten Abend hatte ich hier schon verbracht.

»Also – warum horchen Sie meinen Fahrer aus?«, eröffnete Nagel die Partie.

»Weil ich wissen wollte, wo Sie am Mittwochabend waren.«

»Warum gerade Mittwoch?«

»An diesem Tag ist ein Mord geschehen.«

»Ich weiß.«

Der Kellner stand vor uns und fragte, ob wir einen Aperitif wünschten.

»Einen Prosecco für die Dame, für mich einen trockenen Sherry«, sagte Nagel, ohne mich gefragt zu haben. Das ›Bitte‹ schenkte er sich – es schien ein faktenorientiertes Mittagessen zu werden.

»Kannten Sie Dr. Lika – und wenn ja, wie gut?« Jetzt war ich dran.

»Natürlich kannten wir uns. Lika gehörte zur Bierstädter Prominenz. Ein unangenehmer, aufdringlicher Mensch. Niemand, mit dem ich befreundet sein wollte.«

»Er war also keiner Ihrer Freunde?«

»Liebe Frau Grappa«, sagte Nagel hart, »ich kann es mir in meiner Position nicht leisten, mit jemandem befreundet zu sein, der einen Sadomaso-Club betreibt.«

»Ihre Genossen Junghans, Manthey und Knaup sahen das aber viel lockerer«, stellte ich fest. Der Prosecco wurde vor mich gestellt, ich nahm einen Schluck.

»Was habe ich mit der Freizeitgestaltung meiner Parteigenossen zu tun?«

»Natürlich nichts«, gab ich zu, »zumal den dreien das auch nicht gut bekommen ist. Sind Sie eigentlich froh, dass das Trio nicht mehr da ist?«

»Ich habe Ihnen schon mal gesagt, dass Mord in meiner Wahlkampfstrategie nicht eingeplant ist. Aber ich gebe zu, dass ich den Verlust gut verschmerzen kann.«

»Schön, dass Sie so ehrlich sind«, lächelte ich. »Und jetzt will ich wissen, wo Sie am Mittwochabend waren.«

»Sie glauben, dass ich diesen Lika erschossen habe, nicht wahr?«

»Sie haben Ihrem Fahrer am Mittwoch freigegeben, haben den Wagen aber benutzt. An den Reifen klebte Erde – Waldboden. Also wo waren Sie?«

Nagel sah mich an, lächelte maliziös, nippte an seinem Sherry. Ich hielt den Atem an.

»Ich bin ins Grüne gefahren«, antwortete er. »Frische Luft schnappen – ein paar Kilometer laufen. Ich hatte genug von stickigen Sälen, dummen Fragen und nervenden Genossen.«

»Können Sie das beweisen?«

Nagel lachte los. »Liebe Frau Grappa«, sagte er – noch immer heiter. »Ich glaube nicht, dass ich das beweisen muss. Sie haben zwar ein großes Talent zur Inquisition – aber warum sollte ich Ihnen antworten?«

»Weil Sie mir antworten wollen«, sagte ich. »Sonst hätten Sie diesen Termin nicht vorgeschlagen, oder? Wenn es nämlich jemanden gibt, der für alles und jedes gute Gründe hat, dann sind Sie es. Habe ich Recht?«

»Okay«, räumte er ein. »Fragen Sie – ich werde antworten.«

»Mit wem waren Sie am Mittwochabend zusammen?«

»Ich habe mich mit Gregor Gottwald getroffen. Wir haben über die Zukunft geredet.«

»Über seine – oder Ihre?«

»Über unser beider Zukunft. Hier – ich habe die Rechnung des Restaurants mitgebracht.«

Ich schaute auf den Zettel. Nagel war offensichtlich gut vorbereitet. Da waren mehrere Bier, ein Westfälischer Wurstteller und ein Salat Niçoise aufgelistet, als Nachspeise hatte es zweimal rote Grütze gegeben.

»Gottwald kann also bezeugen, dass er mit Ihnen am Mittwoch zusammen war?«

»Natürlich.«

»Wann waren Sie wieder in Bierstadt?«

»Ich habe gegen 23.30 Uhr das Rathaus betreten. Zu welcher Uhrzeit wurde Lika umgebracht?«

»Die Polizei geht von Mitternacht aus. Im Haus war eine Zeugin, die das bestätigt.«

»Na also«, sagte Nagel zufrieden. »Dann wäre ich ja gerettet. Haben Sie noch weitere Fragen?«

»Was haben Sie um diese Uhrzeit noch im Rathaus gemacht?«

»Ich hatte einige Unterlagen vergessen, die ich brauchte, weil ich am anderen Morgen einen Vortrag vor dem Städtetag halten musste. Die habe ich geholt und sie mir zu Hause angesehen.«

Das erneute Auftauchen des Kellners brachte für mich eine willkommene Pause. Das läuft dumm, Grappa, dachte ich und guckte angestrengt in die Karte. Dann bestellte ich das Übliche: Carpaccio vom Rind auf Ruccolasalat, Ravioli und Lammkarree mit Thymian. Nagel nahm einen Salat aus Artischocken, Gnocci und Lammrücken. Der Kellner trollte sich wieder.

»Wussten Sie, dass Lika ein Kriegsverbrecher war?«

»Ja. Ich habe Ihnen die Unterlagen zugeschickt.«

»Warum?«

»Das fragen Sie?« Nagel schien amüsiert. »Weil solche Ungeheuerlichkeiten in die Öffentlichkeit gehören! Ich wusste, dass ich bei Ihnen an der richtigen Adresse war, dass Sie nicht eher Ruhe geben würden, bis Lika zur Strecke gebracht sein würde. Publizistisch, meine ich.«

»Woher hatten Sie die Unterlagen?«

»Ich bin per Zufall darauf gestoßen. Ich kannte Lika natürlich, bin ihm bei einigen Veranstaltungen begegnet. Als in Bierstadt die Betreuungsstelle für Flüchtlinge eingeweiht wurde, gab mir ein Mitarbeiter einer Menschenrechtsorganisation Unterlagen über Verbrechen in Bosnien und im Kosovo. Ich hatte sie zunächst gar nicht näher angeguckt, doch irgendwann fielen sie mir dann wieder in die Hände. Ich habe Lika sofort auf dem Foto erkannt. Da habe ich die

Polizei informiert und Ihnen die Sachen zukommen lassen.«

»Und warum haben Sie Radic informiert?«

»Radic? Sie meinen den Mann, der Lika umgebracht haben soll?«

»Genau den«, nickte ich.

»Ich habe Radic nicht informiert«, sagte Nagel überrascht. »Wie kommen Sie darauf?«

»Sie haben ihm nichts zugeschickt? In die Klinik?«

»Nein! Ich habe nur Ihnen und der Polizei die Dokumente zugänglich gemacht. Sonst niemandem.«

»Wer wusste noch, dass Lika ein Kriegsverbrecher war?«

»Meine Pressereferentin, mein Fahrer, meine Sekretärin und Gregor Gottwald.«

»Gottwald?«

»Ja. Er hielt es für eine gute Idee, Lika zu enttarnen – und er hielt Sie für die richtige Ansprechpartnerin.«

»Radic hat die Protokolle zu Gesicht bekommen und ist dann zu Lika gefahren, um ihn umzubringen«, berichtete ich. »Doch er war nicht schnell genug. Als er ankam, hat er Lika tot in der Garage gefunden. Wer – verdammt noch mal – hat den Kerl umgebracht?«

»Das kann ich Ihnen leider nicht sagen, Frau Grappa«, meinte Nagel. »Ich bemühe mich ja, Ihre Fragen wahrheitsgemäß zu beantworten, doch hier muss ich leider passen. Ich bin es jedenfalls nicht gewesen.«

»Schade.«

»Tut mir Leid, dass ich Ihnen Ihre Story verderbe. Jedenfalls scheint ja festzustehen, dass dieser Lika meine drei Genossen getötet hat. Zumindest stand es so in Ihrer Zeitung.«

»Ja – diesbezüglich glaube ich seinem Geständnis. Ich bin aber davon überzeugt, dass er einen Auftraggeber für die Morde hatte – und dass er diesem Mann zum Opfer gefallen ist.«

»Und? Glauben Sie noch immer, dass ich der Drahtzieher bin?«

»Nein. Sie haben ein prächtiges Alibi – Sie waren mit Gregor Gottwald zusammen. Falls Gottwald dies bestätigt.«

»Glauben Sie wirklich, ich würde Ihnen diese Geschichte auftischen, ohne mich vorher bei Gottwald abgesichert zu haben? Abgesehen davon, dass es die Wahrheit ist.«

»Nein«, räumte ich ein. »Sie sind ja nicht dumm. Und was ist, wenn Gottwald lügt? Wenn er Ihnen ein Alibi schenkt?«

»Dann wären wir wieder am Anfang, nicht wahr?« Nagel stach das Messer in den Lammrücken. Roter Saft floss auf den Teller und färbte die Kartöffelchen rosa. Ich schüttelte mich. Ich konnte Fleisch nicht ausstehen, das nicht vernünftig durchgebraten war.

Kein Thriller

Ich hatte mir den Namen des Restaurants gemerkt, in dem Nagel und Gottwald den Mittwochabend verbracht hatten. Wieder in der Redaktion begann ich mit meinen Ermittlungen, erfragte die Telefonnummer des Etablissements.

Ich gab mich als Polizeibeamtin aus, die in einer Unfallfluchtsache ermitteln würde. Der Besitzer des Lokals schöpfte keinen Verdacht, er bestätigte, dass die beiden Männer zunächst gegessen und sich danach ins Kaminzimmer zu einer Besprechung unter vier Augen zurückgezogen hätten.

Gegen 22.30 Uhr hätte der ältere von beiden die Rechnung bezahlt und man habe sich verabschiedet.

Ich schaute auf die Landkarte. Das Hotel, in dem das Restaurant untergebracht war, war genauso weit von Bierstadt entfernt wie Likas Landhaus – etwa 100 km –, allerdings in anderer Richtung. Wenn Nagel also eine halbe Stunde vor Mitternacht das Rathaus betreten hatte, konnte er Lika unmöglich umgebracht haben. Nagel hätte 200 km in einer guten Stunde schaffen müssen und das war völlig unmöglich.

Frustriert stierte ich vor mich hin. Ich war auf einem verdammten Holzweg. Das Klingeln des Telefons erschreckte mich. Es war Tom Piny, der sich nach meinen Recherchen erkundigen wollte.

»Klasse gemacht, Grappa«, meinte TOP, als ich ihm von meiner genialen Fragestunde berichtete.

»Wir müssen den Tatsachen ins Gesicht sehen«, seufzte ich. »Nagel ist unschuldig. Oder zu clever für uns.«

»Keep cool«, riet er mir. »Entspann dich und löse dich von deinen verkrampften Vorstellungen.«

»Ich will aber wissen, wer's getan hat!«, nörgelte ich.

»Arme Grappa!«, sagte er mitleidig. »Ist echt schlimm, dass du deinen Willen nicht kriegst, nicht wahr?«

»Allerdings.«

»Grappa-Baby, das Leben ist nun mal kein Thriller. Zumindest nicht in Bierstadt. Lass uns die Stichwahl überstehen und dann legen wir die Sache zu den Akten. Die Polizei soll rauskriegen, wer Lika umgebracht hat. Was kümmert's uns?«

Knapp daneben

»Jetzt geht's los!« Überall im Rathaus schallte einem dieser dumme Singsang entgegen. Es war der Sonntag der Stichwahl. Gerade hatten die Wahllokale geschlossen und die Anhänger von SPD und CDU, aber auch politisch interessierte Bürger und vor allen Dingen viele Journalisten hatten sich in der großen Bürgerhalle versammelt.

In den Nischen der Halle war Licht für die Kameras gesetzt worden, die Logos verschiedener Fernsehsender prangten auf Tafeln, die als Hintergrund für die Interviews mit dem Sieger und dem Verlierer dienen würden.

Gerry Smart betrat die Halle, hübsch flankiert von ihren Jungs, die Pose war wieder siegessicher, doch nicht ganz so wie beim ersten Mal. Der Wahlkampf hatte Spuren im Gesicht der CDU-Frau hinterlassen – sie ähnelte verblüffend dem von ihr erfundenen virtuellen Sumpfhuhn ... nach einer erfolgreich ausgeführten Attacke per Mausklick.

Im Foyer hatte das Wahlamt der Stadt eine riesige Leinwand aufgezogen, auf die die neuesten Ergebnisse projiziert wurden, in allen Ecken standen Fernsehmonitore.

»Gleich kommt der WDR mit der Prognose raus«, sagte ich und schaute nervös auf die Uhr. Es war kurz nach sechs.

Wenige Sekunden später war es so weit: Nagel lag mit 50,2 Prozent im Rennen, Frau Smart mit 49,8. Erleichterung bei der SPD, Spott bei den anderen. Der WDR galt als SPD-freundlich und das machte den Sender bei den Smart-Anhängern von vornherein verdächtig.

»Das kann sich noch ändern«, meinte Tom Piny. »Da ist nach oben und unten mindestens für zwei Punkte Luft.«

Plötzlich Geschrei aus der Menge. Die ersten zwanzig Wahllokale hatten die abgegebenen Stimmen ausgezählt – das Ergebnis war auf der Leinwand abzulesen: Smart lag mit sattem Abstand vor Nagel.

»Ach, du Scheiße!«, entfuhr es mir.

»Das hat nichts zu sagen«, beruhigte mich TOP. »Es sind die kleinen Wahllokale aus dem Bierstädter Süden – da wird immer CDU gewählt. Warte mal ab, bis die Bezirke im Norden dran sind.«

»Neuer Start mit Gerry Smart«, skandierten die Konservativen.

Ich beschloss, mir ein Glas Sekt an einem der Getränkedepots zu holen, und kämpfte mich durch die Menge. Dabei traf ich auf den Rathauspförtner – jenen Mann, der jeden sah, der das Rathaus betrat und wieder verließ.

»Sieht ja gar nicht so schlecht für Nagel aus«, begann ich ihn in ein Gespräch zu verwickeln.

»Eine Schande wär's, wenn die Schwarze rankäme«, schimpfte der Mann. »Die führen sich ja schon auf, als gehörte ihnen hier alles. Schlechtes Benehmen. Dagegen ist der Nagel ein feiner Mensch.«

»Ist ja auch sehr fleißig, der Herr Nagel«, stimmte ich zu. »Sozusagen Tag und Nacht im Dienst der Kommune und immer für den Bürger da. Letzten Mittwoch zum Beispiel – da hat er doch noch gegen Mitternacht gearbeitet, oder?«

»Genau«, nickte der Mann. »Ich traute meinen Augen nicht, als plötzlich das Taxi vorfuhr und Herr Nagel um halb zwölf hier reinspazierte.«

»Wie lange ist er denn im Büro geblieben?«

»Nur zehn Minuten. Irgendwann ist auch mal für ihn Schluss.«

Jubel brauste auf – weitere zwanzig Wahllokale hatten die Stimmen ausgezählt. Im Gesamtergebnis lag Nagel im Moment mit Smart gleichauf. Jetzt konnten die Sozialdemokraten langsam anfangen zu feiern.

Ich kaufte ein Glas Sekt und schlenderte zu Piny zurück. Nagel ist tatsächlich unschuldig, dachte ich, mein Verdacht war unbegründet.

»Was machst du denn für ein Gesicht?«, fragte TOP. »Es läuft doch alles prima. Warum wirkst du so genervt?«

Ich nippte den Alkohol. »Ich habe gerade den Pförtner gefragt. Nagel hat mir die volle Wahrheit gesagt. Er war am Mittwoch gegen halb zwölf abends im Rathaus. Das Taxi hat ihn direkt vor dem Eingang abgesetzt. Sein Alibi ist bombenfest. Er kann Lika unmöglich umgebracht haben.«

»Wieso Taxi?«

»Was meinst du?« Ich verstand nicht.

»Er hatte doch den Dienstwagen. Zumindest hast du es mir so erzählt.«

Ich stutzte. Wieso war Nagel mit dem Taxi gekommen? Mir wurde abwechselnd heiß und kalt.

Weitere Wahlergebnisse wurden bekannt gegeben, inzwischen war Jakob Nagel kaum mehr zu schlagen – über die Hälfte der Wahllokale hatten ihre Resultate gemeldet. Nagel hatte knapp über 50 Prozent der Stimmen erhalten – und das langte.

Ich bekam die positive Entwicklung zwar mit, doch mein Gehirn beschäftigte sich mit anderen Dingen. Wo war Nagels Dienstwagen am Mittwochabend abgeblieben?

»Da ist Gottwald!«, hörte ich Tom Piny sagen.

Seine Stimme drang wie durch einen Wattebausch zu mir, mein Gehirn arbeitete auf Hochtouren, spuckte wilde Farben und setzte Puzzleteile zusammen, von denen ich überhaupt noch nicht wusste, dass es sie gab.

Jetzt hatte ich's!

Ich sah zur Empore hinauf. Oben stand der Exoberbürgermeister, neben ihm sein Nachfolger Jakob Nagel. Beide schauten in die Bürgerhalle, winkten in die Menge, die nun zu jubeln begann.

Gregor Gottwald! Er hatte Lika erledigt. Gottwald war mit Nagels Dienstlimousine zu Likas Landhaus gefahren. Dort hatte er ihn gezwungen, das Geständnis zu schreiben und ihn dann in der Garage erschossen.

»Ich hab's!«, meinte ich zu TOP.

»Was hast du?« Er war in einer anderen Welt als ich.

»Ich weiß, wer Lika ermordet hat.«

»Ach, Grappa!«, wehrte TOP ab. »Wen interessiert das heute Abend? Diese Stadt ist gerade den Klauen des real existierenden Kapitalismus entkommen und du redest von Mord! Lika ist Schnee von gestern. Da oben stehen die Sieger – und da schleicht die Verliererin herum.« Er deutete hinter sich.

Gerry Smart ließ sich gerade von Mitgliedern ihrer Boygroup auf die Schultern klopfen. Sie wirkte eingeschnappt und ich hörte, wie sie einem Journalisten den Satz: »Der Pöbel in dieser Stadt hat mich nicht verdient« ins Mikrofon blaffte.

Gregor Gottwald und Jakob Nagel schritten – Feldherren gleich – die breite Treppe hinab. Jubel und Applaus schallten ihnen entgegen.

»Gottwald hat Lika ermordet!« Ich hatte Tom Piny am Arm gepackt, meine Stimme war heiser vor Verzweiflung.

»Grappa! Entspann dich!«

Gottwald und Nagel waren unten angelangt, umringt von Weggefährten und Journalisten, Blitzlichter grellten, Kameras wurden angeworfen.

Ich grub mich durch die Menge. Ich wusste von Gottwalds Angst um diese Stadt, er hatte mir selbst erzählt, dass er sein Lebenswerk in Gefahr sah und eine Erneuerung der SPD für dringend notwendig hielt. Er hatte die Sache schließlich selbst in die Hand genommen – und war ausgesprochen erfolgreich gewesen.

»Wir haben es geschafft!«, hörte ich Gottwald durch ein Mikrofon sagen. »Die Wählerinnen und Wähler haben verhindert, dass diese Stadt Beute skrupelloser Selbstbediener ohne jede soziale Verantwortung wird. Dafür möchte ich jedem Einzelnen persönlich danken. Jakob Nagel wird ein guter Oberbürgermeister werden.«

Tränen liefen über Gottwalds faltige Wangen, als er Nagel väterlich in den Arm nahm. Die Journalisten bemühten sich, die rührende Szene für die Nachwelt festzuhalten.

Ich wandte mich ab. Heute Abend würde ich Gottwald nicht eines Mordes bezichtigen können. Ich fühlte mich so verdammt allein in dieser pulsierenden, gut gelaunten und fröhlichen Menschenmenge.

Der wahre Sieger

Ich machte meine Arbeit so gut es ging. Jansen war in der Redaktion geblieben, kannte die Ergebnisse aber schon durchs regionale Fernsehen und Internet. Auch er war erleichtert, dass uns Gerry Smart erspart geblieben war. Bierstadt wurde nicht ins Land der Sumpfhühner geschickt, Nagel war mit 52,2 Prozent der Stimmen zum Oberbürgermeister von Bierstadt gewählt worden.

Jansen kommentierte und suchte die Fotos aus, ich beschrieb den Abend im Rathaus, der Volontär steuerte kleine Geschichten und Begebenheiten bei, die er in Sälen, auf Treppen und in Gesprächen gesammelt hatte.

»So, das wäre geschafft!«, sagte Peter Jansen im Brustton der Erleichterung. »Das Rennen ist entschieden – und das ist gut so.«

Er räumte seine Sachen zusammen. »Noch ein Absacker, Grappa?«

»Gern«, stimmte ich zu. »Den nehmen wir aber im Rathaus. Da ist noch jede Menge Stimmung.«

Jansen sagte nicht nein.

Der Weg von der Redaktion zum Rathaus war bequem zu Fuß zu schaffen.

»Ich weiß jetzt, wer Lika ermordet hat«, erzählte ich beiläufig.

»Ach ja?«, kam es zurück.

»Willst du's wirklich wissen?«, vergewisserte ich mich.

»Ich bin ganz Ohr, Grappa-Baby!«

»Gregor Gottwald hat es getan.«

»Ja, klar«, grinste Jansen.

»Er wollte die SPD erneuern, weil sein Lebenswerk nicht zerstört werden sollte. Er hat Lika mit den Dokumenten aus dem Bosnienkrieg erpresst und dazu gekriegt, dass er Junghans, Manthey und Knaup umbringt.«

»Klingt ziemlich logisch«, meinte mein Chef.

»Dann musste Gottwald natürlich Lika loswerden. Er schickte die Unterlagen an Radic, weil er hoffte, dass Nazmi den Job erledigen würde. Doch Lika drehte den Spieß um. Er wollte Gottwald verraten. Kannst du mir bis hierhin folgen?«

»Überhaupt kein Problem«, sagte Jansen. »Erzähl ruhig weiter. Ist echt spannend.«

»Gottwald konnte also nicht auf Radic warten. Er fuhr mit Nagel abends fort, lieh sich in der Nacht dessen Dienstwagen und erledigte Lika. Vorher ließ er ihn noch das Geständnis schreiben. Genial, nicht?«

»Stimmt«, nickte Jansen.

»Und – was machen wir daraus?«

»Wie meinst du das?«, fragte er irritiert.

»Wann kann ich die Story schreiben?«

Jansen stoppte, schaute mich an und prustete los.

»Du spinnst, Grappa!«, lachte er.

»Verdammt!«, schrie ich erbost. »Ich meine es ernst. Gottwald ist der Auftraggeber der Morde und er höchstpersönlich hat Lika getötet.«

»Und das willst du schreiben?«

»Ja, klar, was denn sonst? Meinst du, ich komponiere eine Oper daraus?«

»Wäre vielleicht nicht schlecht.« Jansen lachte noch immer. »Dann aber bitte auf Italienisch. Mit viel Dramatik und Gefühl.«

Wir betraten die Bürgerhalle. Hier war tatsächlich noch einiges los – die hartgesottenen Genossen versuchten, die Zapfhähne zum Versiegen zu bringen.

»Ach, Grappa!« Jansen legte den Arm um meine Schultern. »Wenn es dich nicht gäbe, müsste man dich erfinden. Du bringst richtig Farbe in mein ödes Leben. Und jetzt muss ich dir noch ein Geständnis machen.«

Ich blickte ihn fragend an.

»Ich habe mir schon vor Monaten die Sumpfhuhn-Jagd auf meinen PC runterladen lassen.«

»Und das sagst du mir erst jetzt?«, fragte ich entsetzt.

»Ich habe mich nicht getraut«, meinte Jansen kleinlaut.

»Mein Gott, Peter! Ich wollte schon immer wissen, wie sich das anfühlt – dem großen Huhn, das immer neben dem Ahorn auftaucht, direkt zwischen die Augen zu ballern. Immerhin bringt der Schuss fünfundzwanzig Punkte.«

»Bist doch ein tolles Mädel, Grappa! Und ich sage dir: Ab morgen wird sich rausstellen, wer von uns die ruhigere Hand hat«, versprach mein Chef. »Und jetzt brauche ich was zu trinken.«

Jansen holte sich ein alkoholfreies Bier, mir war eher nach einer Tasse Kaffee zumute.

»Guck mal, Grappa! Da kommt dein Mörder«, kicherte Jansen.

Er hatte Recht. Gregor Gottwald steuerte uns an.

»Schön, dass Sie beide noch da sind«, sagte er freundlich.

Ich betrachtete ihn. So also sah jemand aus, der vier Menschen auf dem Gewissen hatte: Die Farbe seines Gesichtes war gesund, die Augen blitzten, er bewegte sich locker und seine Laune schien bestens.

»Jetzt heißt es ja wohl Abschied nehmen für Sie«, plapperte ich drauflos.

»Das ist kein Problem für mich, Frau Grappa«, sagte der Alt-Oberbürgermeister. »Ich habe mein Feld ordentlich bestellt. Auf diesem Boden kann der Genosse Nagel säen – und ernten.«

Jansens Handy klingelte. Er trat ein paar Schritte zur Seite. Das war meine Chance!

»Kompliment, Herr Gottwald! Das haben Sie prima hingekriegt«, lobte ich.

»Ja, ich kann zufrieden mit mir sein.«

»Niemand wird Ihnen auf die Schliche kommen.«

»Ich verstehe nicht ...«

»Was haben Sie Nagel eigentlich erzählt, als Sie sich am vergangenen Mittwoch den Dienstwagen leihen wollten – um Dr. Arnim Lika zu töten?«

Gottwald stutzte nur kurz. Dann sagte er: »Ich hab ihm erzählt, dass ich eine Freundin besuchen will.«

»Und was hat Lika gesagt, als er das Geständnis schreiben sollte?«

»Nicht viel. Ich war im Vorteil, weil ich eine Knarre in der Hand hatte.«

»Ich verstehe.«

»Wissen Sie, verehrte Frau Grappa«, seufzte Gregor Gottwald, »die wirklich wichtigen Dinge im Leben muss man selbst in die Hand nehmen.«

»Das sehe ich ähnlich«, stimmte ich zu. »Wusste Lika, dass er Ihren Besuch nicht überleben würde?«

»Er hatte Angst. In diesem Zustand zieht niemand logische Schlüsse. Ich habe ihm gesagt, dass ich ihm helfen würde, unterzutauchen.«

»Warum haben Sie ihn dann erschossen?«

»Weil er sich als undankbar erwiesen hat. Lika hat die drei Nasen umgelegt – ich bin ja auch nicht mehr der Jüngste. Aber es hat ihm viel Spaß gemacht – besonders der Mist mit den Sadomaso-Masken und den Zitaten. Ich hab ihm also eigentlich einen Gefallen getan. Doch dann ging er mir an den Kragen. Er wollte mich tatsächlich erpressen!«

»Das hätte er besser gelassen.«

»Wie Recht Sie haben«, nickte Gottwald. Ich spürte seine Hand, die meinen Arm väterlich tätschelte. »Sind Sie jetzt enttäuscht von mir?«

»Nein. Nicht wirklich.«

»Das freut mich«, lächelte Gregor Gottwald. »Ich habe Sie immer gemocht. Wir sind uns ein bisschen ähnlich. Wenn Typen wie wir uns in was verbissen haben ...«

»Knallen wir unsere Gegner gern mal ab«, vervollständigte ich seinen Satz.

»Mir blieb keine andere Wahl«, erklärte er. »Ich wusste

gar nicht, dass ich noch so gut schießen kann. Hatte schließlich über fünfzig Jahre keine Waffe mehr in der Hand. Hätten Sie nicht gedacht, dass so ein alter Mann wie ich das noch bringt, oder?«

»Ihnen traue ich einiges zu!«

»Wissen Sie«, plauderte Gottwald weiter, »ich habe ein bisschen geübt. Es gibt ja dieses Spiel mit den Hühnern im Internet. Die tauchen plötzlich in einer grünen Landschaft auf, flattern da rum und man kann sie mit der Maustaste am Computer abschießen. In meinem Büro habe ich das 'ne Woche lang gemacht – und ich war der Beste. Mein Referent bekam stets das große Zittern – über 400 Punkte kam der nie, meine Sekretärin fing immer an zu heulen und hatte auch meistens ihre Lesebrille vergessen. Aber der Nagel, der war fast genauso gut wie ich. Eiskalt, der Mann. Wird ein klasse OB werden!«

Ausklang

Eine Woche später legte Gregor Gottwald seine goldene Amtskette um den Hals von Jakob Nagel. Das Parlament hatte zu einem Festakt in den Ratssitzungssaal geladen und alle, die sich in den letzten Monaten um Bierstadt und die Politik gekümmert hatten, waren gekommen.

Jakob Nagel, der neue Oberbürgermeister, gab anschließend bekannt, dass der Ältestenrat beschlossen habe, Gregor Gottwald zum Ehrenvorsitzenden des Rates zu machen. Außerdem sollte er Citymanager werden und die Entwicklung der Innenstadt vorantreiben.

Natürlich hatte ich Peter Jansen erzählt, dass Gregor Gottwald mir gegenüber ein volles Geständnis abgelegt hatte. Mein Chef hatte mich mitleidig angeschaut und mir zu einem Urlaub in einer Klinik mit psychotherapeutischer Betreuung geraten.

Und so ging das Leben in Bierstadt weiter wie immer. Gerlinde Smart verschwand wieder in der Versenkung, aus der sie gestiegen war, um dieser Stadt zu einem neuen Start in welche Zukunft auch immer zu verhelfen. Ich hörte vom CDU-Fraktionsgeschäftsführer, dass sie sich zusammen mit einigen auserwählten Mitgliedern ihrer Boygroup einen Erholungsurlaub in der Karibik gönnte. Sie trägt Eulen nach Athen, dachte ich, irgendwie hat sie den Bogen doch noch nicht raus.

Die CDU schien ebenfalls froh, die Unternehmerin los zu sein, und arrangierte sich mit den Sozialdemokraten. Als Erstes stimmte sie zusammen mit der SPD-Fraktion gegen einen Antrag von konservativen Bürgern, die das Sumpfhuhn ins Bierstädter Wappen aufgenommen sehen wollten.

Das Haus, in dem der Sadomaso-Club *Chez Justine* logiert hatte, wurde übrigens wieder aufgebaut. Auf Initiative des OBs erwarb die Kommune das Gebäude und richtete hier ein städtisches Frauenhaus ein. Geschlagene Frauen mit ihren Kindern sollten sich von den Gewalttätigkeiten ihrer Partner erholen und sich ohne Angst auf ein neues, besseres Leben vorbereiten können. Mit dieser Aktion hatte sich Oberbürgermeister Jakob Nagel auch im Herzen der Grünen einen festen Platz erobert.

Ins Bierstädter Rathaus kehrte wieder dörflicher Friede ein. Jedenfalls fast. Denn morgens nach Dienstbeginn schallte aus vielen Büros im Stadthaus der Satz: »Jetzt du, Nagel!«, gefolgt von einem hellen Schuss. Und wieder bäumte sich ein Huhn auf und taumelte langsam hinab in das Moor.

Krimis von Gabriella Wollenhaupt

Grappas Versuchung
Der erste Krimi mit Maria Grappa ISBN 3-89425-034-8 DM 14,80
Reporterin umkreist charmanten Bösewicht.

Grappas Treibjagd
Der zweite Krimi mit Maria Grappa ISBN 3-89425-038-0 DM 15,80
Wer ist der angesehene »Onkel Herbert«?

Grappa macht Theater
Der dritte Krimi mit Maria Grappa ISBN 3-89425-042-9 DM 14,80
Geheimbund kontrolliert Kulturleben in Bierstadt.

Grappa dreht durch
Der vierte Krimi mit Maria Grappa ISBN 3-89425-046-1 DM 15,80
Nackte Tatsachen in Bierstädter Filmstudio.

Grappa fängt Feuer
Der fünfte Krimi mit Maria Grappa ISBN 3-89425-050-X DM 16,80
Griechische Mythen werden Wirklichkeit.

Grappa und der Wolf
Der sechste Krimi mit Maria Grappa ISBN 3-89425-061-5 DM 14,80
Spannendes Duell im Umfeld eines Plutoniumschmuggels

Killt Grappa!
Der siebte Krimi mit Maria Grappa ISBN 3-89425-066-6 DM 14,80
Schönheitschirurgie und Satanismus

Grappa und die fantastischen Fünf
Der achte Krimi mit Maria Grappa ISBN 3-89425-076-3 DM 14,80
Toter Teppichhändler und Erpresserbande

Grappa-Baby
Der neunte Krimi mit Maria Grappa ISBN 3-89425-207-3 DM 14,80
Die menschliche Reproduktion zwischen Himmel und Hölle

Zu bunt für Grappa
Der zehnte Krimi mit Maria Grappa ISBN 3-89425-224-3 DM 14,80
Provence: Ein Toter im Melonenfeld und ein unbekannter van Gogh

Grappa und das große Rennen
Der elfte Krimi mit Maria Grappa ISBN 3-89425-232-4 DM 14,80
Wer meuchelte die drei prominenten Sozis im Bierstädter Wahlkampf?

grafit

azwoll.0400.cdr5

Crime Ladies

Dorothee Becker
Mord verjährt nicht
ISBN 3-89425-056-9
Warum verschwand Theo de la Cour? Veronika Wenger macht sich auf die Suche nach dem Verschollenen und lernt die verschiedenen Mitglieder einer zweifelhaften Familie kennen.

Dorothee Becker
Der rankende Tod
ISBN 3-89425-040-2
Was trieb den lebenslustigen Clemens in den Tod? Die junge Witwe Veronika Wenger ahnt nicht, daß sie selbst in Lebensgefahr schwebt.

Rita Knott
Karriere ins Jenseits
ISBN 3-89425-254-5
Die designierte Schulleiterin Marlene Rubach gerät in Verdacht, eine Schülerin sexuell belästigt zu haben. Und dem Rufmord folgen Mordanschläge. Wer steckt hinter der Intrige?

Beate Sauer
Der Heilige in deiner Mitte
ISBN 3-89425-220-0
Veit Kadamczik, raumgreifender Theologieprofessor, ist tot. Und das nach einem heftigen exegetischen Streit mit der feministischen Theologin Verena Carsten. O-Ton Kommissarin: »Ich habe eine Abneigung gegen lebende Priester und konnte mir nicht vorstellen, daß mir ein toter wesentlich sympathischer sein sollte.«

Ursula Steck
Feuerzeichen
ISBN 3-89425-240-5
Ein Haus geht in Flammen auf, eine Frau stirbt. Der traurige Höhepunkt der Entmietungspraktiken eines Immobilienhais? Taxifahrerin Toni Walter gewährt den Überlebenden des Feuers Zuflucht. Der Vermieter soll nicht ungeschoren davonkommen, doch schon brennt wieder ein Haus.

Ursula Steck
Alles im Fluss
ISBN 3-89425-219-7
Ein toter Junge treibt in den Fluten des Rheins - vor den Augen der Taxifahrerin Toni Walter. Als ihre Freundin Nora überfallen wird, ist es mit Tonis Phlegma endgültig vorbei. Was hat es mit der Mailbox auf sich, die Nora betreute?

Krimis von Horst Bieber

Kaiserhof

260 Seiten, DM 16,80
ISBN 3-89425-068-2

»Im spannenden Spiel von Räuber und Gendarm beschreibt Bieber zunächst einmal einen präzis geplanten und exakt ausgeführten Coup, bei dem gleichzeitig ein Juweliergeschäft und eine Bank ausgeplündert werden, bei dem es jedoch auch unvorhergesehen eine Leiche gibt.«
(Stuttgarter Nachrichten)

»Ob aus dem Blickwinkel der Polizei oder der Knackis - die kühle Sicht des Autors sorgt dafür, daß alle in einem Boot sitzen. Die einen rudern, die anderen geben den Takt vor. Biebers Helden sind Allerweltsleute. Nicht unsympathisch.«
(WAZ, Kultur)

Eckhoffs Fall

255 Seiten, DM 16,80
ISBN 3-89425-229-4

Ein Mann unter Mordverdacht - Ingenieur Peter Eckhoff gerät in Panik und taucht unter. Mit Gelegenheitsjobs schlägt er sich durch, immer auf der Hut, nicht mit der Polizei in Berührung zu kommen. Dann findet seine Flucht ein überraschendes Ende ...